W0463301

Die Bildermacherin

Bibliografische Information
der Deutschen Nationalbibliothek
Die Deutsche Nationalbibliothek verzeichnet diese Publikation in der Deutschen Nationalbibliografie; detaillierte bibliografische Daten sind im Internet abrufbar: http://dnb.d-nb.de

Die Personen und die Handlung des Buches sind frei erfunden. Etwaige Ähnlichkeiten mit tatsächlichen Begebenheiten oder lebenden oder verstorbenen Personen wären rein zufällig. Ausnahmen hierzu finden Sie in unserem Personen-/Ortsregister.

2. Auflage 2024

Umschlaggestaltung: Nele Schütz Design, München
Design & Layout: Athesia-Tappeiner Verlag
Druck: CPI Moravia Books s.r.o.
Papier: Umschlag Safire Graphik, Innenteil Munken Print Cream

Gesamtkatalog unter
www.athesia-tappeiner.com

Fragen und Hinweise bitte an
buchverlag@athesia.it

ISBN 978-88-6839-349-6
ISBN 978-88-6839-352-6 (e-Book)

FSC www.fsc.org
MIX
Papier | Fördert gute Waldnutzung
FSC® C083411

Dieses Buch wurde der Umwelt zuliebe nicht mit einer Schutzfolie eingeschweißt.

CHRISTIANE OMASREITER
KATHRIN SCHECK

DIE BILDER MACHERIN

ATHESIA VERLAG

1.

„*Madoia*", schimpfte Amalia, als der Wagen vor ihr abbremste. Nervös trommelten ihre schlanken Finger auf das Lenkrad ihres geliebten feuerroten Minis. Wie immer war sie viel zu spät dran, und dieser saublöde Stau auf der Brennerautobahn nahm ihr die Hoffnung, es gerade noch pünktlich zu schaffen.

Amalia war die letzten beiden Wochen für eine Fotostrecke im Auftrag von „Harper's Bazaar" im Serengeti-Nationalpark im Norden von Tansania unterwegs gewesen. Die Fotos von den Models in festlichen Abendkleidern im Animal-Print vor der Kargheit der baumarmen Savanne und den verschiedensten Wildtieren im Hintergrund waren atemberaubend geworden. Sie hatte riesige Gnuherden, Löwen, Hyänen, Zebras und Elefanten bestaunen können. Am vorletzten Tag war ihr ein Schnappschuss von einem Massai, der das aufwendige Treiben mit Maskenbildnern, Designern und Stylisten fassungslos beobachtet hatte, gelungen. Der Kontrast zwischen der glamourösen Künstlichkeit der Models und der natürlichen Würde des Massai war überwältigend gewesen. Sie fand, dass diese Aufnahme zu den eindrucksvollsten ihrer Karriere zählte.

Nun hatte sie eigentlich zu Hause in aller Ruhe ihre Bilder auswerten wollen, aber dann bekam sie gestern früh am Flughafen von Nairobi vom Pfarrer ihres Heimatdorfes den verstörenden Anruf, dass ihre Oma nach einem Unfall verstorben war. Der arme Mann war ganz verzweifelt, da er anscheinend schon tagelang versucht hatte, sie zu erreichen, sie aber keinen Handyempfang gehabt hatte.

Der elfstündige Flug von Nairobi über Amsterdam nach Berlin war ihr schier unendlich vorgekommen. Mit Tränen in den Augen hatte sie aus dem Flugzeugfenster in das unendliche Blau des Himmels gestarrt. Ihre geliebte Großmutter war schon vor knapp einer Woche verstorben – und sie hatte nichts mitbekommen. Nach einer kurzen Nacht mit wenig Schlaf war sie heute in aller Früh von Berlin nach Südtirol zur Beerdigung aufgebrochen. Sie hatte das Auto nehmen müssen, da der erste Flug, auf dem Plätze frei waren, erst am Nachmittag in Innsbruck gelandet wäre.

Besorgt blickte sie wieder auf die Uhr im Armaturenbrett. Schon nach zwölf. „Mist, Mist, Mist!" Sie hatte vorgehabt, noch rechtzeitig zum letzten Rosenkranz im Haus ihrer Oma anzukommen. Doch die Uhr tickte ohne Erbarmen weiter, und Amalia kroch mit unter 50 Stundenkilometern über den Brenner.

Sie kramte in ihrer großen Handtasche nach ihrem Schminkbeutel. Wenn sie schon in Schrittgeschwindigkeit dahinschlich, konnte sie wenigstens ihr Make-up für die Beerdigung auffrischen. Als sie ihren dunkelroten Lippenstift auflegte, dachte sie wie jedes Mal, dass ihre Oberlippe im Verhältnis zur Unterlippe zu schmal sei. Besser gefielen ihr ihre gerade schmale Nase und ihre hohen Wangenknochen. Allerdings waren die grünen Augen, die ihr aus dem Spiegel entgegensahen, müde und ausdruckslos. Hastig versuchte sie ihren Sonnenbrand auf der Nase, den sie aus Afrika mitgebracht hatte, zu überpudern. Heute sah man ihr jeden einzelnen Tag ihrer 30 Jahre im Gesicht an, dachte sie kritisch. Am Morgen hatte sie es nicht mehr geschafft, ihre

Haare glattzuföhnen, sodass ihre dunkelbraunen, schwer zu bändigenden Locken bis weit über ihre Schultern fielen. Amalia band sie entschlossen zu einem strengen Knoten zusammen, weil sie fand, dass sie sonst viel zu salopp für den Anlass wirkte. Als sie noch schnell ihre Wimpern tuschen wollte, hupte der Idiot im Auto hinter ihr, sodass sie vor lauter Schreck einen schwarzen Strich auf ihre Stirn patzte. Fluchend fuhr sie an und kam nach zwei Metern wieder zum Stehen. Sosehr sie auch mit Taschentuch und Spucke rieb, der Strich verwandelte sich nur in einen unförmigen grauen Fleck.

„Bravo, heute verschwört sich wirklich alles gegen mich", dachte sie genervt. Dabei lag das Schlimmste erst noch vor ihr. Ihr Magen zog sich schmerzhaft zusammen, als sie sich vorstellte, dass sie in wenigen Stunden am Grab ihrer Oma Zille stehen würde.

Zille war bisher der wichtigste Mensch in ihrem Leben gewesen. Nachdem ihre Eltern bei einem Lawinenunglück ums Leben gekommen waren, hatte die Großmutter sie aufgezogen. Mit einem traurigen Lächeln dachte sie an die kleine, zierliche Frau, die mit ungeheurer Energie alles angepackt hatte, was sich ihr in den Weg stellte.

Wenn Amalia in einem Gespräch erwähnte, dass sie schon mit drei Jahren ihre Eltern verloren hatte, wurde sie meist mit Mitleid überschüttet. Doch sie selbst hatte nie das Gefühl, dass ihr etwas fehlte. An ihre Eltern konnte sie sich kaum erinnern, und ihre Oma hatte ihr eine sorglose, behütete Kindheit geschenkt. Wenn sie von der Schule nach Hause kam, wartete Zille mit einer heißen Schokolade, etwas Selbstgebackenem und vor allem mit einem offenen Ohr für ihre

Erlebnisse, Sorgen und Nöte auf sie. Auf ihre pragmatische, unsentimentale Sichtweise, mit der sie Probleme betrachtet hatte, war immer Verlass gewesen. Mit Wehmut dachte sie an die vielen Wanderungen, Ausflüge und Bergtouren, die sie mit ihrer rüstigen Großmutter unternommen hatte. Zille hatte immer etwas zu erzählen oder zu zeigen gehabt.

Auch später, als Amalia von einem Leben in der großen weiten Welt träumte, hatte Zille sie unterstützt. Mit Stolz hatte sie den Weg ihrer Enkelin beobachtet, der diese weg aus Südtirol zuerst nach New York und später nach Berlin geführt hatte. „Die Jungen müssen hinaus in die Welt, die meisten zieht die Heimat dann schon wieder zurück", hatte sie immer ruhig gesagt, wenn ein Dorfbewohner sie auf Amalias lange Abwesenheiten ansprach.

So offen Zille zuerst den vielen Reisen ihres Sohnes und später den Plänen ihrer Enkelin gegenüberstand, so eng war ihre Großmutter selbst mit ihrem kleinen Heimatort verwachsen. Hier hatte sie alles, was sie brauchte, um glücklich zu sein. Als ihre Großmutter Amalia einmal in Berlin besuchte, hatte die junge Frau genau gemerkt, dass Zille zuerst die Tage und schließlich die Stunden zählte, bis sie endlich wieder nach Pfunders zurückfahren konnte.

Daher war Amalia klar, wie wichtig es ihrer Oma gewesen war, dass auch nach ihrem Tod alles so ablief, wie es seit Generationen in Pfunders der Brauch war: Bis zur Beerdigung zu Hause in der *Stube* aufgebahrt, und jeden Abend würden die Leute vom Dorf kommen, um an ihrem Sarg den Sterberosenkranz zu beten. Amalia wusste, dass es ihre Pflicht gewesen wäre, während dieser Stunden, wenn die eintönigen Worte des Gebetes durch das Haus hallten, auf der Ofenbank zu sitzen und mitzubeten. Aber sie war nicht da gewesen. Und heute am Tag der Beerdigung kam sie auch noch zu spät. Allerdings hatte sie in gewisser Weise Glück gehabt. Der Pfarrer hatte ihr berichtet, dass wegen des Unfalls die Leiche obduziert werden musste. Sonst hätte die Beisetzung schon vor Tagen stattgefunden. Ohne sie.

Was für ein Unfall überhaupt ...? Der Pfarrer war in diesem Punkt sehr vage geblieben. Auf einer Wanderung sei es passiert, hatte er lapidar verkündet und ihr dann den Termin für die Beerdigung mitgeteilt. War die alte Frau unglücklich gestürzt? Hatte sie einen Herzinfarkt erlitten?

Amalia hatte versucht, Hilda Raffeiner, die beste Freundin ihrer Großmutter, zu erreichen, um Genaueres in Erfahrung zu bringen, aber dann war ihr Flug aufgerufen worden und sie war nicht mehr dazugekommen, es noch einmal zu probieren. Wieder bedauerte sie das schlechte Timing. Wenn sie doch bloß früher von dem Unfall erfahren und sich selbst um alles hätte kümmern können. Sie fluchte nochmals aus voller Kehle.

Es war schon nach ein Uhr, als sie endlich um die letzte Kurve bog und man den ersten Blick auf die Pfundrer Kirche erhaschen konnte, die erhöht vor dem kleinen Bergdorf auf einem Hügel thronte. Der Himmel war milchig blau und der *Kirchbichl* lag im Sonnenlicht. Nachdem sie die ganze Fahrt über schwermütig an ihre Oma gedacht hatte, war dies der erste Moment, der ihre Stimmung hob. Die hohen Berge im Hintergrund, groß und erhaben, schenkten ihr wie immer Trost. Die mächtige Bergkulisse, die sich bis zu den beeindruckenden Dreitausendern der Zillertaler Alpen auftürmte, war immer gleich. Schon früher, als sie Pfunders verlassen hatte, um an der „School of Visual

Arts" in New York Fotografie zu studieren, hatte dieser erste Blick bei der Rückkehr auf ihr Heimatdorf sie immer tief berührt. Egal wie wichtig man sich selbst nahm, wie groß die Probleme schienen, die Berge zeigten einem wieder, wie klein und unbedeutend ein jeder Mensch war. Es gab ihr ein Gefühl der Sicherheit, dass es Dinge gab, die sich nicht veränderten, wie sehr ihr persönliches Leben auch gerade in Aufruhr war.

Sie holte beim Aussteigen tief Luft und strich das knielange, schlicht geschnittene schwarze Kleid, das mit einem schmalen Ledergürtel gehalten wurde, glatt. In den letzten Monaten hatte sie durch eine strikte kohlenhydratarme Ernährung einige Kilos verloren, sodass das Kleid endlich wieder locker saß.

Das schmale, im Südtiroler Stil erbaute Haus lag links an der *Lärchstraße* oberhalb des *Letterhofs*. Nervös schob sie die Tür zu dem kleinen Haus, in dem sie aufgewachsen war, auf. Schon im Flur standen dicht gedrängt Leute, die keinen Platz in der *Stube* gefunden hatten, und beteten den Rosenkranz. Amalia hielt inne und rang mit sich. Sollte sie hier im Gang bleiben und sich erst, sobald der Trauerzug das Haus verließ, unauffällig weiter vorne einreihen? Oder sollte sie in die *Stube* gehen, um ihrer Großmutter wenigstens während der letzten Momente in ihrem Haus nahe zu sein? Sie wusste, was Zille von ihr erwartet hätte. Also straffte sie ihre Schultern und drängte sich an den Menschen vorbei. Auf den alten Fliesen im Flur klackerten die Absätze ihrer High Heels furchtbar laut, und sie zog überraschte und auch verärgerte Blicke auf sich. Einige Bekannte nickten ihr stumm zu.

Als sie endlich in der *Stube* war, blieb sie wie erstarrt stehen. Auch wenn sie seit gestern wusste, dass Zille verstorben war und sie sich letzte Nacht in den Schlaf geweint hatte, war der Anblick des blumengeschmückten Sarges ein Schock, denn er vermittelte ihr die Endgültigkeit des Abschiedes. Man hatte die Vorhänge zugezogen und den Stubentisch aus dem Raum geschafft, damit genug Platz für den Sarg war. Zwei große silberne Kerzenleuchter mit brennenden Kerzen standen daneben und tauchten alles in ein flackerndes Licht.

Die Erkenntnis, dass ihre Oma nie wieder auf der Ofenbank sitzen und ein Kreuzworträtsel lösen würde, traf sie mit grausamer Wucht. Nie wieder würde sie, die grauen Haare streng zu einem Dutt zurückgebunden, sie über den Rand ihrer Lesebrille anschauen und geduldig darauf warten, was Amalia zu erzählen hatte. Nie wieder würden sich die gütigen blauen Augen belustigt zusammenziehen, wenn sie von den Albernheiten des Modebusiness berichtete. Wie gerne hätte sie sie noch ein einziges Mal gesehen. Amalia schluckte. Auf keinen Fall wollte sie vor den Anwesenden in Tränen ausbrechen. Sie blieb am Sarg stehen, legte ihre Hand auf das glatte Holz und begann, in den Rosenkranz einzustimmen. Automatisch formten ihre Lippen die Worte, die ihr Leben seit ihrer Kindheit begleitet hatten.

Schließlich machte der Vorbeter ein Zeichen, und die Sargträger hoben den Sarg auf den Rollwagen. Amalia konnte ein Schluchzen nicht länger unterdrücken. Nun verließ ihre geliebte Oma zum letzten Mal ihr Haus. Tränen verschleierten ihren Blick, als sie hinter dem Sarg den schmalen Hausgang hinausging. Der Weg zur Kirche schien kein Ende zu nehmen, denn ihre eleganten Schuhe waren für den stetig bergab führenden Weg komplett unpassend. Das war ihr natürlich klar gewesen, aber da sie erst um Mitternacht nach Hause gekommen war, hatte sie nur noch völlig übermüdet ein paar Kleidungsstücke in einen Koffer geworfen. Leider arbeitete ihr Verstand vor dem ersten Kaffee nur auf Sparflamme, und sie war beim Verlassen der Wohnung in die erstbesten Schuhe geschlüpft, die im Flur lagen. Als sie dann in Stöckelschuhen im Auto saß, hatte sie festgestellt, dass sie bereits viel zu spät dran war. Also beschloss sie kurzerhand, die Schuhe auszuziehen und barfuß zu fahren. Sobald sie in Pfunders angekommen war, würde sie die hochhackigen Schuhe im Leopardenprint durch schwarze Ballerinas austauschen, die sie für die Beerdigung ganz unten im Koffer verstaut hatte. Doch Zeit zum Umziehen war keine gewesen.

Ihre Füße schmerzten höllisch. Sie riss sich zusammen. Sie sollte sich schämen, während der Beerdigung ihrer Großmutter über Äußerlichkeiten nachzudenken. Aber sie konnte einfach nicht aus ihrer Haut. Dadurch, dass sie zusammen mit den engsten Freunden ihrer Großmutter und ein paar Großcousinen ganz vorne lief, hatte sie das Gefühl, dass sie von hinten von kritischen Blicken durchbohrt wurde. Wahrscheinlich würden sich später alle das Maul darüber zerreißen, dass sie zuerst zu spät gekommen und dann dem Sarg wie ein Storch hinterhergestakst sei. Entschieden schüttelte sie den Kopf. Und wenn schon. Hier ging es um ihre Oma, und alles andere war für den Moment nebensächlich. Sie stimmte wieder in den Rosenkranz mit ein.

Auf dem Weg zur Kirche wurde der Leichenzug immer länger, da an jeder Weggabelung, die sie passierten, einige Dorfbewohner warteten, um sich anzuschließen. Wann immer der Trauerzug an einem Holzkreuz am Straßenrand vorbeikam, wurde innegehalten und der *Ablass* gebetet. Beim *Felder,* einem Haus in der Nähe der Kirche, wurden sie von Pfarrer Auer für die Einsegnung erwartet. Danach ging es die letzten Meter zu der kleinen Barockkirche St. Martin, die erhöht auf dem *Kirchbichl* stand, steil bergauf.

Als die Gemeinde in der Kirche „Zum Paradies mögen Engel dich geleiten" anstimmte, konnte sie die Tränen nicht länger zurückhalten. Sobald es wieder still wurde, wischte sie verstohlen ihre Tränen ab und sah sich um. Hilda, die neben ihr saß, hatte auch feuchte Wangen. Für einen kurzen Moment drückte die engste Freundin von Zille ihr die Hand. Amalia lächelte sie dankbar an. Der innige Augenblick wurde unterbrochen, als ein Handy laut zu klingeln begann. Im ersten Moment war Amalia empört. Welcher Vollidiot störte den Trauergottesdienst mit schnöder Technik? Aber dann erkannte sie den Klingelton: „Where the streets have no name" von „U2". Oh Gott! Das war ihr eigenes Mobiltelefon. Mit hochrotem Kopf suchte sie in ihrer großen Handtasche danach. Die Zeit, bis es ihr gelang, das Handy zum Verstummen zu bringen, kam ihr ewig lang vor. Als endlich wieder Stille in der Kirche eintrat, sah Amalia verschämt nach unten. Am liebsten wäre sie im Erdboden versunken.

Pfarrer Auer machte eine tragende Pause, und sie konnte förmlich seinen vorwurfsvollen Blick auf sich ruhen spüren. Dann begann er mit seiner sonoren Stimme, aus dem Leben der Cäcilia Huber zu erzählen. Sein Rückblick war detailliert und an manchen Stellen sogar überraschend humorvoll. Dankbar wagte sie nun doch, den Blick zu heben. Es tat gut, dass ihre Oma ein letztes Mal durch die einfühlsamen und treffenden Worte des Pfarrers allen in Erinnerung gerufen wurde. So wie sie gewesen war: tapfer und stark, als ihr Mann starb, mutig bei Bergtouren und beim Skifahren, liebevoll als Mutter und Großmutter, lustig und ausdauernd beim Feiern und stur, wenn es um lokale Politik oder ums *Watten* ging. Er beschrieb, wie Zille es trotz Widrigkeiten geschafft hatte – in einer Zeit, wo es nicht selbstverständlich war, dass Frauen arbeiteten –, sich einen Namen als Fotografin zu machen, und dass sie ihre Arbeit bis zuletzt mit Stolz und Leidenschaft ausgeübt hatte. Er endete mit den Worten: „Wir nehmen traurig Abschied von der Pfundra Bildomocharin."

Die junge Frau schluckte. Zille war wirklich eine beeindruckende Person gewesen.

Nach dem Gottesdienst ging die Gemeinde hinaus auf den Friedhof, wo auf der Westseite der Pfarrer die Beisetzung vornahm. Der Friedhof von Pfunders hatte Amalia schon immer gefallen. Jedes Grab war mit einem Eisenkreuz geschmückt. Manche waren verschnörkelt, manche einfach, manche altmodisch, manche modern. Aber alle zusammen ergaben ein stimmiges Bild. Auf den meisten Gräbern, die liebevoll mit bunten Blumen bepflanzt waren, brannten rote Grablichter.

Amalia bekam eine Gänsehaut, als der Kirchenchor das „Magnificat" sang. Als ihr schließlich die Trauergäste ihr Beileid aussprachen, verschwammen vor ihr die vielen bedrückten Gesichter zu einer undurchdringlichen Masse. Sie antwortete mechanisch auf die tröstenden Worte, fühlte sich aber mutterseelenallein. Nur als Hilda und später ihre Kindergartenfreundin Evi sie kurz in den Arm nahmen, fühlte sie ein wenig Wärme in ihr Herz zurückkehren.

Evi nahm sie im Auto mit zum *Gasthof Brugger*. Teilnahmslos schaute Amalia aus dem Fenster. Pfunders war ein typisches

Südtiroler Bergdorf am Ende eines engen v-förmigen Tales. Das Zentrum mit der Kirche lag auf ungefähr 1.100 Metern, aber die prächtigen Bauernhöfe zogen sich bis weit über 1.500 Meter über die steilen grünen Hänge hinauf und lagen noch lange, nachdem das Tal im Schatten versunken war, im hellen Sonnenschein. Als sie nach kurzer Fahrt ihr Ziel erreichten, half ihr Evi liebevoll aus dem Auto. „Das schaffst du schon", flüsterte sie ihr zu. Amalia lächelte dankbar.

Im hinteren Saal des Gasthofs war schon alles für den Leichenschmaus, das *„Malile"*, wie es in Pfunders heißt, hergerichtet. Auf jedem Tisch standen Wein und Wasser für die Gäste bereit, und wie üblich brachte die Tochter des Hauses für jeden Tisch eine große Schüssel mit dampfender Suppe. Amalia setzte sich neben Hilda. Überrascht stellte sie fest, dass sie richtig Hunger hatte. Die Gerstensuppe, großzügig mit Speck und Gemüse angereichert, duftete unwiderstehlich. Auch wenn sie sich in Berlin, wie die meisten ihrer Freundinnen, vegetarisch ernährte, gab es Momente, in denen man eine Ausnahme machen musste – und diese Suppe duftete einfach zu verführerisch. Speck hin oder her.

Als sie gerade den ersten Löffel zum Mund führen wollte, stieß Hilda sie grob in die Rippen. Amalia ließ den Löffel sinken und starrte ihre Tischnachbarin verwundert an. Mit dem Kinn wies diese zum Pfarrer, der gerade aufgestanden war, um das Tischgebet zu sprechen. Oje, sie war wirklich zu lange weg gewesen. Das hätte keine Pluspunkte gegeben, wenn sie als Einzige gegessen hätte, bevor gebetet worden war. Sobald der Pfarrer geendet hatte, griff ein jeder hastig nach seinem Löffel. Anscheinend war sie nicht die Einzige, die Hunger hatte.

Zuerst wurden nur gedämpfte Unterhaltungen geführt, aber nachdem die ersten Weingläser geleert worden waren, wurde die Stimmung entspannter, und man konnte vereinzeltes Lachen hören. Auch an ihrem Tisch ging es lebhaft zu. Einem jeden fielen Anekdoten und Geschichten zu Zille ein. Und als Amalia den anderen erzählte, wie ihre Oma in Berlin bei einer Modenschau im Umkleidebereich belegte Brote ausgepackt und die Models zum Essen genötigt hatte, weil an den armen Dingern ja gar nix dran sei, gab es lautes Gelächter.

„Die Bildomocharin war *schun* was Bsunders", sagte Evi, „Ich habe dich manchmal beneidet. Euer Weiberhaushalt ist mir oft viel unterhaltsamer vorgekommen als das Chaos bei mir daheim."

Evi war mit drei älteren Brüdern aufgewachsen, sodass es bei ihr zu Hause oft hoch hergegangen war. Aber das zierliche blonde Mädchen hatte ihre Brüder im Griff gehabt und sich zu wehren gewusst, dachte Amalia belustigt.

Bevor sie antworten konnte, mischte sich ihre Nachbarin, die Steinhauser Anna oder „Stoana Nanne", wie sie im Dorf genannt wurde, ein. Nanne war eine etwas grobschlächtige Frau, die ihr Herz auf der Zunge trug. Sie wohnte, solange Amalia denken konnte, neben ihnen. Dem Anlass entsprechend trug sie ein dunkles Kostüm, das an ihrer Brust gefährlich spannte. Wie immer hatte sie die grauen, dünnen Haare zu einer Flechtfrisur hochgesteckt. Amalia konnte sich nicht erinnern, Nanne jemals mit einer anderen Frisur gesehen zu haben.

„Weil du und deine Oma immer gar so eng ward, hat es mich schon sehr gewundert, dass du nicht früher gekommen bist. Beim Beten für die Zille habe ich dich nämlich nie gesehen“, rügte Nanne. „Ich dachte schon, du kommst gar nicht“, fügte sie noch vorwurfsvoll hinzu.

„Ich habe erst gestern von dem Unfall erfahren. Ich war in Afrika“, verteidigte sich Amalia schuldbewusst.

„Na ja, Hilda hat sich um alles gekümmert. Und viele Leut' waren da zum Beten“, zeigte Nanne sich versöhnlich.

„Ja, auf unsere Hilda ist halt Verlass“, antwortete Amalia so laut, dass es Hilda hören konnte.

„Ah geh, das war doch selbstverständlich“, wehrte diese ab, aber Amalia sah ihr an, dass sie sich über das Lob freute. Hilda war in Amalias Leben immer eine Konstante gewesen. Die ruhige, warmherzige Frau hielt sich zwar meist im Hintergrund, war aber ein Mensch, auf den man sich voll und ganz verlassen konnte. Wenn ihre Großmutter wegen ihrer Arbeit nicht zu Hause sein konnte, hatte Amalia ihre Nachmittage bei Hilda verbracht. Sie war eine rundliche Frau, deren graues Haar zu einem gepflegten Bob geschnitten war. Die allwöchentlichen Friseurbesuche waren ein Luxus, den sie sich erst die letzten Jahre gönnte. Hilda war mit einem erfolgreichen Unternehmer verheiratet, dessen Büro sie bis vor Kurzem freundlich – aber bestimmt – organisiert hatte. Auch wenn sie inzwischen nicht mehr täglich in der Zimmerei arbeitete, war sie immer sorgfältig und teuer gekleidet, wirkte dabei aber nie aufgeputzt.

„Was ist denn eigentlich genau passiert? Der Pfarrer hat nur was von einem Unfall gesagt“, fragte Amalia.

Plötzlich verstummten alle Gespräche an ihrem Tisch.

„Du weißt gar nicht, was mit der Zille geschehen ist?“, fragte Nanne ein wenig zu laut.

Amalia konnte in deren Gesicht Mitleid erkennen, aber auch eine gewisse Vorfreude blitzte in Nannes Augen auf:

Die Erregung, einem neuen Zuhörer, der von nichts wusste, eine aufregende Geschichte auftischen zu können.

„Also, das war so", begann sie mit einem Flüstern, das über drei Tische zu vernehmen war, und rutschte näher zu Amalia, „die Zille, die Hilda, die Rosa und ich sind miteinander in den *Weitenberg* gegangen, haben dort etwas gegessen und danach *gewattet.*"

Amalia unterdrückte ein Lächeln. Nach der Einleitung hätte sie etwas Spektakuläreres erwartet. Dass die vier älteren Damen gern *watteten,* war im ganzen Dorf bekannt. Schon als Amalia noch zur Schule ging, war Zille regelmäßig zum Kartenspielen gegangen und an diesen Abenden erst spät heimgekehrt. Die Frauen hatten sich immer abwechselnd bei einer daheim getroffen, zuerst hatte es Kaffee und Kuchen, später dann eine *Marende* und Wein gegeben. In den letzten Jahren hatten sie das Kartenspielen immer öfter mit einem Ausflug zu den Almen in der Umgebung oder mit der Einkehr in benachbarte Wirtschaften verbunden.

„Und was ist dann passiert?", fragte sie, als ihr die effektvolle Pause von Nanne zu lang wurde.

Hilda übernahm das Wort und übersah geflissentlich den bösen Blick, den ihr Nanne zuwarf. „Der Felix war mit dem Jeep im *Weitenberg*", begann sie. Felix war Nannes Sohn, der, da er bei der Weidegenossenschaft war, eine Fahrerlaubnis für dieses Gebiet hatte. „Er hat kurz angehalten und gefragt, ob wir mit ihm rausfahren möchten. Ich, die Nanne und die Rosa sind mit ihm mitgefahren, weil wir schon vom Hinweg müde waren."

„Sind ja auch nicht mehr die Jüngsten, *heu?*", mischte sich Nanne wieder ein.

„Genau“, wischte Hilda den Einwurf beiseite. „Aber die Zille wollte zu Fuß gehen. Weißt ja, wie sie war.“

Amalia nickte. Mit ihren 74 Jahren war Zille unglaublich rüstig gewesen. Sie war bei jedem Wetter täglich mindestens eine Stunde spazieren gegangen und in Pfunders bedeutete das automatisch, dass man Höhenmeter zurücklegen musste.

„Also sind wir mit dem Felix mitgefahren und die Bildermacherin ist zu Fuß aufgebrochen. Es war der erste August, und in Pfunders ist die Jagd auf den Hirsch aufgegangen.“

Wieder nickte Amalia. Diesmal ein wenig ratlos. Sie wusste, dass dies jedes Jahr der Höhepunkt der Jagd war. Alle Jäger des Reviers, ungefähr 40, konnten ab dem ersten August insgesamt zwei freigegebene Hirsche schießen. Wenn diese erlegt waren, war die Hirschjagd wieder für ein Jahr vorbei.

„Und heuer war ein kapitaler Sechzehnender im *Weitenberg*“, ergriff Nanne das Wort, „die *Jaga* waren alle ganz narrisch vor lauter Jagdfieber.“

Hilda übernahm wieder: „Auf alle Fälle waren fast alle Jäger unterwegs, und da ist es zu dem tragischen Unfall gekommen.“

Amalia runzelte die Stirn. Was hatte denn ihre Oma, die ihr Lebtag noch nie ein Gewehr in der Hand gehabt hatte, in Gottes Namen mit den Jägern zu tun?

„Ja und da muss einer von den Jägern über den Weg geschossen haben, obwohl das strengstens verboten ist, und hat die Zille erschossen.“

Amalia merkte, wie ihr die Farbe aus dem Gesicht wich. „Die Oma wurde erschossen?“, krächzte sie fassungslos.

Betretenes Schweigen breitete sich am Tisch aus.

Wild gingen Amalias Blicke über die Tische. Es waren einige Jäger vertreten. Sogar an ihrem eigenen Tisch saßen zwei: Hildas Mann und ihr Sohn Hannes.

Sie sprang auf. „Wer war es? Wer hat meine Oma erschossen? Wer hat sie umgebracht?“, fragte Amalia mit bebender Stimme in die Runde.

Evi zog sie behutsam wieder auf ihren Stuhl zurück. „Setz dich“, zischte sie. „Es war ein Unfall. Ein furchtbarer Unfall.“

Amalia bemühte sich um einen ruhigeren Tonfall. „Wer war es? Ich muss es wissen.“ Sie schaute in die Runde, aber keiner begegnete ihrem Blick.

Jeder sah verlegen in seine Suppe. Eine bedrückende Stille breitete sich aus.

Hilda räusperte sich. „Wir wissen es nicht, Amalia. Der Schütze hat sich davongeschlichen, statt zu seiner Schuld zu stehen. Es waren Wanderer, die den Notarzt und die *Carabinieri* gerufen haben. Die Polizei ermittelt. Sie haben alle registrierten Waffen in Pfunders eingesammelt und nehmen Untersuchungen vor.“

„Ballistische Untersuchungen heißt das“, tat Nanne, eine begeisterte sonntägliche „Tatort“-Schauerin, den Anwesenden kund.

Hilda nickte. „Sie sind sicher, dass sie den Schuldigen bald haben. Es muss ja jemand vom Dorf sein. Ein Fremder mit einem Gewehr wäre ja aufgefallen. Vor allem am ersten August.“

Amalia wusste nicht, was sie sagen sollte. Sie hatte sich einen Herzinfarkt in schöner Natur vorgestellt und sich damit getröstet, dass ihre Großmutter bis zuletzt ein gutes Leben gehabt hatte und ihr Krankheit und langsamer Verfall erspart worden waren. Aber erschossen? Das wirkte viel grausamer und willkürlicher.

„Hat sie noch gelebt, als die Wanderer sie gefunden haben?“, fragte sie.

„Nein. Sie muss sofort tot gewesen sein. Blattschuss“, fügte Nanne mit ihrem üblichen Feingefühl hinzu.

Hilda griff nach Amalias Hand. „Sie hat nicht leiden müssen. Ich finde, das ist ein Trost.“

Amalia schwieg. Das musste sie erst einmal verdauen. „Und der Jäger, der sie aus Versehen erschossen hat, ist einfach abgehauen?“ Sie konnte selbst den Zorn und die Verachtung in ihrer Stimme hören.

Unvermittelt ergriff Hildas Mann das Wort: „Wir Jäger sind von dem Vorfall genauso entsetzt wie du. Eine Schande ist das! So ein Unfall hätte nie passieren dürfen. Jeder Jagdanfänger weiß, dass man nie über Wege schießen darf. Aber ein Jagdunfall durch Dummheit, Übereifer oder Unachtsamkeit ist in meinen Augen noch das kleinere Übel. Dass der Schütze die Zille liegen hat lassen und sich aus dem Staub gemacht hat, ist verabscheuenswert! Alle Mitglieder des Jagdvereins Pfunders schämen sich für dieses feige, ehrlose Verhalten. Ich war an diesem Tag zwar selber nicht dabei, weil ich geschäftlich in Mailand auf einer Messe war, aber seit ich zurück bin, tue ich alles dafür, die *Carabinieri* bei ihren Ermittlungen zu unterstützen. Ich habe ihnen sofort Belege zur Verfügung gestellt und Zeugen für meinen Aufenthalt in Mailand benannt, damit es nicht zu Verzögerungen kommt. Intern arbeiten wir im Jagdverein mit Hochdruck daran, dem Täter auf die Spur zu kommen. Der Tod deiner Großmutter ist für uns alle ein großer Verlust. Sie war eine besondere Frau, auch wenn ich manche Dinge, die sie getan hat, nicht gutheißen konnte.“ Er nahm Amalias Hand mit seinen beiden und hielt sie einen Moment lang fest.

Verblüfft schaute Amalia den großen Mann an. Sie hätte schwören können, dass seine grünen Augen in dem sonnengebräunten zerfurchten Gesicht feucht glänzten. Dieser Gefühlsausbruch überraschte sie. Der alte Raffeiner, der im Dorf nur der *„Riegla Soggila“* genannt wurde, seit er in den 1980er-Jahren ein eigenes Sägewerk aufgebaut hatte, sah sie noch immer durchdringend an. Er war eine stattliche Erscheinung, groß, und obwohl er weit über siebzig war, wirkte er kraftvoll und vital. Er war nach wie vor ein begeisterter Skifahrer und im Sommer oft in den Bergen zu finden. Wenn er auf Gemeindeversammlungen das Wort ergriff, wurde ihm respektvoll zugehört, da ihn die meisten Dorfbewohner bewunderten. Er war als Jüngster von elf Geschwistern auf einem ärmlichen Hof am *Riegel*, einem steilen Hang über Pfunders, aufgewachsen und hatte es geschafft, aus einem Einmannbetrieb in einer alten *Schupfe* eine florierende Zimmerei zu machen und später sogar ein Sägewerk aufzubauen. Weit über die Grenzen von Südtirol hinaus fand er seine Kunden. Sein größter Coup war, eine Skihütte im alpenländischen Stil an den Scheich von Dubai zu verkaufen. Amalia wusste das alles von Evi, weil ihre Oma, wie ihr jetzt auffiel, nie viel vom *Soggila* gesprochen hatte.

In all den Jahren hatte dieser Mann keine zehn Worte mit ihr gewechselt. Meist knurrte er bloß eine kurze Begrüßung, wenn er sie sah, und ging ihr in der Regel aus dem Weg. Amalia wusste, dass er ansonsten ganze Gasthäuser mit Jagdgeschichten unterhalten konnte und im Dorf für seine großzügige und amüsante Art bekannt war. Doch ihr gegenüber war er immer wortkarg und schroff gewesen. Auch jetzt hatte er sich noch nicht an der Unterhaltung über ihre Großmutter beteiligt, sondern war ständig hinausgegangen, um zu telefonieren. Aber anscheinend hatte er Zille, ungeachtet seiner abweisenden Haltung, gemocht.

Bevor Amalia eine passende Erwiderung auf die überraschende Beileidsbekundung einfiel, wandte er sich jedoch abrupt ab und stand auf.

Nanne lenkte die Aufmerksamkeit wieder auf sich, weil sie Hildas Mann, der nun mit dem Mobiltelefon am Ohr hinausging, hinterherschrie: „*Soggila,* irgendwann wachst des Ding noch bei dir fest. Fehlt nur noch, dass da oben a Antenne rauswachst." Nanne war bekannt dafür, dass sie immer, ohne lang nachzudenken, darauf losredete und oft hanebüchene Sätze zum Besten gab. Wenn ihre Zuhörer dann lachten, war ihr oft nicht klar, warum. „Meinst eigentlich, dass uns die *Carpf* informieren, wenn sie wissen, wer es war?", fragte Nanne jetzt in die Runde.

„Ja, bestimmt kommt die Polizei als Erstes zu dir. Wahrscheinlich wissen alle *Carabinieri:* Wenn die Stoana Nanne was weiß, dann ist ganz Pfunders innerhalb einer Stunde ausreichend informiert", sagte Evi mit einem Grinsen.

Trotz allem musste jetzt auch Amalia lächeln, denn wie jeder im Dorf wusste auch sie, dass Nanne unglaublich neugierig war und für den neuesten Ratsch und Tratsch lebte.

Als ein wenig später die ersten Gäste aufbrachen, war Amalia erleichtert und schloss sich ihnen möglichst unauffällig an.

Beim Abschied sagte Hilda leise zu ihr: „Es tut weh, wenn man einen geliebten Menschen plötzlich verliert, und wenn einem der Tod dann noch so sinnlos vorkommt, ist es besonders schwer. *Gitsche,* du weißt, du kannst jederzeit zu mir kommen. Wenn dir in dem leeren Haus die Decke auf den Kopf fällt, kannst du auch gern bei uns übernachten."

Dankend lehnte Amalia das freundliche Angebot ab. Sie wollte jetzt erst einmal allein sein und das Erfahrene verarbeiten. „Die Oma – erschossen!" Das war ein Satz, der ihr jedes Mal, wenn sie ihn dachte, einen kalten Schauer über den Rücken laufen ließ.

2.

Müde und völlig ausgelaugt öffnete Amalia wenig später die Haustür, die wie immer unverschlossen war. Sie ließ ihre Tasche auf den grauen Fliesenboden im Eingangsbereich fallen und ging in die zugestellte Küche. Dort standen die Holzstühle, der braune Ledersessel, ein Kästchen und der Tisch, alle Möbel, die Hilda zusammen mit Nanne aus dem Wohnzimmer geräumt hatte, damit der Sarg und die Betenden Platz hatten. Kurz rang sie mit sich, ob sie alles bis zum nächsten Tag stehen lassen sollte, entschied sich aber dann doch, alles an seinen ursprünglichen Platz zu räumen. Sie dachte an Zille, die Sprichwörter und Bauernregeln geliebt und diese immer wieder zitiert hatte. Sicherlich hätte sie mit erhobenem Zeigefinger gesagt: „Was du heute kannst besorgen, das verschiebe nicht auf morgen", dachte Amalia wehmütig und stellte die Kerzen, die während des Betens für die Verstorbene angezündet worden waren, zusammen. Unschlüssig betrachtete sie zwei große versilberte Kerzenständer. Wo kamen die denn her? Oma hatte so etwas Prunkvolles mit Sicherheit nicht besessen. Hatte das Bestattungsunternehmen sie zur Verfügung gestellt oder stammten sie aus Hildas Haushalt? Sie nahm sich vor, dies am nächsten Tag in Erfahrung zu bringen, und stellte sie erst einmal in den Flur.

Als endlich alles erledigt war, setzte sie sich für einen Moment auf die Ofenbank. Früher war der Platz auf der Ofenbrücke, einer Liegefläche mit Matratzen und weichen Kissen über dem Ofen, ihr Lieblingsort gewesen. Dort hatte sie stundenlang gelesen und die wohlige Wärme genossen, während draußen Herbststürme tobten oder dicke Schneeflocken vom Himmel fielen. Zille hatte währenddessen meist auf der Bank gesessen, die an zwei Seiten übereck um den Ofen herumlief. Amalia meinte, das gleichmäßige Klimpern der Stricknadeln zu vernehmen. Schmerzlich wurde ihr bewusst, dass es nur eine liebe Erinnerung war.

Traurig ging sie in die Küche. Sie kochte Wasser und öffnete das Küchenschränkchen, in dem ihre Großmutter ihre Teesorten aufbewahrte. In Berlin hätte sie jetzt einen starken türkischen Tee genossen, um die Müdigkeit zu vertreiben und noch ein wenig zu arbeiten. Doch hier gab es nur „Schlaf wohl" oder einen anregenden Tee, der „Morgentau" hieß, aber Fenchel enthielt, wie sie am Etikett erkennen konnte. Schon als Kind hatte sie Fencheltee gehasst, daher entschied sie sich für „Schlaf wohl". Sie ließ sich auf die Eckbank fallen und betrachtete erschöpft ihre nackten schmerzenden Füße, die sie auf den gegenüberliegenden Holzstuhl gelegt hatte. Auf dem Weg zum Friedhof hatte sie sich mit den blöden Stöckelschuhen Blasen gelaufen.

Sie lauschte. Es war so ungewöhnlich still in der Küche. Früher gingen hier Nachbarn und Freunde ein und aus, und der Raum war erfüllt von Omas Stimme und ihrem Lachen. Im Radio war stets der „RAI Sender Bozen" gelaufen, obwohl Amalia viel lieber „Ö3" gehört hätte. Als sie jetzt in sich hineinhörte, spürte sie, dass ihr die Ruhe guttat. So tröstend die Beileidsbezeugungen der anderen Dorfbewohner auch gewesen waren, sie hatte seit dem Anruf des Pfarrers doch kaum einen Moment gehabt, um zu trauern.

Sie hatte es schön gefunden, dass so viele beim *Malile* positive und meist lustige Erinnerungen an die Verstorbene erzählt hatten. Aber die Enthüllung, dass ihre Oma von einem Jäger versehentlich erschossen worden war, hatte Amalia aus der Bahn geworfen. Schwer und drückend lastete seitdem die Vorstellung auf ihr, dass eine Kugel ihre Großmutter durchbohrt und der Schütze sie blutend liegen gelassen hatte. Auch wenn sie aller Wahrscheinlichkeit nicht hatte leiden müssen, kam ihr dieser Tod brutal und sinnlos vor. Der *Riegla Soggila* hatte recht: Viel schwerer als die Tat selbst wog die Tatsache, dass der verantwortliche Jäger sich aus dem Staub gemacht hatte. Das war wie Fahrerflucht nach einem Autounfall. Die Hinterbliebenen standen mit unzähligen unbeantworteten Fragen allein da.

Nach außen hatte sie bis auf wenige Momente die Fassung bewahrt, doch jetzt in der Stille der Küche ließ sie ihren Tränen freien Lauf. Sie hatte heute den Menschen beerdigen müssen – also für immer verloren –, der sich wie eine Mutter um sie gekümmert hatte. Obendrein war sie sich heute ständig beobachtet vorgekommen. Natürlich war ihr klar, dass das Leben in der Stadt sie verändert hatte, aber heute hatte sie zum ersten Mal das Gefühl gehabt, nicht mehr zur Dorfgemeinschaft zu gehören, obwohl sie hier aufgewachsen und zur Schule gegangen war. Wahrscheinlich war es sonst die Anwesenheit ihrer Oma gewesen, die ihr den Eindruck von Zugehörigkeit und Sicherheit vermittelt hatte. Amalia zuckte zusammen, als das Telefon plötzlich klingelte und sie aus ihren trüben Gedanken riss. Sie stand auf und ging in den Flur. Dort hing seit ewigen Zeiten ein hellgraues Telefon mit Wählscheibe an der Wand. Oft hatte sie Zille angeboten, ein schnurloses Telefon zu besorgen, doch diese hatte immer dankend abgelehnt. Irgendwie hatte sie an dem alten Ding gehangen. Doch als Handys modern geworden waren, hatte sich die alte Dame zu Amalias Überraschung als eine der Ersten im Dorf eines zugelegt. „So bin ich für meine Kunden immer erreichbar, auch wenn ich gerade Hochzeiten fotografiere oder in den Bergen unterwegs bin, um Landschaftsaufnahmen zu machen. Das macht Sinn", hatte sie mit Überzeugung zu ihrer verdutzten Enkelin gesagt. „Engl", meldete sich Amalia ein wenig heiser.

„Hallo, ich möchte gerne mit Frau Huber sprechen."

Amalia schluckte, bevor sie antwortete: „Meine Großmutter ist letzte Woche verstorben." Nach einem Moment, in dem betretene Stille herrschte, fügte Amalia mit belegter Stimme hinzu: „Vielleicht kann ich Ihnen weiterhelfen?"

„Entschuldigen Sie, ich ... äh ... wusste das mit Frau Huber nicht. Äh ... mein Beileid."

„Danke", sagte Amalia knapp und wollte sich gerade verabschieden, als die Frau am anderen Ende zu einem Wortschwall ansetzte: „Ich bin Martina Rauch vom Verlag Rauch und Zauner in Brixen. Frau Huber wollte das Kapitel über Pfunders im Bildband ‚Dorfleben damals und heut' bis nächste Woche fertigstellen. Ich weiß, das klingt jetzt vielleicht unverschämt, aber ihre Großmutter hat mir von Ihnen erzählt. Sie sind doch die Modefotografin? Meinen Sie, Sie könnten das Kapitel zu Ende führen? Soweit ich weiß, hatte sie bereits die Archive ihres Mannes gesichtet und Fotos zusammengestellt. Das Buch sollte für einen guten Zweck auf einer Gala in Bozen verkauft werden. Ihre Oma wollte das unbedingt machen. Es war ihr ein wirklich wichtiges Anliegen. Das Geld kommt nämlich bedürftigen Kindern zugute. Das Kapitel ist auf 25 Bilder begrenzt, ein jedes mit kurzer Beschreibung, damit die Druckkosten nicht zu hoch ausfallen. Meinen Sie nicht, Sie könnten die Arbeit beenden?

Andernfalls wäre ich wirklich in großen Schwierigkeiten. So kurzfristig jemand anderen dafür zu finden, ist fast unmöglich. Es soll nächste Woche bereits in Druck gehen", endete die Frau.

Amalia musste sich bemühen, höflich zu bleiben. Was bildete sich diese Frau Rauch eigentlich ein? Erst heute war die Beerdigung gewesen und die sorgte sich nur darum, dass ein Buch nicht fertig wurde. „Nein. Es tut mir leid. Ich fahre übermorgen Abend nach Berlin zurück", sagte sie schroff und konnte es sich nicht verkneifen, schnippisch hinzuzufügen, „da werden Sie sich wohl oder übel etwas anderes für Ihre Spendenaktion einfallen lassen müssen. Auf Wiederhören."

Bevor sie auflegen konnte, hörte sie noch ein „Rufen Sie mich an, falls Sie es sich doch noch anders überlegen".

Als Amalia die Tasse mit ihrem dank Frau Rauch kalt gewordenen Kräutertee zur Spüle brachte, fiel ihr Blick auf ein Bild, das sie als Vierzehnjährige mit Zille neben dem Gipfelkreuz des *Weißzints* zeigte. Es war Amalias erster Dreitausender gewesen. Die Tränen begannen von Neuem zu fließen. Es war schon nach zehn, bis sie sich wieder einigermaßen gefangen hatte. Erschöpft beschloss sie, ins Bett zu gehen. Der Wohnbereich und Omas Schlafzimmer lagen im Erdgeschoss. Oben befanden sich ein Bad, ihr früheres Kinderzimmer und das Atelier. In den 1980er-Jahren hatte Zille eine zweite Treppe anbauen lassen, damit ihre Kunden von außen ins Fotostudio gelangen konnten, ohne durch die Wohnung gehen zu müssen. Sie ging schnell ins Bad, wo sie die Fliesen, die wie immer eiskalt waren, unter ihren nackten Füßen spürte. Als sie beim Zähneputzen in den Spiegel schaute, fuhr sie zusammen. Sie sah furchtbar aus. Die Nase knallrot vom Sonnenbrand, die Augen verquollen vom

Weinen und auf ihrer Stirn prangte ein großer dunkelgrauer Fleck. „Ach herrje, die wasserfeste Wimperntusche von der Autofahrt. Was mussten die Leute von ihr gedacht haben, als sie so schlampig zur Beerdigung aufgetaucht war? Wieso hatte keiner etwas zu ihr gesagt? Ach, auch egal – jetzt war auch nichts mehr daran zu ändern." Sie wusch sich schnell das Gesicht und ging dann müde in ihr altes Kinderzimmer.

Wie immer war ihr Bett mit einer rosafarbenen Blümchenbettwäsche frisch bezogen, so als hätte Zille ihr Kommen jeden Moment erwartet. Doch anders als bei ihren sonstigen Besuchen stellte sich dieses Mal kein heimeliges Gefühl ein, als sie unter die Bettdecke schlüpfte. Früher hatte sie immer gedacht, dass das Haus und ihr Kinderzimmer es waren, die ihr Geborgenheit und das Gefühl „zu Hause zu sein" schenkten, wenn sie von ihren Reisen und Auslandsaufenthalten zurückgekommen war. Aber jetzt stellte sie bitter fest, dass ohne die Herzlichkeit ihrer Oma das Haus still und beinahe fremd auf sie wirkte. Obwohl es August war, fror sie und konnte sogar an ihren Beinen Gänsehaut spüren. Amalia fühlte eine tiefe Leere in ihrem Inneren. Ihr wurde schmerzhaft bewusst, dass nicht Übermüdung und Schlafmangel der letzten Tage sie frieren ließen, sondern die Einsamkeit.

Kurz bevor sie nach Afrika geflogen war, hatte sie sich in Berlin von ihrem Freund Ben getrennt. Sie waren zwei Jahre zusammen gewesen. Doch nach der anfänglichen Verliebtheit hatte sich immer mehr herauskristallisiert, dass sie beide unterschiedliche Ansichten hinsichtlich ihrer Zukunft hatten. Beide räumten ihren Berufen höchste Priorität ein, was anfangs für Amalia mit ein Grund war, warum sie sich in Ben verliebt hatte. Ben erwartete nicht von ihr, dass sie jeden Abend und jedes Wochenende Zeit für ihn hatte und ihn bekochte, sondern er war stolz darauf, dass sie genau wie er Karriere machte. Am Monatsanfang hatten sie ihre Terminkalender abgestimmt und sich, wann immer möglich, an den Orten getroffen, an denen sie beruflich zu tun hatten. Irgendwann hatte sie sich jedoch gefragt, ob sie sich ihr Leben wirklich so vorgestellt hatte. Sollten sie sich immer nur dann sehen können, wenn sich im Kalender des jeweils anderen gerade ein Platz fand? Eingetragen als Meeting?

Sie hatte lange Gespräche mit Ben darüber geführt, hatte ihm erklärt, dass sie irgendwann ein gemeinsames Zuhause, vielleicht auch eine gemeinsame Familie haben wollte. Zuerst hatten sie um einen Kompromiss gerungen und um ihre Beziehung gekämpft, aber bald feststellen müssen, dass es keine Einigung gab. Ben war kein Mann, der gerne an einem Ort blieb. Berlin war nur ein Drehkreuz für ihn, um beruflich durch die Welt zu jetten.

Schließlich hatte sie am Wochenende, bevor sie nach Afrika geflogen war, die Beziehung, die seit Wochen nur noch dahingedümpelt war, endgültig beendet. Doch gerade bereute Amalia ihre Entscheidung. Wäre Ben jetzt hier, könnte sie sich an seiner Schulter anlehnen. Sehnsüchtig dachte sie daran, wie schön es wäre, jemanden zu haben, mit dem sie über alles reden könnte, der sie jetzt nach Omas Tod auffinge und ihr Kraft gäbe. Der den Weg der Trauer gemeinsam mit ihr ginge. Der ihr jetzt helfen könnte, den tragischen Tod Zilles zu verkraften. Unwillkürlich rollten einige Tränen über ihre Wangen. Dann fasste sie sich. Unsinn. Ben hätte niemals den Kongress in Australien, auf dem er gerade war, abgesagt. Er hätte ihr telefonisch Mut zugesprochen, sie daran erinnert, dass sie eine starke Frau sei und spielend alleine damit fertig werde. Er hätte sie sicherlich täglich angerufen und Anteil genommen, aber letztlich wäre sie trotzdem alleine am Grab ihrer Großmutter gestanden. Nein, sie hatte das Richtige getan.

Amalia kuschelte sich tiefer in ihr Kissen. Obwohl sie völlig erschöpft war, wollte sich kein Schlaf einstellen. Die Gespräche vom *Malile* kreisten in Endlosschleife durch ihr übermüdetes Gehirn. Oma erschossen ... der Schütze flüchtig! Sie hoffte, dass die Polizei den Schuldigen finden und zur Rechenschaft ziehen würde. Sie kannte fast alle Jäger und konnte sich einfach nicht vorstellen, welcher von ihnen so grausam war, Zille auf dem Weg verbluten zu lassen. Wahrscheinlich hatte auch der Schütze einen Schock erlitten und in Panik gehandelt, aber warum stand er jetzt, nachdem Ruhe eingekehrt war, nicht zu seiner Tat? Sie wusste keine Antwort darauf. Es war weit nach Mitternacht, als sie endlich in einen unruhigen Schlaf fiel.

3.

15. Juli 1971 – Zille

„Amen“, beendeten Zille und der neunjährige Andreas das Gebet gemeinsam. Sie beteten jeden Abend für den verstorbenen Mann und Vater, und heute jährte sich der Todestag ihres Mannes zum dritten Mal. Es spendete ihnen beiden Trost, sich miteinander zu erinnern. Zille hatte das Gefühl, dass der Junge leichter über den Tod des geliebten *Tata* hinwegkam, wenn sie oft über ihn sprachen, auch wenn es ihnen beiden anfangs schwergefallen war und reichlich Tränen geflossen waren. Mittlerweile war es ein lieb gewonnenes Ritual geworden, die Erlebnisse des Tages vor dem Zubettgehen Revue passieren zu lassen und mit der Zeit war immer mehr Neues an die Stelle der alten Erinnerungen gerückt.

„Gute Nacht, *Mamme*“, murmelte Andreas, dem schon fast die Augen zufielen.

„Gute Nacht“, antwortete Zille und zog die Bettdecke bis zum Hals des Jungen herauf. Bevor sie das Licht löschte, gab sie ihm einen Kuss und verließ das Zimmer. Anschließend ging sie an ihre Arbeit. Sie hängte das Schild „Nicht öffnen“ an die Tür ihrer provisorisch eingerichteten Dunkelkammer und begann, die Filme von der am Wochenende fotografierten Hochzeit zu entwickeln.

Ihre Gedanken flogen zurück zu ihrem eigenen Hochzeitstag, einem goldenen Septembertag vor zehn Jahren. Im ersten Jahr ihrer Ehe war Andreas geboren worden. Die kleine Familie hatte in einer Dachkammer im Elternhaus ihres Mannes gewohnt. Das Geld war zwar knapp, aber sie waren glücklich. Allmählich erhielt ihr Mann immer mehr Aufträge als Fotograf, sodass sie es sogar geschafft hatten, ein wenig Geld zu sparen. Er fotografierte auf Hochzeiten, Geburtstagen und machte die alljährlichen Klassenfotos sämtlicher Schulen im Umkreis. Nicht selten fuhr er dafür mit dem Bus oder Fahrrad bis nach Bruneck oder ins Ahrntal, denn ein Auto konnten sie sich nicht leisten.

Manchmal nahm er sie auch zu einem Termin mit. Dann war es ihre Aufgabe, darauf zu achten, dass die Leute richtig standen, alle Hemdkragen gerichtet waren und Halsketten gerade hingen. Schnell entwickelte sie einen Blick für die Details, die momentan nicht wichtig erschienen, aber hinterher ein Foto ruinieren konnten.

Sie selbst hatte sich in dieser Zeit hauptsächlich um die kränklichen Eltern ihres Mannes, den Haushalt und Andreas gekümmert. Als dann kurz nacheinander ihre Schwiegereltern starben, machte ihnen ihr Schwager, der als Ältester den kleinen Hof samt Haus geerbt hatte, klar, dass er das Zimmer, in dem sie wohnten, selbst benötige. Ihr Mann hatte schon immer von einem eigenen Heim mit einem kleinen Fotostudio und Laden geträumt. Dort sollte Zille Filme an Touristen verkaufen, Negative entwickeln, Abzüge machen und die bestellten Fotos aushändigen. Er selbst wollte sich mehr auf das Fotografieren konzentrieren. Zille hatte der Gedanke mit dem eigenen Laden auch sehr gut gefallen. Zuerst hatte sie gehofft, zusammen mit ihrer Mutter dort zu arbeiten, aber diese war überraschend zwei Jahre nach Zilles Hochzeit an einer verschleppten Lungenentzündung verstorben.

Eines Abends war ihr Mann freudestrahlend nach Hause gekommen und hatte es nicht erwarten können, bis Andreas endlich geschlafen hatte. „Du, Zille, der Steingruber würde uns einen Bauplatz verkaufen. Ich habe gleich zugesagt", war es aus ihm herausgeplatzt.

Noch heute musste Zille lächeln, wenn sie an diesen Moment zurückdachte. Das Strahlen in seinen Augen, die Vorfreude, die Aufregung. Sie schmiedeten Pläne und ihr Glück schien vollkommen zu sein. Jede freie Minute schufteten sie gemeinsam auf der Baustelle, um so schnell wie möglich beim Schwager ausziehen zu können. Besonders Zille belastete es, nur geduldet zu sein.

Der Rohbau war gerade fertig, als der schreckliche Unfall passierte. Zille hatte Andreas zu Bett gebracht, während ihr Mann am Bau noch das angelieferte Material in den ersten Stock tragen wollte. Nachdem er Stunden später nicht zurückgekehrt war, wurde sie unruhig und ging in stockdunkler Nacht selbst hinüber zur Baustelle. Sie versuchte, die alte Baulampe anzuschalten, doch diese funktionierte nicht. Ängstlich rief sie immer wieder in die Dunkelheit, aber nichts rührte sich. Kein Laut war zu hören. Vorsichtig ging sie weiter. Plötzlich stolperte sie und fiel zu Boden. Hektisch tastete sie den Boden ab, um sich aufzurichten, als sie den vertrauten Strickjanker ihres Mannes berührte. Fassungslos erkannte sie, dass dort sein lebloser Körper vor der Stromverteilung lag. Zitternd strich Zille über sein Gesicht und stellte fest, dass es bereits kühl war.

Später stellte sich heraus, dass ein Kabel fehlerhaft angeschlossen war. Für Zille war damals die Welt zusammengebrochen. Bedrückt erinnerte sie sich an die schlaflosen Nächte, in denen sie verzagt überlegt hatte, wie es weitergehen sollte. Sie hatte Schulden, ein Haus im Rohbau, kein Einkommen und die Verantwortung für einen kleinen sechsjährigen

Buben. Die junge Witwe war von einer dunklen, trostlosen Verzweiflung erfasst worden, die kein noch so winziger Strahl Hoffnung erhellte.

Am ersten Wochenende nach dem Unfall war sie mutlos mit Andreas an der Hand zur Baustelle gegangen. Wie erstarrt blieb sie stehen, da am Rohbau emsige Betriebsamkeit geherrscht hatte. Fast jede Familie des Dorfes war mit ein oder zwei Männern vertreten: Elektriker, *Hydrauliker,* Schreiner und viele helfende Hände, die kräftig zupackten. Die Hilfsbereitschaft der Dorfbewohner hielt die kommenden Monate an, sodass Zille im darauffolgenden Frühjahr einziehen konnte. Aus dem Traum ihres Mannes, in dem Haus ein Fotogeschäft und Atelier einzurichten, war zwar vorerst nichts geworden, aber sie war unendlich dankbar gewesen, ein Dach über dem Kopf zu haben. Hilda hatte sie zur Bank begleitet und die Situation geschildert. Der Sachbearbeiter kam ihr entgegen und reduzierte die monatlichen Raten. Nur durch die Hilfe der Pfundrer und ihrer Freundin Hilda hatte sie diese schwere Zeit überstanden.

Hilda war es auch, die sie auf die Idee brachte, selbst zu fotografieren. Zuerst hatte Zille gezögert, aber je länger sie darüber nachdachte, desto besser gefiel ihr der Gedanke. Entwickeln konnte sie bereits. Sie hatte sich alle Bücher ihres Mannes über das Fotografieren zusammengesucht und akribisch durchgearbeitet. Bald waren für sie Perspektive, Belichtungszeiten und Spiegelreflextechnik keine Fremdworte mehr. Sie hatte die Anleitung der Kamera, die sich ihr Ehemann ein Jahr vor seinem Tod gekauft hatte, aufs Genaueste studiert. Immer wieder schoss sie Probefotos und verglich deren Qualität. Mit der Zeit stellte sie zufrieden fest, dass sie immer besser wurde.

Aufträge zu bekommen, war jedoch unsäglich schwer. Sobald die Kunden verstanden, dass sie anstelle ihres verstorbenen Mannes kommen wollte, lehnten sie ab. Keiner traute ihr zu, gute Bilder zu machen. Hilda schlug ihr vor, eine Annonce in die „Dolomiten", die deutschsprachige Südtiroler Tageszeitung, zu setzen. Doch auch das brachte nichts. In den ersten drei Monaten bekam sie nur einen einzigen Auftrag. Ein Bauer hatte sich mit seiner preisgekrönten Kuh „Rosl" fotografieren lassen. Er war der Einzige, der ihr Fotos „vom schönsten Tag des Lebens" zutraute. Abwertend nannten die Leute sie die „Bildermacherin" anstatt „Fotografin" und belächelten ihre Bemühungen. Ihr blieb nichts anderes übrig, als jede Arbeit, die sich ihr bot, anzunehmen. Tagsüber half sie bei der Stallarbeit oder der Heuernte und nachts putzte sie. Doch sie gab nicht auf. Sie ließ sich von der Gemeinde Adressen von Brautleuten geben und fuhr persönlich zu ihnen. Zusätzlich durchforstete Zille die Zeitungen nach Veranstaltungen und Jubiläen und bot immer wieder ihre Dienste an. Oft fotografierte sie den ersten Auftrag gratis, andere Male vereinbarte sie, die Bilder zu machen und die Kunden später entscheiden zu lassen, ob sie sie überhaupt wollten. Immer wieder zahlte sie drauf, doch dabei lernte sie, welche Motive bei den Kunden besonders ankamen und am liebsten genommen wurden.

Die letzten drei Jahre seit dem Tod ihres Mannes waren wirklich hart gewesen, aber langsam ging es bergauf. Sie hatte im letzten Sommer begonnen, die beiden Zimmer im oberen Stock für einige Monate zu vermieten. Andreas und sie übernachteten in dieser Zeit in der *Stube* im Erdgeschoss. Auch wenn ihr Bub sein Kinderzimmer nur ungern räumte, sah er ein, dass sie das Geld dringend brauchten, um den Kredit an die Bank zurückzuzahlen. Frühmorgens machte Zille Frühstück für die Gäste, die zu einer Bergtour aufbrechen wollten und abends kochte sie für sie. Mancher Tag endete erst spät in der Nacht, aber sie ließ sich nie anmerken, dass sie bereits beim Aufstehen todmüde war und am liebsten nur im Bett geblieben wäre. Einige der deutschen Gäste, die dieses Jahr wiedergekommen waren, hatten Andreas gebrauchte Kleidung und Spielsachen mitgebracht. Zille war froh und dankbar für diese Hilfe, da der Bub ständig zu wachsen schien und die Hosen immer nur bis kurz über den Knöchel reichten. Außerdem begannen die Leute nun endlich, sie als Fotografin ernst zu nehmen. Zum Glück konnte sie sich über die momentane Auftragslage nicht beschweren. Der ihr früher so verhasste Titel „Bildermacherin“ wurde inzwischen oft mit Respekt ausgesprochen.

4.

Am nächsten Morgen wachte Amalia wie gerädert auf. Ihr Blick fiel auf das Filmposter der *Titanic,* das die Kussszene von *Leonardo DiCaprio* und *Kate Winslet* am Bug des Schiffes zeigte. Ihre Freundin Evi und sie hatten sich damals den Film dreimal im Kino angeschaut.

Amalia kuschelte sich noch einmal in ihre Kissen, um nach der unruhigen Nacht noch ein bisschen zu schlafen, aber ihre Gedanken kreisten unaufhörlich um Zille. Wie groß war wohl das Risiko, von einer Gewehrkugel, die über einen Weg flog, getroffen zu werden? Statistisch gesehen war das unwahrscheinlicher, als von einem Blitz getroffen zu werden oder zweimal in seinem Leben im Lotto zu gewinnen. Aber Amalia wusste, dass es trotzdem immer wieder zu Jagdunfällen kam.

Da an Schlaf nicht zu denken war, stand sie auf und zog sich eine schmal geschnittene dunkle Hose und einen schwarzen Pullover an. Ihre braunen Locken, die ihr weich über die Schultern fielen, fasste sie zu einem Pferdeschwanz zusammen. Dann ging sie in die Küche, um zu frühstücken. Sie öffnete den Kühlschrank und hoffte darin etwas Essbares zu finden. Speck, Salami, eine bereits abgelaufene Frischmilch und verschrumpelte Tomaten. Die Wahlberlinerin verzog das Gesicht. Nicht unbedingt die passenden Zutaten für ein vegetarisches Frühstück. Früher hatte Zille ihr immer Rührei mit Speck zum Frühstück gemacht und keinerlei Verständnis für die „neumodischen Essgewohnheiten" ihrer Enkelin aufgebracht. Wehmut erfasste sie, als sie an die ausgedehnten, gemütlichen Morgenstunden mit ihrer Großmutter dachte.

Um sich abzulenken, beschloss sie, einkaufen zu gehen. Sie kramte in ihrer Handtasche nach Handy, Geldbeutel und Autoschlüssel und packte sie gerade in Omas Einkaufskorb, als es an der Tür klingelte. Amalia öffnete und trat erschrocken einen Schritt zurück.

Draußen standen zwei Männer. „Signorina Engl?", fragte der Kleinere von beiden, ein magerer Mann über fünfzig. Er trug einen schlecht geschnittenen mausgrauen Anzug mit einer unmöglichen schwarz-rot gemusterten Krawatte. Er hatte eine Glatze.

„Wahrscheinlich damit keiner bemerkt, dass ihm die Haare ausfallen, aber dadurch wird sein eckiger Kopf nur noch betont", dachte Amalia boshaft. „Ja", stammelte sie und fragte sich, woher er ihren Namen kannte.

„Ich bin *Commissario* Frattini von der *Polizia di Stato* und das ist *Assistente* Ponti", stellte er sich und seinen Kollegen mit deutlich italienischem Akzent vor. Ponti war ein Stück größer und auch wesentlich jünger als Frattini. Er trug einen dunkelblauen Anzug mit hellblauem Hemd und erinnerte sie mit seinen schwarzen Locken auf den ersten Blick an den Fußballer *Luca Toni,* nur war er nicht ganz so gut aussehend. Vier Männer und eine Frau in weißen Overalls, so wie sie es aus zahlreichen Krimiserien kannte, warteten geduldig im Hintergrund. „Wir müssen dringend mit Ihnen reden. Können wir hereinkommen? Der stellvertretende Staatsanwalt Luigi Rondoni hat uns mit den weiteren Untersuchungen bezüglich des Todes von Cäcilia Huber betraut. Unsere Kollegen müssten sich außerdem im Haus umschauen ..." Bevor Amalia protestieren konnte, hielt er ihr ein eng beschriebenes weißes DIN-A4-Blatt vor die Nase und drängte sich an ihr vorbei in den Hausflur. Sie nahm an, dass es sich um einen Durchsuchungsbescheid handelte.

Amalia fand ihre Stimme wieder: „Setzen wir uns in die Küche. Können Sie mir erklären, was hier los ist?“ Das Team der Spurensicherung schwärmte aus und verteilte sich im Haus. Sie hörte, wie im oberen Stockwerk Schubladen geöffnet und wieder geschlossen wurden.

„Also, Sie sind Frau Engl?“, fragte Frattini, kaum, dass sie Platz genommen hatten. „In welchem Verhältnis standen Sie zu Frau Huber?“

Bestimmt wusste er das schon, wenn er ihren Namen kannte, dachte Amalia misstrauisch. Ein wenig schnippisch antwortete sie: „Ich heiße Amalia Engl und bin die Enkelin von Frau Huber, verheiratete Engl. Das dürfte Ihnen alles bekannt sein.“

„Sie wohnen in diesem Haus?“

„Ich bin nach dem Unfalltod meiner Eltern bei meiner Großmutter aufgewachsen. Allerdings lebe ich schon seit Jahren in Berlin, aber immer, wenn ich in Südtirol bin, wohne ich hier.“

„Ach, Ihre Eltern sind auch tot?“

„Sie sind bei einem Lawinenunglück in den Bergen ums Leben gekommen. Ich war damals drei Jahre alt.“

„In Ihrer Familie scheint es ja außerordentlich viele Unfälle zu geben.“

Amalia sah ihn schockiert an. Wie konnte er es wagen, so leichtfertig über die Schicksalsschläge ihrer Familie hinwegzugehen? Bevor Frattini sie weiter provozieren konnte, stellte sie schnell die Frage, die ihr am meisten am Herzen lag: „Wer von den Jägern hat denn meine Oma erschossen?“ Jetzt, wo endlich die Stunde der Wahrheit gekommen war, fürchtete sich Amalia fast vor der Antwort. Hoffentlich war es kein Freund von ihr gewesen, denn sie hätte nicht gewusst, wie sie mit dieser Situation umgehen sollte.

Als nun Assistente Ponti mit freundlicherem Tonfall und ausgeprägterem Akzent als Frattini zu sprechen begann, meinte sie Mitleid in seinen dunklen Augen erkennen zu können. „Ihre Großmutter ist nicht erschossen worden mit den untersuchten Waffen. Die Ballistik ist eindeutig. Die Tatwaffe ist in Pfunders nicht registriert als Waffe für Jagd."

„Wir gehen davon aus, dass ein Verbrechen zugrunde liegt. In welcher Hinsicht ist noch zu untersuchen", schaltete sich Frattini wieder ein und blickte ihr dabei direkt in die Augen.

Amalia sah ihn entsetzt an und wiederholte ungläubig: „Verbrechen?"

„Ja, Signorina. Ein Jagdunfall kann nun mit Sicherheit ausgeschlossen werden. Deshalb müssen wir Ihnen noch einige Fragen stellen. Sie sind doch einverstanden?"

Die junge Frau hatte keinen Zweifel daran, dass er die letzte Frage nur aus Höflichkeit gestellt hatte und ausführliche Antworten von ihr erwartete. Während Frattini ihr mit sehr aufrechter Haltung gegenübersaß, ging Ponti durch die Küche, sah sich aufmerksam Bilder an und hörte ihnen zu.

„Wer erbt denn dieses schmucke Haus einmal?", fragte Frattini.

„Ich, außer mir gibt es niemanden mehr. Sowohl mein Vater als auch ich sind Einzelkinder." „Wo waren Sie am ersten August nachmittags, also an dem Tag, als Ihre Großmutter zu Tode gekommen ist?", fragte Frattini und strich sich mit der flachen Hand über seine Glatze.

„Das meinen Sie jetzt aber nicht ernst, oder? Sie fragen mich nach einem Alibi?", fragte Amalia entgeistert. „Sie verdächtigen mich des Mordes an meiner Oma? Ich bin bei ihr aufgewachsen. Sie war die Einzige, die sich von Kind an um mich gekümmert hat. Glauben Sie mir, ich habe sie geliebt!“, rief Amalia empört und ihre Stimme klang ein wenig schrill. Sie konnte nicht verbergen, dass sie wegen der Verdächtigungen richtig wütend wurde. Diese beiden Clowns meinten tatsächlich, sie hätte sich im Gebüsch versteckt und auf die Zille angelegt? Wenn es nicht so traurig wäre, wäre es komisch.

„Wir ermitteln in alle Richtungen. Das ist reine Routine“, entgegnete Frattini.

Das Schweigen breitete sich unbehaglich aus. Die Sekunden verstrichen zäh wie Kaugummi. Amalia erkannte, dass es nichts nützte, nicht zu antworten. „Ich war bei einem Fotoshooting im Serengeti-Nationalpark im Norden von Tansania für ‚Harper's Bazaar'. Ich bin erst am sechsten August zurückgekommen“, gab sie sich schließlich geschlagen, als sie das Schweigen und den durchdringenden Blick Frattinis nicht mehr aushielt.

„Beweise?“

„Moment, ich habe noch die Boardingkarten.“ Sie stand auf, holte ihre Tasche vom Flur herein und fand die Unterlagen der Fluggesellschaft, ausgestellt auf ihren Namen. „Sehen Sie, ich war nicht im Land. Hier auch mein Reisepass. Da können Sie die Ein- und Ausreisestempel überprüfen. Glauben Sie mir jetzt?“, fragte die Fotografin matt.

Frattini betrachtete die Flugtickets und den Pass eingehend und nickte dann Ponti zu. „Va bene. Haben Sie einen Verdacht? Hatte jemand Ihrer Meinung nach ein Motiv?“

Amalia überlegte, doch ihr fiel niemand ein. „Mord? Wer sollte meine Oma ermordet haben?“, stammelte sie immer noch ratlos und kopfschüttelnd.

„Genau das ist die Frage, die wir uns auch stellen und die es dringend zu beantworten gilt."

Die Küchentür wurde geöffnet und eine blonde Frau im Overall trat ein. „Wir haben Einbruchsspuren an der Haustür gefunden. Das Schloss ist verkratzt. Ist hier in letzter Zeit eingebrochen worden?"

„Nein, das hätte mir meine Oma sicherlich erzählt. Wir haben sehr oft miteinander telefoniert. Nanne, unsere Nachbarin, hat auch nichts gesagt. Sie hat hier geputzt und hätte es sicherlich gewusst", sagte Amalia immer noch heillos überfordert mit der neuen Situation.

„Wir werden in einer guten Stunde durch sein. Hier ist alles sehr ordentlich und übersichtlich. Den Computer aus dem Atelier nehmen wir aber auf jeden Fall mit. Bis jetzt haben wir nichts gefunden, was auf ein Motiv hindeutet", sagte die Frau in einem ersten Zwischenbericht an die beiden Polizeibeamten gewandt.

Frattini erhob sich. „Es wäre gut, wenn Sie sich für weitere Fragen zu unserer Verfügung halten. Wir bitten Sie, in der nächsten Zeit das Land nicht zu verlassen."

„Ich kann höchstens eine Woche bleiben, danach habe ich einen Auftrag in Thailand, den ich unmöglich verschieben kann."

„Bis dahin hat sich hoffentlich alles aufgeklärt", sagte Frattini, und Amalia begleitete die beiden Polizisten nach draußen.

Als Amalia die Tür hinter dem ungebetenen Besuch schließen wollte, entdeckte sie Nanne auf dem Balkon des Nachbarhauses. Sie goss die roten Geranien, hatte aber den Blick wie gebannt auf Amalias Eingang gerichtet, sodass ihr gar nicht auffiel, dass das Wasser der Gießkanne nicht in den Topf, sondern danebenlief. Typisch, dachte sie amüsiert, Hauptsache, der Nanne entgeht nichts. Sie hob kurz die Hand zum Gruß, bevor sie die Haustür schloss. Aus dem Fenster beobachtete sie, wie Frattini und Ponti hinüber zu Nanne gingen.

Verwirrt und ziellos lief sie die nächste Stunde in der Küche hin und her. Immer wieder versuchte sie sich zu setzen, um eine Illustrierte zu lesen oder ein Kreuzworträtsel zu lösen, aber die innerliche Anspannung ließ sie jedes Mal wieder aufstehen. Nach einiger Zeit kamen die Kriminaltechniker herunter, um sich Küche und Wohnzimmer vorzunehmen, und Amalia zog sich in ihr früheres Kinderzimmer zurück. Erleichtert konnte sie nach schier unendlichem Warten durch das Fenster beobachten, dass die Männer in den weißen Overalls einige Sachen aus dem Haus in den PKW luden und wegfuhren. Ein Unfall, ja, mit dem hätte sie irgendwie umgehen können. Aber ein kaltblütiger Mord an ihrer herzensguten Oma, das konnte sie sich nicht vorstellen. War es jemand von außerhalb gewesen? Oder gar jemand vom Dorf? Aber warum? Wer in aller Welt hatte einen Grund, eine alte Frau zu erschießen? Sie konnte nur hoffen, dass die Polizei den Schuldigen schnell fand, sonst würde sie keine Ruhe finden, spürte sie instinktiv.

Sie hatte sich einen Tee gekocht und sich gerade hingesetzt, als es schon wieder an der Tür läutete – dieses Mal allerdings Sturm.

„Amalia, ich bin's!"

Amalia erkannte Nannes Stimme und öffnete die Tür.

Nanne drängte sich mit ihrem voluminösen Körper an ihr vorbei und ließ sich auf die Eckbank plumpsen. „Ich hab nix gsagt."

„Wie? Du hast nix gsagt?", fragte Amalia nach.

Nanne hatte eine hellblaue Kittelschürze an, deren Nähte in Pink leuchteten. Aus ihrer Schürzentasche ragten weiße Gummihandschuhe mit schwarzen Kuhflecken. Amalia lächelte wehmütig. Auch ihre Oma hatte nie ohne Handschuhe gespült oder geputzt. Zille war immer stolz auf ihre zarten, weichen Hände gewesen und hatte ihre Enkelin und auch Nanne immer ermahnt, es ihr gleichzutun. Als sie Amalia in Berlin besucht hatte, hatte sie im KaDeWe Putzhandschuhe als kleines Mitbringsel für Nanne gekauft, weil diese sich während ihrer Abwesenheit um ihre Blumen gekümmert hatte. Das war typisch für Zille gewesen. Ein Kaufhaus gefüllt mit den schönsten, teuersten und edelsten Produkten der Welt, und Zille hatte es unbeeindruckt nur mit einem Paar Gummihandschuhen wieder verlassen.

„Na ja, ein Mord in meiner engsten Nachbarschaft. Wer hätte gedacht, dass ich das auf meine alten Tage noch erleben muss ..."

„Ja, das hat mich auch ziemlich schockiert", gab Amalia zu.

„Sie haben mich gefragt, ob ich mir vorstellen könnt, wer die Zille ...", sie brach kurz ab, seufzte und fuhr dann fort, „... umgebracht haben könnte. Ein Motiv wollten sie haben, die feinen Herrn Polizisten. Aber ich habe nichts gesagt, weil mir nichts eingefallen ist. Und dann, stell dir vor, Amalia, haben sie mich nach meinem Alibi gefragt", wobei sie das Wort „Alibi" auf dem ersten „i" betonte und dieses so langzog, dass Amalia trotz des traurigen Anlasses schmunzeln musste.

„Und Nanne, hast ein Alibi?“, fragte sie grinsend nach und ahmte Nannes Aussprache nach. „Wir waren ja zusammen *watten* und dann hat uns der Felix mitgenommen. Ich war keine Sekunde allein. Das hab ich den Herren schon klargemacht. Ich habe deine Oma, Gott hab sie selig, nicht ermordet“, endete sie und schnaufte tief durch. „Soll ich eigentlich bei dir mal putzen? Bei der Bildomocharin habe ich ja jeden Freitag geputzt.“

Amalia rang mit sich. Sie wusste, dass Nanne das Geld gut brauchen konnte, aber die Vorstellung, dass ihre neugierige Nachbarin in ihren Sachen herumstöberte, behagte ihr nicht sonderlich. „Ach, Nanne, ich bin ja nur diese Woche da. Es ist g'scheiter, du machst alles gründlich sauber, wenn ich abfahre. Ist das in Ordnung? Aber jetzt muss ich mich beeilen. Ich wollte grad zum Einkaufen fahren.“ Die junge Frau erhob sich und hoffte, dass Nanne den Wink mit dem Zaunpfahl verstand.

„Ja, so machen wir es“, sagte Nanne gutmütig. Sie stand schwerfällig auf und ging zur Tür, wobei sie immer wieder leise murmelte: „A Mord, na, na ... na, so was. A Mord.“

Amalia schaute auf die Uhr und entschloss sich, nur schnell das Nötigste im Dorfladen einzukaufen. Als sie zurückkam, war es bereits Spätnachmittag, und sie hatte mittlerweile das Gefühl, dass ihr Magen vor lauter Hunger bis zu den Kniekehlen hing. Durch ihre Arbeit war sie es zwar gewöhnt, unregelmäßig zu essen, doch in den letzten Jahren hatte sie mehr darauf geachtet, sich gesund zu ernähren. Sie packte sich für ein Shooting meistens Obst oder rohes Gemüse ein, das sie während einer Fünfminutenpause schnell zwischendurch essen konnte. Doch heute hatte sie noch nicht einmal gefrühstückt. Sie war so betroffen von der Hausdurchsuchung und der Nachricht, dass ihre Oma einem Mord zum Opfer gefallen war, dass sie das Essen komplett vergessen hatte. Erst kurz bevor Nanne gekommen war, war ihr bewusst geworden, dass sie immer noch nichts im Magen hatte.

Sie machte sich ein Gemüserisotto und spülte dann ab. Amalia hängte das feuchte, grün-weiß-karierte Geschirrtuch an den Heizkörper. Sie schmunzelte, als sie das Logo der „Südtiroler Bauernjugend“ darauf sah, umrahmt von einer kitschigen Enzian- und Edelweißbordüre. Obwohl das Tuch schon fast zerschlissen war, hätte Zille es nie weggeworfen. Sie hatte alle Dinge benutzt, bis sie nicht mehr zu gebrauchen waren, und dann, falls möglich, noch eine andere Verwendung für sie gefunden. Das Geschirrtuch wäre sicherlich ein Schuhputzlumpen geworden, bevor es in den Müll gewandert wäre. Ihre Oma hatte einfach nicht aus ihrer Haut gekonnt. Obwohl sie es als Fotografin zu einem bescheidenen Wohlstand gebracht hatte, hatten sie die Entbehrungen ihrer Kindheit ein Leben lang geprägt. Zille musste früher jede Lira dreimal umdrehen, bevor sie sie ausgab. Sie hatte Amalia manchmal davon erzählt, dass sie als Kind oft nicht wusste, ob es eine warme Mahlzeit am Tag gäbe. Auch später als junge Witwe hatte sie hart arbeiten müssen, um zu überleben. Und jetzt, wo sie ihr Alter sorgenfrei hätte genießen können und endlich begonnen hatte, sich manches ohne schlechtes Gewissen zu gönnen, war sie ermordet worden.

Als Amalia die Küche aufgeräumt hatte, dachte sie nach, wie sie jetzt vorgehen sollte. Morgen wollte sie eigentlich nach Berlin zurückkehren. Aber die Polizisten hatten ihr unmissverständlich klargemacht, dass sie vorerst hierbleiben musste. Wenn sie allerdings daran dachte, dass in diesem

Haus eingebrochen worden war, erfasste sie ein ungutes Gefühl. In Berlin oder in einem der Hotelzimmer hätte sie mit einem Einbruch gerechnet, aber niemals hier in dem kleinen beschaulichen Ort. Beunruhigt ging sie durch das Erdgeschoss und schloss ein gekipptes Fenster. Ein zweites Mal würde hier sicherlich keiner einbrechen, versuchte sie sich zu beruhigen. Sie beschloss, vorsichtig zu sein. Keine offenen Fenster, keine offenen Haustüren. Sie musste zuerst herausfinden, womit sich ihre Oma die letzten Tage beschäftigt hatte, und vor allem musste sie wissen, wer sie ermordet hatte. Sie überlegte kurz. In der nächsten Woche hatte sie nur zwei kleinere Aufträge. Sie hatte absichtlich freie Zeit eingeplant, weil sie die Bilder von Afrika durchgehen und nachbearbeiten musste, aber das konnte sie auch in Pfunders erledigen.

Als sie vor knapp acht Jahren nach Berlin gezogen war, hatte sie alle Modelagenturen und Zeitschriftenverlage abgeklappert und dort Flyer ausgelegt. Leider waren am Anfang nur wenige Aufträge gekommen und manchmal hatte sie am Monatsende von Dosenravioli leben müssen und sie hatte sich nur ein winziges Zimmer in einer WG leisten können. Doch mittlerweile war sie gut im Geschäft und verdiente ordentlich. Allerdings genoss sie es auch zu leben und war weit weniger sparsam als ihre Großmutter. Sie gab gerne Geld für Mode und Design aus. In ihrer Berliner Wohnung war alles neu und farblich aufeinander abgestimmt. Wenn etwas schäbig aussah, ersetzte es die Fotografin sofort. Nichts erinnerte an den Südtiroler Einrichtungsstil. Kaum Holz, keine warmen Töne. Die Zweizimmerwohnung im angesagten Stadtteil Kreuzberg war komplett in Weiß eingerichtet.

Weißer Dielenboden, weiße Lackmöbel mit Edelstahlumrahmungen, weiße Küche. An den Wänden hingen Schwarz-Weiß-Fotos in Postergröße, die hauptsächlich aus ihrer Zeit in New York stammten. Amalia ahnte, dass sich ihre Großmutter in ihrem minimalistischen Appartement nie besonders wohl gefühlt hatte. Bevor sich Zille auf die Couch setzte, kramte sie immer in ihrer Handtasche und zog ihr großes Stofftaschentuch hervor. Sie breitete es auf dem Rand der Couch aus, um ja keinen Fleck zu hinterlassen.

Mit dem Handrücken wischte Amalia ein paar Tränen weg und beschloss, noch einige Tage in Pfunders zu bleiben. Sie griff sich ihr Handy und rief bei Maurice, einem befreundeten Fotografen und Stylisten, an und bat ihn, ihre beiden Termine in der nächsten Woche zu übernehmen. Erleichtert stellte sie fest, dass sich nur die Mailbox meldete. Sie hatte keine Lust auf große Erklärungen. Schnell teilte sie ihm mit, dass sie noch einige Tage bleiben würde, um nach dem Tod ihrer Großmutter einiges in Südtirol zu regeln. Kurz überlegte sie, ob sie ihm erzählen sollte, dass der Unfall ein Mord gewesen war. Nein, das war zu komplex für die Mailbox.

Nach dem Anruf ging sie fast ehrfürchtig ins Atelier. Bisher hatte sie es vermieden, dorthin zu gehen, denn nirgends war ihre Oma so präsent wie in diesem Raum. Ihr graute davor, das leere verwaiste Fotoatelier zu betreten, in dem sie als Kind so viele Stunden verbracht hatte. Die Abendsonne fiel durch die Fenster herein und tauchte das Studio in warmes Licht. Liebevoll strich sie über die große eichene Ladentheke, deren Front aus Glas war. Früher war es Amalias Aufgabe gewesen, die verschiedenen Filme für Fotoapparate einzusortieren und rechtzeitig nachzubestellen. Doch mit der digitalen Fotografie waren die kleinen gelben und grünen Filmschachteln aus der Auslage verschwunden und stattdessen waren dort Digitalkameras ausgestellt worden. Von der Decke hingen, an einem Schienensystem befestigt, verschiedene Fotohintergründe, die sie zusammen mit Zille ausgesucht hatte.

„Man muss immer mit der Zeit gehen, *Gitsche,* sonst verliert man seine Kunden", war einer von Zilles Ratschlägen gewesen, als Amalia sich in Berlin selbstständig machte. Das hatte ihre Oma immer beherzigt. Zu einer Zeit, als ihre Freundinnen in Rente gingen, hatte sie sich mit PC, digitaler Fotografie und Bildbearbeitungsprogrammen beschäftigt. Was ihren Beruf anging, war sie immer up to date und, im Gegensatz zu anderen Bereichen ihres Lebens, offen für alles Neue gewesen.

Die Dunkelkammer, in der Zille früher ihre Bilder entwickelt hatte, stand offen. Dort waren haufenweise graue Pappschachteln gestapelt, und Amalia erkannte an den Jahreszahlen, dass diese Fotos allesamt aus den Anfängen der Ehe ihrer Großeltern stammten. Die neueren Bilder hatte Zille als Back-up auf CD-ROMs archiviert und säuberlich in unzähligen akribisch beschrifteten Plastikboxen sortiert. Sie selbst hielt es genauso, wie Zille es immer gepredigt hatte: „Man weiß nie, wofür die alten Fotos gut sind." Und sie hatte recht gehabt, denn durch ihr umfangreiches Archiv hatte Zille immer wieder Anfragen von Verlagen erhalten, die Bildbände zusammenstellten, wodurch sie ihre Fotos ein weiteres Mal verkaufen konnte.

Amalia stellte zufrieden fest, dass man nicht erkannte, dass heute Vormittag die Spurensicherung im Haus war. Alles war wieder ordentlich an seinem Platz, lediglich einige Pappschachteln waren nicht in chronologischer Reihenfolge geordnet und der Computer fehlte. Sie ging zum Schreibtisch, auf dem wild durcheinander alte Schwarz-Weiß-Fotos lagen. War ihre Oma beim letzten Auftrag in Eile gewesen? Oder hatte die Spurensicherung die Unordnung hinterlassen? Fasziniert setzte sie sich und sah sich die Bilder genauer an: Eines zeigte die Pfundrer Kirche mit einigen Leuten davor. Nach den Frisuren und Kleidern schätzte Amalia, dass die Aufnahme aus den 1960er-Jahren stammen musste. Auf einem anderen waren mehrere Leute im Arbeitsgewand zu sehen, wie sie das Heu an einem steilen Hang auf mehrere Haufen zusammenrechten. Amalia fand ein Bild von einem Dorffest. Sie vermutete, dass es der „Kirschta" war, das Kirchweihfest, das bis heute jedes Jahr groß gefeiert wurde. Sie sah einen weiteren Stapel durch. Jedes Foto zeigte eine andere Alltagssituation. Das mussten die Fotos sein, die Oma für den Bildband zusammengestellt hatte.

Sie zog die Schreibtischschublade auf und suchte nach Omas Terminkalender. Ganz hinten fand sie das in Filz eingebundene Büchlein. Was hatte Zille in den letzten Tagen vor ihrem Tod gemacht? Sie blätterte bis zum August, als ein Foto herausfiel. Die Aufnahme stammte ungefähr aus der gleichen Zeit wie diejenigen auf dem Schreibtisch. Sie wollte es gerade zu den anderen legen, als sie plötzlich Oma und Opa darauf erkannte. Da es nur wenige Aufnahmen gab, die das Ehepaar gemeinsam zeigten, weil normalerweise einer der beiden immer fotografiert hatte, nahm sie es genauer in Augenschein. Auf dem Bild waren vier junge Männer und zwei Mädchen zu sehen, die Rucksäcke vor sich abgestellt hatten, als wollten sie zu einer Bergtour aufbrechen. Ihr Opa hatte mit einem breiten Grinsen den Arm um Zille gelegt und daneben stand deren beste Freundin Hilda. Sie schaute sich noch einmal die Gesichter der anderen Männer an. Alle kamen Amalia bekannt vor, aber sie konnte sie nicht zuordnen. Ob sie an dem Tag wohl zu einer schwierigen Bergtour aufgebrochen waren? Amalia legte das Bild zur Seite und beschloss Hilda zu fragen, ob sie sich an den Tag und die Leute erinnerte.

5.

Als Amalia am nächsten Tag die Augen aufschlug, schien die Sonne hell in ihr Zimmer. Eigentlich war heute der Tag, an dem sie nach Berlin zurückfahren wollte. Sie sprang aus dem Bett. Wenn sie schon hierblieb, würde sie das Beste daraus machen. Vielleicht hatte Evi ja Lust, mit ihr ein Stück in die Berge zu gehen. Barfuß und im Nachthemd ging sie hinunter in die Küche, schaltete die Kaffeemaschine ein und rief ihre Freundin an.

„Das ist wirklich eine schöne Idee und ich freu mich riesig, dass du dieses Mal länger in Pfunders bleibst," sagte Evi atemlos, „aber meine Schwiegermutter hat Geburtstag und wir sind alle bei ihr zum Essen eingeladen, nachmittags gibt's dann Kaffee und Kuchen, weißt ja, wie das ist."

Nachdenklich legte Amalia auf. Sie wusste eigentlich nicht, wie das war. Dieses Leben mit Mann, Kindern und großer Verwandtschaft war ihr fremd. Schon in ihrer Kindheit waren sie und ihre Oma immer nur zu zweit gewesen, drei, wenn man Hilda noch dazurechnete, was Amalia tat. Aber eine große Tafel für Geburtstagsfeiern war nie vonnöten gewesen. In Berlin hatte sie natürlich gute Freunde, aber von so einem familiären Alltag, wie Evi ihn beschrieb, war sie meilenweit entfernt. Solange sie in Berlin lebte, war ihr das nicht weiter aufgefallen, da es bei ihren Freundinnen und Kolleginnen ähnlich war. Aber jetzt überrollte sie eine unerwartete Welle der Einsamkeit. Letztes Jahr war sie dreißig geworden, und immer öfter fühlte sie Sehnsucht nach einer Familie mit Kindern. Sie trat ans Fenster und schaute gedankenverloren in die Pfundrer Berge, über denen ein strahlend blauer Himmel wolkenlos leuchtete. Sie gab sich einen Ruck. Trübsal blasen half nichts, wenn ihre Freundin keine Zeit hatte, würde sie eben alleine gehen.

Zweifelnd schaute sie wenig später auf den Inhalt ihres Koffers: kurze Röcke, Blusen, Hosen mit Bundfalten und leichte Cardigans. Nichts davon war für eine Wanderung geeignet. Zögernd öffnete sie den Kleiderschrank in ihrem Zimmer. Die Tür des alten Bauernschrankes ging knarrend auf. Hier war alles zurückgeblieben, was Amalia zuerst für New York und später für Berlin als nicht „hip" genug erachtet hatte. Zum Glück fanden sich eine alte Jeans und ein abgetragenes graues T-Shirt mit einem verwaschenen „Hardrock-Café"-Aufdruck. *Bärig …* die ausgewaschene Jeans, die sie mit 18 getragen hatte, passte wieder. Im Regal im Flur waren noch ihre guten Bergschuhe, die sie hiergelassen hatte, weil sie in Berlin keine Verwendung für sie hatte. Schnell packte sie etwas zu trinken, ein Fernglas und eine Jacke in den Rucksack ihrer Oma. In einer Schublade fand sie ein paar Grablichter. Diese, nahm sie sich vor, würde sie an der Stelle aufstellen, wo ihre Oma gestorben war.

Dann schnappte sie sich noch schnell einen Apfel und fuhr mit dem Auto nach *Dun,* einem Weiler hinter Pfunders, wo die Straße endete. Dort parkte sie und machte sich auf in Richtung *Weitenberg*. Das erste Stück der Forststraße führte steil nach oben, hoch über dem wild rauschenden *Weitenberger Bach,* der im Sommer immer noch viel Schmelzwasser führte. Links ging es viele Meter in die Tiefe und auf der anderen Seite des Baches ragten glatte, feuchte Felswände in die Höhe. Obwohl in diese enge Schlucht kaum ein Sonnenstrahl vordrang, stand ihr nach einigen Minuten der Schweiß auf der Stirn und sie blieb kurz stehen, um ihre dunklen Haare zu einem Pferdeschwanz hochzubinden.

Als sie endlich das Gatter am Ende der Steigung erreichte, hielt sie inne und genoss den Ausblick, der sich ihr bot. Das Tal öffnete sich und der zuvor tosende Bach floss hier friedlich in sanften Kurven durch grüne Almwiesen, auf denen Kühe weideten. Im Frühling leuchteten diese Hänge rosa, da sie über und über mit Alpenrosen bedeckt waren, aber jetzt im August war diese Pracht leider schon verblüht. Im Hintergrund ragten der *Tschorn,* die *Grabspitze*, die *Gruibe,* der *Stern* und die *Seefeldscharte* in den strahlend blauen Himmel. Sie hörte das typische Pfeifen der Murmeltiere. Schnell nahm sie Omas Fernglas aus dem Rucksack, suchte die Felsen ab und entdeckte gar nicht weit entfernt ein *„Murmentele“*, das aufrecht auf einem Felsen stand und immer wieder schrill pfiff. Sie wischte sich den Schweiß von der Stirn und schritt zügiger voran. Manchmal blieb sie stehen, um am Wegrand Blumen zu pflücken, die sie dann an der Stelle niederlegen wollte, wo ihre Oma ermordet worden war. Es ging vorbei an einem riesigen Felsquader, dem „Kaschtn“, über eine Holzbrücke und bald kam sie an die Weggabelung, wo sie die Forststraße verließ. Durch Almrosenbüsche hindurch bog sie auf einen kleinen Jägersteig ab.

Hier in der Nähe musste es gewesen sein. Langsam wanderte sie weiter und suchte die Umgebung mit den Augen ab. Nach etwa hundert Metern wusste sie, dass sie die richtige Stelle gefunden hatte. Sie war nicht die Erste, die auf die Idee mit den Kerzen gekommen war. Ungefähr zehn Kerzen standen da. Manch einer hatte einen Wiesenblumenstrauß abgelegt und mehrere Jäger hatten einen *Trauerbruch,* einen Strauß aus Nadelzweigen und Eiben, niedergelegt. Amalia stiegen Tränen in die Augen angesichts dieser stillen, liebevollen Anteilnahme der Dorfbewohner. Sie legte ihre Blumen nieder und zündete die Kerze an.

Gedankenverloren setzte sie sich auf einen Stein und ließ ihren Blick in die Weite der Pfundrer Berge schweifen. Diese reine Schönheit war das Letzte, was ihre Oma je gesehen hatte. Vorne das sanfte Grün der Hänge, dann wurde es steiler und in der Ferne leuchteten die teilweise schneebedeckten Gipfel der Dreitausender des Zillertales. Das hätte Zille gefallen, ihre geliebten Berge im Sonnenschein, dachte Amalia gramerfüllt. Dieser Ort wirkte so friedlich, so entfernt von der Welt und trotzdem hatte das Böse hier gewütet. Wie konnte man eine alte Frau, die ihres Weges ging, aus dem Hinterhalt erschießen? So ein Verbrechen würde in Berlin erschüttern, aber hier in dieser abgeschiedenen Gegend, wo es schien, als wäre die Natur mächtig und unberührbar und der Mensch kaum vorhanden, wirkte dieser Mord unfassbar.

Amalia wischte ungeduldig eine Träne weg. Sie hatte die letzten Tage so viel geweint, dass sie von sich selbst genervt war. Aber jedes Mal, wenn sie das Gefühl hatte, mit den Begebenheiten klarzukommen, gab es neue Erkenntnisse, die sie wieder aus der Bahn warfen. Zuerst hatte sie gedacht, ihre Oma wäre bei einem „normalen" Unfall auf einer Wanderung gestorben. Dieser Verlust hatte höllisch geschmerzt, aber die Enthüllung bei der Beerdigung, dass sie erschossen worden war und der Schütze sie liegen gelassen hatte, hatte alles noch viel schlimmer gemacht. Als ihr dann gestern die Staatspolizei auch noch mitgeteilt hatte, dass es sich nicht um einen Jagdunfall, sondern vermutlich um Mord handelte, hatte Amalia das Gefühl, dass man ihr endgültig den Boden unter den Füßen weggezogen hatte.

Plötzlich hörte sie ein Pfeifen. Aber das war nicht das Pfeifen eines Murmeltieres, sondern klang wie ein Bauarbeiter, der einem hübschen Mädchen hinterherpfiff. Sie blickte sich suchend um. Wer war denn das? Sie war hier doch mutterseelenallein auf weiter Flur. Sie stand auf und sah sich um. Da erhob sich etwas oberhalb eine Gestalt, die halb versteckt im Schatten unter einem Felsen gesessen hatte. Amalia stützte empört die Hände in die Hüften und blickte ungehalten nach oben, bis sie endlich erkennen konnte, wer sie beobachtet hatte. Dann lachte sie befreit auf.

Es war Felix Steingruber, Nannes Sohn. Auch Felix grinste über das ganze Gesicht, als er die wenigen Meter zu ihr hinunterstieg. Er trug eine Berghose und ein durchgeschwitztes T-Shirt. Sein blondes Haar war verstrubbelt.

Der hat sich aber verändert, war Amalias erster Gedanke, die den Nachbarsjungen seit mehreren Jahren nicht mehr zu Gesicht bekommen hatte. Aus dem mageren Lausbub, den sie in Erinnerung hatte, war ein attraktiver Mann geworden. Er war immer noch schlank, aber unter seinem T-Shirt konnte sie breite Schultern und trainierte Muskeln erkennen. Nur die Belustigung in seinen blauen Augen war die gleiche wie damals, als er in ihrem Schulranzen einen Frosch versteckt und sich über ihren Schreck königlich amüsiert hatte.

„Das hätte ich mir ja denken können, dass es der Felix ist, der armen Wanderern am Wegesrand auflauert“, sagte sie vorwurfsvoll, lachte aber dann lauthals, weil sie sich wirklich freute, ihn zu sehen.

Statt zu antworten, musterte Felix sie ungeniert. „Jetzt schaust wenigstens wieder aus wie eine Pfundrer *Gitsche, Gugga* um den Hals und ordentliche Bergschuh'. Wie ich dich bei der Beerdigung in deine Stöckelschuhe durch Pfunders stelzen hab sehen, hab ich mir ernstlich Sorgen um dich gemacht", sagte er spöttisch.

Zuerst wollte Amalia aufbrausen, aber dann musste sie doch lachen. Er hatte ja recht. Sie deutete auf das Fernglas, das er als „*Gugga*" bezeichnet hatte und fragte: „Wo kommst denn du her? Ich habe schon einige Murmeltiere entdeckt, aber dich hab ich nirgendswo gesehen."

Felix deutete nach oben. „War schon auf dem *Tschorn,* während das Fräulein aus der großen Stadt noch geschlafen hat", sagte er und zwinkerte ihr zu. Dann wurde er ernst. Wie eine Wolke, die sich über die Sonne schob, verdunkelten sich seine Züge. Er deutete auf die Blumen und Kerzen am Weg. „Das mit deiner Oma tut mir leid, Amalia", sagte er ein wenig unbeholfen. „Ich hab der Zille heut schon ein paar Blumen gebracht. Sie war eine feine Frau."

Amalia nickte. Sie hatte schon wieder einen Kloß im Hals.

„Die *Mamme* hat gestern erzählt, dass es Mord war. Erst hab ich gedacht, sie reimt sich was zusammen oder übertreibt mal wieder maßlos ... Weißt ja, wie die *Mamme* ist."

Amalia grinste kurz. Sie musste sich daran erinnern, wie Nanne letztes Jahr allen im Dorf brühwarm von einer heißen Affäre zwischen dem Pfarrer und der Bäuerin vom Koflerhof erzählt hatte, „weil sich die Koflerin ständig heimlich zum *Widen* schleicht". Kurz darauf war aufgekommen, dass die Bäuerin einen Festgottesdienst für ihre silberne Hochzeit geplant und deswegen öfters das Pfarrhaus aufgesucht hatte.

„Weiß, was du meinst ...", sagte sie, aber dann erlosch ihr Lächeln. „Aber diesmal hat die Nanne recht gehabt. Es war eindeutig Mord. Die Oma wurde mit keiner der Jagdwaffen der Pfundrer Jäger erschossen. Das heißt, es war kein Unfall."

„Aber Mord? Das kommt mir so weit hergeholt vor. Ein Mord in Pfunders? In mir sträubt sich alles, das zu glauben“, sagte Felix skeptisch. „Vielleicht war es ja nicht ein Jäger, der fehlgeschossen hat, sondern ein Wilderer.“

Amalia lachte kurz und trocken auf. „Jetzt klingst du aber wie ein alter Heimatroman.“

„Dass in Pfunders gewildert wird, ist ein Fakt ...“, verteidigte sich Felix, „die Jäger wissen auch, wer ... aber erwischt haben sie ihn noch nie.“

„Im Ernst?“

„Ja, den Weidacher, den Wirt vom *Unterwirt*, haben sie schon lang im Verdacht, aber der Lump lasst sich nicht erwischen.“

Amalia konnte hören, dass in Felix’ Stimme Bewunderung mitschwang. Nachdenklich kniff sie die Augen zusammen. Der *Unterwirt* war für seine Wildküche bekannt. Bis aus Brixen und Bruneck kamen die Leute, um seinen ausgezeichneten Hirschbraten und sein zartes Gamsgulasch zu kosten. Er war ein verwegen aussehender, für einen Wirt recht schroffer Mann, der in jeder freien Minute in den Bergen zu finden war. Sah so heute ein Wilderer aus?

„Dann würde es auch Sinn machen, dass er sich aus dem Staub macht, wenn er versehentlich jemanden angeschossen hat ... Gibt es für Wilderei immer noch schlimme Gefängnisstrafen?“, fragte Amalia, die sich langsam für das Thema erwärmte. Das klang wirklich nach einem Roman von *Ganghofer*.

„Nein, das Wildern an sich ist nicht das Problem. Aber sie kriegen sie mit ‚unerlaubtem Waffenbesitz‘ dran und dafür sind die Strafen schon happig. Wahrscheinlich würde der Weidacher auch die Lizenz fürs Gasthaus verlieren.“

„Aaaah, das werden die ‚alle Richtungen' sein, von denen der arrogante Kommissar gesprochen hat. Gehen die *Carpf* dieser Spur nach? Hast du was gehört?", fragte Amalia aufgeregt.

„Ich denke, schon. Ich habe erfahren, dass viele der Jäger von der Polizei befragt wurden."

Amalia wurde bewusst, dass es für sie unendlich wichtig war, zu wissen, wer der Täter war und warum er geschossen hatte. Und in einem Punkt musste sie Felix recht geben: Ein Wilderer, der „aus Versehen" ihre Oma erschossen hatte, klang realistischer als ein kaltblütiger Mörder, der wissentlich auf sie angelegt hatte.

Felix schien ihr anzumerken, wie sie dieses Thema bekümmerte. „Bin jetzt auf dem Weg zur *Weitenbergalm*. Will dort den Hannes treffen. Gehst mit?", fragte er, um sie auf andere Gedanken zu bringen.

Da sie eh vorgehabt hatte, bis zur Alm zu gehen, nickte Amalia. Anfangs mussten sie hintereinander hergehen, weil der Weg so schmal war, aber dann kamen sie wieder auf die Forststraße, die nur sanft anstieg, und konnten sich unterhalten.

Zuerst drückte Felix ihr noch einmal sein Beileid zum Tod ihrer Großmutter aus. „Die Zille war großartig. Hab sie letztes Jahr beim Eisbruggsee getroffen. Sie kannte wirklich jeden Stein. Wir sind dann zusammen zur Edelrauthütte weitergegangen, aber lange Pausen habe ich nicht machen müssen. Die war noch unglaublich gut beinand", sagte er rau, und Amalia war von der aufrichtigen Trauer in Felix' Augen berührt.

Danach erzählte sie ein wenig von Berlin, aber ihr fiel es schwer, sich auf das Gespräch zu konzentrieren. Die

Unbekümmertheit, die sie in der Vergangenheit ihrem Nachbarn gegenüber empfunden hatte, war heute verschwunden. Sie war sich plötzlich bewusst, dass neben ihr ein sehr attraktiver Mann herging, der sie nervös machte. Vor jedem Satz überlegte sie dreimal, bevor sie ihn aussprach. Was sie ärgerte, war, dass es Felix ganz und gar nicht so ging. Selbstbewusst und redegewandt erzählte er von seiner Arbeit und seinem Leben in Pfunders und zwischendurch neckte er sie, als wäre sie immer noch ein Schulmädchen mit Zöpfen. Das wurmte Amalia. Nur mit einem Ohr hörte sie zu, wie Felix berichtete, dass er gerade dabei war, ein Haus zu bauen.

„Und wer ist die Glückliche, die dort mit dir einzieht? Kenn ich sie?", fragte sie und sah ihn von der Seite an. Sie fühlte Neid in sich aufsteigen. Reiß dich zusammen, schalt sie sich innerlich. Jahrelang hast du nicht an Felix gedacht und jetzt stört es dich plötzlich, dass er für eine andere Frau ein Haus baut. Lächerlich.

Felix ließ seinen Blick in die Ferne schweifen. „Ich war lange mit der Sarah von der Eggerseite zusammen. Das ist letztes Jahr auseinandergegangen, aber ich wollte trotzdem etwas Eigenes und darum baue ich alleine. Die Richtige wird schon kommen", sagte er fast trotzig.

„Das habe ich ja gar nicht gewusst. Tut mir leid." Amalia ignorierte die Erleichterung, die in ihr aufstieg.

„Wie hättest du das auch wissen sollen, du hast dich ja nie mehr gemeldet, seit du nach New York abgehauen bist."

Amalia schluckte. Die harsche Zurechtweisung im Ton des sonst immer so unbeschwerten Nachbarn schockierte sie. Sie schwieg für einen Moment. Hatte sie sich wirklich nicht mehr gemeldet? Felix war zwei Jahre über ihr in der Schule gewesen, und während ihrer Grundschulzeit waren sie den

Schulweg täglich gemeinsam gegangen. Manchmal hatten sie sich auf dem Nachhauseweg heftig gestritten. Meistens aber hatten sie im Sommer am Bach oder im Winter bei wilden Schneeballschlachten die Zeit vergessen, sodass es zu Hause oft Ärger gegeben hatte, weil sie so spät gekommen waren.

Dann, als Amalia und ihre Freundinnen anfingen, abends auszugehen, hatten sie oft mit Felix und seinen Freunden gefeiert und die Nächte durchgetanzt. Sie konnte sich dunkel erinnern, dass Felix und Hannes bei ihrem ersten Rausch dabei gewesen waren und sie nach Hause gebracht hatten, wo eine zornige Zille sie schon an der Haustür erwartet hatte. Wenn sie und ihre Freundinnen in eine Disco wollten, war es Felix gewesen, der die Mädchen gutmütig nach Brixen oder Bruneck gefahren hatte, da er schon einen Führerschein hatte. Sie waren ihre ganze Kindheit und Jugend befreundet gewesen, und dann hatten sie den Kontakt verloren. Schuldbewusst blickte Amalia auf die Forststraße vor ihren Füßen. Als sie mit 19 aus Pfunders wegging, hatte sie noch kein Handy gehabt, und einem Buben einen Brief zu schreiben, wäre ihr peinlich gewesen. Aber später? Warum war sie nicht einfach zu ihm hinübergegangen, wenn sie ihre Oma besucht hatte? Anfangs hatte Zille sie sogar noch gedrängt: „Schau doch mal rüber zum Felix, der hat schon gefragt, wann du kommst." Aber später hatte die Oma auch nichts mehr gesagt. Bei ihrem ersten Urlaub in Pfunders hatte Evi furchtbaren Liebeskummer gehabt, sodass sie ihre ganze Freizeit mit ihr verbrachte. Die nächsten Male war es ihr dann gar nicht mehr in den Sinn gekommen, Felix zu besuchen. Wenn sie sich dann zufällig einmal im Dorf über den Weg liefen, hatte sie sich zwar gefreut, aber mehr Zeit als für ein bisschen

Small Talk oder einen schnellen Kaffee hatte sie sich nie genommen. Wenn sie jetzt daran dachte, wie er sie vor den größeren Buben in Schutz genommen hatte, schämte sie sich, dass sie diese Freundschaft so achtlos im Sande hatte verlaufen lassen. Aber es hatte immer so viel zu tun gegeben. So viele Pläne, Verabredungen und Reisen hatten gelockt.

Sie blickte auf und legte schuldbewusst eine Hand auf Felix' Arm. „Es tut mir leid. Da habe ich wirklich Mist gebaut. Ich hätte einfach mal zu euch rübergehen sollen. Weiß auch nicht, warum ..." Sie brach verlegen ab.

„Schon gut. Wirst schon deine Gründe gehabt haben", sagte Felix ruppig, aber ohne die vorherige Schärfe und sie konnte sehen, dass sich seine Mundwinkel entspannten.

„Bist du immer noch beim Kostner in Brixen?", fragte sie, um dieses unangenehme Thema zu wechseln, und blickte ihn betont arglos aus ihren grünen Augen an.

„Ja. Ich bin inzwischen für die Planung von den Großprojekten verantwortlich", antwortete er, und Amalia konnte den Stolz in seiner Stimme hören. Von Zille wusste sie, dass er einen Abschluss als Bautechniker gemacht hatte und schon seit vielen Jahren in dem Brixner Betrieb arbeitete. Dann sah er sie an. „Und bei dir? Wie schauen deine Pläne aus? Wirst du Zilles Laden übernehmen?"

Amalia war verblüfft. Die Idee, Zilles Fotoatelier weiterzuführen, war ihr keine Sekunde lang gekommen. Sie kniff die Augen zusammen. „Weißt du, ich habe mich in Berlin selbstständig gemacht. Es war schwierig, sich in der anspruchsvollen Modebranche einen Namen zu machen. Aber jetzt läuft es ganz ordentlich, da kann ich nicht einfach alles hinschmeißen, um nach Pfunders zurückzukommen." Das wäre außerdem auch das Letzte, was sich Amalia für sich wünschte. Statt kunstvolle, gut bezahlte Modefotos an exklusiven und oft exotischen Locations zu machen, müsste sie dann übergewichtige Bräute vor malerischen Bauerngärten ablichten. Das sagte sie aber lieber nicht laut, denn Felix hielt sie wahrscheinlich auch so schon für abgehoben und arrogant genug.

Plötzlich kam die Alm in Sicht. Sie lag in einer Senke und erst wenige Meter, bevor man sie erreichte, konnte man sie vom Weg aus sehen. Ein paar Schweine lagen faul in der Sonne und einfache Holztische vor der Hütte luden zum Verweilen ein. Sie setzten sich und bestellten ein Bier. In Berlin trank sie niemals Bier, aber nach einer schweißtreibenden Wanderung schmeckte einfach nichts so gut wie ein eiskaltes Bier. Während sie ein wenig mit dem Senner ratschten, sah sie einen Wanderer von der anderen Seite kommen. Er war dunkelgrün gekleidet und trug einen großen Jagdrucksack.

Amalia sprang auf. „Hannes“, rief sie und lief dem Jäger entgegen.

Auf dessen Gesicht spiegelte sich Freude, als er sie kurz in den Arm nahm und dann auf die Wangen küsste. „Schön, dass du noch da bist. Meine Mutter hat gemeint, du fährst gleich nach der Beerdigung wieder.“

„Das hatte ich zunächst auch vor, bin dann aber dem Pfundrer Zauber erlegen“, antwortete Amalia ausweichend. Sie wollte nicht gleich herausposaunen, dass ihr die Polizeibeamten nahegelegt hatten, im Land zu bleiben.

„Endlich kommst du zur Vernunft“, brummte Hannes und ließ sich neben sie auf die Bank fallen.

Während er ein Bier bestellte, betrachtete ihn Amalia versonnen. Hannes war Hildas Sohn. Da Amalia jede Woche einige Nachmittage bei Hilda verbracht hatte, wenn Zille arbeiten musste, war Hannes für sie wie ein großer Bruder geworden. Beide waren sie Einzelkinder und hatten daher den Familienanschluss genossen. Er war bei ihrer Erstkommunion und Firmung dabei gewesen und hatte ihr, da er älter war, bei den Hausaufgaben geholfen. Zu Amalias liebsten Kindheitserinnerungen gehörte, wie sie und Hannes in einvernehmlichem Schweigen in Hildas großer wohnlicher Küche die Hausaufgaben gemacht hatten. Der ganze Tisch war mit Büchern übersät und es war nur das Kratzen ihrer Füller zu hören gewesen. Hilda hatte nebenan in ihrem Büro die Buchführung ihres Mannes gemacht und gegen vier oft einen Kuchen hervorgezaubert.

Was sie am meisten an Hannes schätzte, war, dass er sie ernst genommen hatte, obwohl er fünf Jahre älter war als sie. Ihm hatte sie es erzählt, wenn sie gehänselt worden war oder wenn sie bei einer Schulaufführung die Einzige war, die mit ihrer Oma ankam. Auch ihr Fernweh und ihre Sehnsucht nach unbekannten Orten hatte er verstanden. Gegen Abend war dann oft Zille gekommen, um sie bei den Raffeiners abzuholen, und war dann meist noch auf einen Kaffee geblieben.

Der einzige Schatten über diesem harmonischen Arrangement war der *Riegla Soggila* gewesen. Wenn er früher nach Hause kam und sie und Oma in der Küche antraf, hatte sofort eine Spannung in der Luft gelegen. Amalia hatte deutlich spüren können, wie unwillkommen sie waren. Stets waren sie sofort aufgebrochen. Auch dass Hilda meist ohne Punkt und Komma redete, um das peinliche Schweigen ihres Mannes zu überspielen, hatte die Stimmung eher noch unbehaglicher gemacht, anstatt sie zu verbessern. Amalia hatte sich oft gefragt, was der erfolgreiche Zimmerer gegen sie hatte. Sie wusste, dass er charmant und sogar humorvoll sein konnte. Das hatte sie im Gasthaus oft genug beobachtet. War es, weil sie und Oma zu unwichtig waren? Setzte er seinen Charme nur ein, wenn es für ihn politisch oder finanziell einen Nutzen brachte? Oder hatte er das Gefühl, dass sie und Zille Hildas Großzügigkeit und Zeit schamlos ausnutzten?

Hannes war ganz anders. Zwar sah er seinem Vater äußerlich sehr ähnlich: groß, ein wenig grobschlächtig, braune Haare, durchdringende grüne Augen und eine markante Adlernase. Vom Wesen her kam er allerdings nach seiner Mutter. Obwohl er aus der wahrscheinlich wohlhabendsten Familie in Pfunders kam, war er bescheiden und zurückhaltend. Im Mittelpunkt zu stehen hasste er. Am glücklichsten war er, wenn er auf der Jagd in den Bergen unterwegs war. Er war hilfsbereit und hielt Freundschaft mit den Burschen im Dorf. Während sein Vater im schwarzen Porsche Cayenne durch Pfunders bretterte, fuhr Hannes seit vielen Jahren einen ziemlich zerbeulten forstgrünen Suzuki-Jeep. Die beiden Männer einte der Ehrgeiz, die Zimmerei und das Sägewerk voranzubringen, wobei der Vater aber niemals Zweifel daran ließ, dass er alleiniger Chef und der Herr im Haus war.

Hilda nannte Hannes immer ihr „kleines Wunder", denn sie hatte über Jahre vergeblich versucht, schwanger zu werden. Als sie die Hoffnung aufgegeben und sich schweren Herzens mit ihrer Kinderlosigkeit abgefunden hatte, war sie kurz vor ihrem 40. Geburtstag zu ihrer völligen Überraschung doch noch schwanger geworden.

Im Gegensatz zu Felix hatte Amalia den Kontakt zu Hannes nie verloren, weil es undenkbar gewesen wäre, Pfunders zu besuchen, ohne Hilda zu sehen. Auch war er ein paarmal in Berlin gewesen und sie hatten regelmäßig miteinander telefoniert. Als der Senner Hannes das Bier brachte, bestellten die Männer Kasknödel und Amalia Tomaten mit Frischkäse. Für dieses Gericht war die Alm berühmt, obwohl es kein typisches Hüttenessen war. Amalia liebte den Frischkäse, der viel würziger als Mozzarella war.

Während sie aßen, schimpfte Hannes über seinen Vater, der nicht einsah, warum es nötig war, eine neue *Abbundmaschine* zu erstehen, solange man die alte richten konnte. „Er gibt Tausende von Euros aus, um das alte *Glump* zu reparieren. Es wäre viel rentabler, eine neue zu kaufen. In Wirklichkeit hat er bloß Angst, dass er sich zu wenig mit Computern auskennt, um die Anlage selbst steuern zu können. Es wäre ihm ein Graus, wenn einer von unseren jungen Angestellten besser mit der neuen Maschine klarkäme als er", machte Hannes seinem Ärger Luft.

Felix stimmte ihm zu und Amalia lächelte in sich hinein. Da hatte Hannes den wunden Punkt seines alten Herrn ganz genau erkannt. Obwohl sein Sohn nach dem Holzbaustudium in Rosenheim mit vollem Einsatz mitarbeitete, fiel es dem alten Patriarchen schwer, anzuerkennen, dass dieser ihm in manchen Bereichen ebenbürtig, ja sogar manchmal überlegen war. Amalia hatte schon manches Mal mit Hannes darüber geredet, der oft so frustriert war, dass er mit dem Gedanken spielte, den elterlichen Betrieb zu verlassen und woanders anzufangen. Hannes, normalerweise die Ruhe und Besonnenheit in Person, konnte richtig in Rage geraten, wenn er mit seinem Vater aneinandergeriet.

Sie legte beruhigend ihre Hand auf seine. „Lass ihn sich mit der alten Maschine rumärgern, irgendwann muss er einsehen, dass es nicht mehr geht, und dann bekommst du deinen Willen", sagte sie besänftigend.

„Aber das ist so eine Zeitverschwendung", regte sich Hannes auf. „Wie viel effektiver wir mit der neuen arbeiten könnten ..."

Felix unterbrach die Tirade seines Freundes, indem er dem Senner winkte und drei Schnäpse bestellte. Nachdem dann auch Hannes eine Runde bestellt hatte, wollte sich Amalia auch nicht lumpen lassen und spendierte die dritte Runde. Währenddessen hatte Hannes seinen Ärger vergessen und die drei unterhielten sich über Leute, die sie alle kannten, und Erinnerungen aus früheren Zeiten.

Manchmal kam es Amalia vor, als würde Felix sie beobachten. Wenn sich ihre Blicke für einen Moment kreuzten, schlug ihr Herz schneller. Warum war ihr früher nie aufgefallen, wie blau seine Augen und wie liebenswert seine Grübchen waren, die immer erschienen, wenn er lächelte? Wenn er sich auf das Gespräch mit Hannes konzentrierte, wirkte er ernsthaft und männlich. Männlich? Das wäre das letzte Wort gewesen, das Amalia früher mit dem schlaksigen Lausbuben in Verbindung gebracht hätte. Ob ich mich in seinen Augen auch so verändert habe, fragte sich Amalia. Sie löste den Gummi ihres Pferdeschwanzes und schüttelte die langen dunklen Haare, sodass sie wieder locker über ihre schmalen Schultern fielen, und warf dabei einen verstohlenen Blick auf Felix. Ob sie ihm gefiel? Felix war so ziemlich das genaue Gegenteil von ihrem Exfreund, den sie bis vor Kurzem für den perfekten Mann gehalten hatte. Ein Naturmensch, wohingegen Ben sich nur im Großstadtdschungel richtig wohlgefühlt hatte. Während ihr Freund aus Kindertagen heimatverbunden war, betrachtete Ben die ganze Welt als sein Zuhause. Felix legte sicher auch nur wenig Wert auf materielle Dinge und Markenprodukte, wohingegen es

Ben immer wichtig gewesen war, technisch sowie modisch auf dem neuesten Stand zu sein. Wie konnte sie nur zwei so unterschiedliche Männer attraktiv finden? Als sie jetzt von ihrer letzten Reise nach Afrika erzählte, sah sie Felix' Blick nachdenklich auf sich ruhen. Aber sie konnte nicht deuten, was er dachte. Sie lächelte ihm zu und er lächelte kurz zurück, sah dann aber weg.

Als sie sich einige Stunden und ein paar Bier später auf den Heimweg machten, waren sie noch nicht weit gegangen, als Felix stehen blieb, sich umdrehte und nach oben zeigte. „Seht ihr die Höhle dort oben?"

Amalia blinzelte gegen die Sonne und konnte im grauen Felsen einen schwarzen Fleck erkennen, der wahrscheinlich der Eingang war.

„Mmmh", sagte sie vage.

„Da haben früher wilde Gelage stattgefunden … deine Oma und seine Eltern", Felix deutete auf Hannes, „müssen in ihrer Jugend auch dabei gewesen sein."

„Bist du sicher?", fragte sie überrascht.

„Ja, ganz sicher, die müssen früher öfters miteinander unterwegs gewesen sein, erzählen die Leut'."

Hannes schaute skeptisch. „Erzählen die Leut'", äffte er Felix nach. „Klingst schon wie deine *Mamme.*"

„Doch! Das stimmt", beharrte Felix. „Letzten Sonntag nach der Kirche war ich noch im *Dorftreff* und auf an *Weißen,* und da hat sich der alte Stocka zur Hilda gesetzt, die einen Kaffee getrunken hat. Zuerst hat alles ganz friedlich ausgeschaut. Die Hilda und der Sepp haben über die Feiern im *Weitenberg* gescherzt. Plötzlich kam die Zille und hat sich dazugesetzt. Dann hat es nicht lange gedauert und der Sepp hat mit der Faust auf den Tisch gehauen und geschrien:

‚Du hast unser aller Leben verpfuscht! Mit dir sitz ich nicht an einem Tisch!' Dann ist deine Oma wie von der Tarantel gestochen aufgesprungen und hat sich vor ihm aufgebaut und zurückgeschrien: ‚Ich kann es nicht mehr hören! Nach all den Jahren fängst du wieder mit den alten Gschichten an. Ich war es nicht! Ich habe dir tausendmal gesagt, dass ich es nicht war! Vielleicht ist jetzt die Zeit für die Wahrheit gekommen.'"

Zwischen Felix' Augen hatte sich eine steile Falte gebildet, als er versuchte, sich möglichst genau an den Wortlaut zu erinnern. „Es war ganz seltsam. Deine Oma hat ja normalerweise nie die Stimme erhoben. Außer vielleicht beim *Viererwatten*", fügte er mit einem kurzen Aufblitzen von Humor hinzu. Dann wurde er sofort wieder ernst, "aber am Sonntag war sie völlig außer sich. Auch der Stocka hat gebebt vor Zorn. Normalerweise ist das ja eher ein schweigsamer Kauz. Er hatte schon ein paar Glaserln Rotwein intus, aber so aufbrausend habe ich den noch nie gesehen. Es war für einen Moment totenstill im *Dorftreff,* dann ist deine Oma aus dem Lokal gerauscht und der Stocka hat noch ein bissl mit der Hilda getuschelt, die, glaub ich, versucht hat, ihn zu beruhigen."

Hannes sagte: „Meine Mutter hat gar nichts davon erzählt."

Amalia sagte erst einmal gar nichts. Am Sonntag hatte ihre Oma in der Öffentlichkeit mit jemandem gestritten und am Freitag war sie ermordet worden. Wahrscheinlich war er bloß betrunken gewesen und hatte dadurch ihre Oma erzürnt. Aber vielleicht hatte es doch etwas mit ihrem Tod zu tun. Wenn es nicht der Wilderer gewesen war, musste es jemanden mit einem Motiv geben. Nach dem, was Felix gerade erzählt hatte, klang es so, als hätte dieser Plankensteiner einen richtigen Zorn auf die Oma gehabt. Sie würde auf alle Fälle Hilda danach fragen, nahm sie sich vor.

„Wenn die Hilda nichts davon erzählt hat, war es vielleicht gar nicht so dramatisch, wie es der Felix, unsere alte ‚Dramaqueen', dargestellt hat. Hast vielleicht schon ein paar *Weiße* gehabt, wie das passiert ist?", fragte sie mit mehr Leichtigkeit, als sie verspürte.

„Ganz schön frech, die Kleine aus der Stadt", konterte Felix und lachte sie an, sodass sie seine Grübchen sehen konnte.

Hannes jedoch schwieg nachdenklich und es dauerte lange, bis er sich wieder am Gespräch beteiligte. Als sie bei den Blumen und Kerzen ankamen, die die Stelle markierten, an der die Oma gestorben war, blieben sie stehen. Hannes nahm seinen Jagdhut ab und alle drei verharrten mit gesenktem Kopf, um Zille zu gedenken.

Als sie weitergingen, sagte Hannes leise: „Es tut mir so leid, Amalia. Mir fehlt deine Oma auch, mir kommt unsere Küche immer ganz leer vor, wenn ich nach der Arbeit heimkomme und die Zille nicht bei der *Mamme* bei einem Kaffee sitzt. Aber die *Mamme* hat gesagt, dass die Zille ganz friedlich ausgesehen hat, wie sie dagelegen ist." Er drückte kurz ihre Hand.

Amalia wusste die gut gemeinten Worte zu schätzen, aber irgendwas stimmte da nicht. Sie dachte angestrengt nach. Dann wurde ihr klar, was sie beschäftigte: „Deine Mutter hat die Zille gesehen, nachdem sie erschossen worden ist? Aber die Hilda ist doch mit dem Felix im Auto heimgefahren. Sie müsste doch schon lange zu Hause gewesen sein, als es passiert ist?", fragte Amalia perplex.

Felix nickte. „Das stimmt, aber als wir fast am Parkplatz waren, hat die Hilda gemerkt, dass sie ihr Fernglas bei einer Rast auf dem Hinweg liegen lassen hat. Ich hab ihr angeboten, noch einmal zurückzufahren, aber sie hat gesagt, es sei nicht weit, sie gehe lieber zu Fuß. Ihr Auto ist eh in *Dun* gestanden, weil sie in der Früh die vier Kartenspielerinnen gefahren hat. Sie wollte nachkommen. Daher war sie als eine der Ersten bei Zille", erzählte Felix.

„Dass sie mir das nicht erzählt hat", wunderte sich Amalia.

„Sie wollte dich wahrscheinlich nicht aufregen", meinte Hannes.

Amalia nickte, das wäre typisch für Hilda. Dann kam sie nicht mehr viel zum Nachdenken, weil die beiden Burschen das Tempo anzogen und sie sich nicht die Blöße geben wollte, zurückzufallen.

Bei ihren Autos angekommen, beschlossen sie, sich in der Bar Pizzen zu holen und bei Amalia zu essen. Als sie dann noch bis spät in der Nacht mit einer Flasche Rotwein in Zilles Küche zusammensaßen, hatte Amalia das erste Mal das Gefühl, hier wieder zu Hause zu sein. Zilles Tod wurde mit keinem Wort erwähnt und Amalia war den beiden jungen Männern dankbar, dass sie sie für ein paar Stunden Abstand zu ihren Sorgen gewinnen ließen. Das Lachen und Reden in vertrautem Ton vertrieb für einige Stunden die Leere, die durch Zilles Tod entstanden war.

Erst als sich Felix und Hannes erhoben, um sich zu verabschieden, wurde Amalia wieder mulmiger zumute. Sie fühlte sich nicht mehr richtig sicher im Haus, seit sie wusste, dass Zille ermordet worden war und dass es Einbruchsspuren an der Haustür gab. „Kann mir einer von euch einen Schlüsseldienst empfehlen?", fragte sie unvermittelt.

„Ja. In der Firma arbeiten wir immer mit ‚Schloss & Schlüssel' aus Bruneck zusammen. Die kommen normalerweise ziemlich schnell", antwortete Hannes. „Warum?"

„Die *Carpf* haben Einbruchsspuren an der Haustür festgestellt. Ich hab mir gedacht, es ist g'scheiter, das Schloss austauschen zu lassen." Sie lachte kurz ein wenig unecht auf, als wäre das eine übertriebene Vorsichtsmaßnahme. Auf keinen Fall wollte sie, dass Felix sie für hysterisch hielt. Aber beide Männer sahen sie besorgt an.

„Wieso hast du nichts gesagt?", wollte Hannes wissen. „Du musst unbedingt das Schloss austauschen lassen.

„Ich gehe schnell hinüber zu mir", sagte Felix. „Von meinem Tata liegt sicher noch ein altes Schloss in der Werkstatt im Keller. Das ist auf alle Fälle sicherer als deines."

Hannes nickte. „Gute Idee." Er wandte sich wieder an Amalia: „Wenn irgendetwas ist, egal wann, ruf an. Bin sofort da."

Amalia lächelte Hannes dankbar an. Es war ein gutes Gefühl zu wissen, dass er nur einen Anruf entfernt war.

„Bin gleich wieder da", sagte Felix und verschwand in der Dunkelheit.

Auch Hannes verabschiedete sich und umarmte die junge Frau kurz. „Meld dich, wenn was ist", sagte er noch einmal eindringlich.

Es dauerte nur fünf Minuten, dann kehrte Felix mit einem Schloss und einer Werkzeugkiste zurück. Amalia lehnte an der Wand im Flur und beobachtete, wie er geschickt das alte ausbaute und durch ein neues ersetzte. Es war angenehm, wenn ein Mann solche Aufgaben übernahm, dachte Amalia versonnen. Sie war es gewöhnt, sich immer selbst um solche Sachen zu kümmern. Aber nach der Hektik und Sorge der letzten Tage genoss sie es richtiggehend, die Verantwortung für einen Moment aus der Hand zu geben.

„So, fertig. Heute Nacht bekommst du keinen unwillkommenen Besuch", sagte Felix und grinste sie an.

„Danke, da hast du mir wirklich sehr geholfen“, sagte Amalia leise.

Felix sagte nichts, sondern trat einen Schritt näher. Amalia wurde plötzlich bewusst, wie groß er war. Sie konnte seine Körperwärme spüren. Er trat noch näher. Sie musste nun aufschauen, um ihm ins Gesicht zu sehen. In seinen Augen lag eine ungewohnte Ernsthaftigkeit. Sie spürte, wie sie rot wurde. Felix sah sie aufmerksam an. Dann beugte er sich herunter und küsste sie auf den Mund. Amalia erwiderte den Kuss. Doch viel zu schnell löste sich Felix wieder von ihr. Er stützte sich über ihr an der Wand ab und sah sie lange an.

„Ich hab dich vermisst, Amalia Engl“, sagte er, drehte sich um und ging.

Völlig verdattert ließ sich Amalia zu Boden sinken. Als sie sich ein wenig beruhigt hatte, ging sie zur Tür, sperrte zweimal ab und begab sich in Gedanken versunken nach oben. Im Bett schloss sie die Augen und sah Felix vor sich, wie er sie angesehen hatte, bevor er sie geküsst hatte. Warum hatte er aufgehört? Warum war er so schnell gegangen? Hätte sie etwas sagen sollen? Aber sie war so überrascht gewesen ... Sie ließ die Situation Revue passieren. Seit Tagen schlief sie das erste Mal schnell ein.

6.

Amalia lag in der Badewanne und pustete kräftig in den weißen Schaum hinein, so wie sie es als Kind immer getan hatte. Die große weiße Schaumflocke zerteilte sich in viele kleine und alle landeten sanft auf dem Wasser. Das heiße Wasser tat ihr gut, und ihre Muskeln entspannten sich allmählich. Normalerweise duschte sie morgens nur. Doch als sie heute Morgen wie eine alte Frau aus dem Bett gekrochen war, weil sie sich vor lauter Muskelkater kaum bewegen konnte, hatte ihr erster Weg in Richtung Badezimmer geführt. Während das Wasser in die Wanne gelaufen war, hatte sie schnell eine Tasse Kaffee getrunken und beschlossen, das Frühstück auf später zu verschieben.

Sie war einfach nichts mehr gewöhnt. Natürlich versuchte sie sich in Berlin fit zu halten, ging ins Studio, wenn es die Zeit zuließ, und machte Zumba und Yoga. Doch eine Bergtour in der Natur war etwas anderes. Sie spürte Muskeln, die sie seit Jahren nicht mehr wahrgenommen hatte. Felix und Hannes hatten aber auch ein ordentliches Tempo vorgelegt, aber niemals hätte Amalia sich die Blöße gegeben und sie gebeten, ein wenig langsamer zu gehen. Trotz der Anstrengung hatte sie den gestrigen Tag mit den beiden alten Freunden genossen.

Sie nahm ihr Handy, das sie auf den Badewannenrand gelegt hatte, und wollte nachschauen, ob Felix ihr eine Nachricht geschickt hatte. „Madonna!“, entfuhr es ihr. Fast wäre ihr das Handy zwischen den nassen Fingern hindurchgeglitten und in die Badewanne gefallen. Ungeschickt wischte sie einige Tropfen vom Display. Nichts! Keine Nachricht! Sie legte das Telefon zurück auf den Rand der Badewanne. Noch immer beschäftigte Amalia Felix' Kuss. Wie er sie in dem Moment kurz davor angesehen hatte. Allein der Gedanke an seinen Blick zauberte ihr ein Lächeln aufs Gesicht. Mit dem Kuss hatte er sie völlig überrascht. Niemals hätte sie gedacht, dass Felix solche Gefühle in ihr auslösen könnte. Ob es ihm genauso ging? Oder hatte er sie gestern nur aus einer Laune heraus geküsst? Sie spürte, wie das Wasser langsam kalt wurde, ließ heißes Wasser nach und schloss die Augen.

Als sie vom Flur her das Telefon schrill klingeln hörte, zuckte sie zusammen. Sollte sie das angenehme heiße Wasser verlassen? Das Telefon verstummte. Sie legte sich wieder entspannt zurück, als es erneut zu klingeln begann. Genervt zog sie den Stöpsel, schnappte sich ein Badetuch, das ihren Körper nur knapp bedeckte und eilte zum Telefon. Leicht fröstelnd nahm sie ab.

„Hallo Frau Engl. Schön, dass ich Sie erreiche. Hier ist Frau Rauch von Rauch und Zauner".

Amalia verdrehte die Augen und bereute sogleich, aus der warmen Wanne gestiegen zu sein.

Frau Rauch redete und redete und ließ sie gar nicht zu Wort kommen. Sie appellierte noch einmal an ihr Ehrgefühl und erklärte, wie wichtig ihrer Oma der Bildband gewesen sei und wie gerne sie die Spendenaktion unterstützt habe. Frau Rauch betonte immer wieder, dass es kaum einen anderen Fotografen in ganz Südtirol gebe, der so ein umfangreiches Archiv aus dieser Zeit habe.

Amalia sah nach unten zu ihren Füßen, neben denen sich bereits eine kleine Pfütze gebildet hatte. Am Ende ließ Amalia sich breitschlagen und sagte zu, Fotos und Kommentare für ein Kapitel des Bildbandes „Dorfleben – damals und heute“ bereitzustellen, nur um endlich wieder ihre Ruhe zu haben. Sie bereute ihre Zusage bereits, als sie den Hörer auflegte. Das war hoffentlich nicht viel Aufwand, denn sie hatte die vorsortierten Fotos ja schon auf Zilles Schreibtisch liegen sehen. Missmutig wollte sie zurück ins Bad, als es zu allem Überfluss auch noch an der Tür klingelte.

„Amalia, bist du da? Ist alles in Ordnung? Amalia!“, hörte sie Hannes Stimme.

„Moment ...“, schrie sie und richtete noch einmal das Handtuch, bevor sie die Tür einen Spaltbreit öffnete und ihren Körper, so gut es ging, hinter der Tür verbarg. „Guten Morgen, ich war gerade in der Badewanne“, sagte Amalia, um Hannes zu erklären, warum er nicht hereinkommen könne.

Hannes hatte ein rot-schwarz kariertes Flanellhemd an, dazu eine braune Fleeceweste, eine abgetragene Jeans und grobe Arbeitsschuhe. Sein Hut, an dessen Rand sich ein wenig Sägemehl gesammelt hatte, saß ihm schief auf dem Kopf. Der Geruch frisch geschnittenen Holzes strömte ihr in die Nase. „Mutter hat dich angerufen, aber es war ständig belegt. Wir stellen gerade einen Dachstuhl in der Nachbarschaft auf, und sie hat mich gebeten, bei dir vorbeizufahren, wenn wir Mittag machen.“

„Ist es schon Mittag?“, fragte Amalia erstaunt.

„Für manche Leute ist schon fast der halbe Arbeitstag rum“, schmunzelte Hannes und fügte hinzu: „Mutter hat extra für die Berlinerin einen Apfelstrudel gemacht und würde sie gerne um drei Uhr auf einen Kaffee einladen.“

„Danke, Hannes, richte Hilda aus, dass ich gerne komme“, sagte Amalia und konnte dabei ein Klappern ihrer Zähne nicht unterdrücken. Mittlerweile fror sie. Sie stand barfuß auf den kalten Steinplatten und ihre Haare waren noch nass.

Auch wenn sie spüren konnte, dass allmählich erste Strähnen trockneten und sich widerspenstige Locken bildeten.

„Bis später. Lass mir was vom Strudel übrig. Um mich wird nie so viel Aufhebens gemacht“, brummte er, aber Amalia konnte sehen, dass er sich über ihre Zusage freute. „Vielleicht ziehst du dir bis dahin noch ein bisschen mehr an. Obwohl …“ grinste Hannes, der ewige Junggeselle, ein wenig anzüglich.

„Depp“, sagte Amalia, bevor sie nachdrücklich die Tür schloss.

Amalia hatte sowieso geplant, Hilda heute zu besuchen und sie um Rat zu fragen. Bisher hatte sie das Thema immer weggeschoben, aber nächste Woche würde sie wieder in Berlin sein und was wurde dann aus dem Haus? Irgendwann musste sie eine Entscheidung treffen. Verkaufen wollte sie es auf keinen Fall. Aber wenn sie es vermieten wollte, konnte sie selbst auch nicht jederzeit wieder zurückkommen. Wie oft würde sie wohl in den nächsten Jahren nach Pfunders fahren? Bisher war sie immer gekommen, um ihre Großmutter zu besuchen, aber ihr Lebensmittelpunkt lag in Berlin. Mehr als ein-, zweimal im Jahr war sie die letzten Jahre nicht hier gewesen. Aber in Pfunders gar keine Bleibe mehr zu haben, war auch kein schöner Gedanke. Abgesehen davon müsste sie dann Omas Sachen ausräumen und das käme ihr wie ein endgültiger Abschied vor, den sie jetzt noch nicht verkraften konnte. Das Haus leer stehen zu lassen, war aber auch keine Lösung. Deswegen wollte sie Hilda, die praktisch veranlagt war, um Rat fragen. Außerdem hatte sie sich gestern vorgenommen, bei Hilda wegen des Streites im *Dorftreff* nachzuhaken. Worum war es in dem Streit mit dem Stocka gegangen? Amalia konnte sich vage an das Aussehen des alten Mannes erinnern, hatte aber noch nie ein Wort mit ihm gewechselt. Auf Zilles Beerdigung war er nicht gewesen, zumindest hatte sie ihn nicht gesehen. Wenn es unter den Dorfbewohnern Streit gab, handelte es sich meist um Grundstücksgrenzen, Erbschaften oder die Besetzung eines wichtigen Postens im Vereinsleben. Aber nichts von alledem traf hier zu.

Amalia föhnte die Haare glatt und zog sich einen kurzen Stufenrock mit Camouflagemuster aus Chiffon an. Dazu kombinierte sie ein schlichtes schwarzes T-Shirt und schwarze Bikerstiefel. Sie sah auf ihre Armbanduhr. Zwei Stunden noch, bevor sie losmusste. Die Fotografin ging ins Atelier und schloss ihren Laptop an. Schade, dass die Polizei Omas Mac mitgenommen hatte. Mit dem ließe es sich noch besser arbeiten. Amalia schaute sich die Bilder auf dem Schreibtisch noch einmal genau an und begann sie dann einzuscannen. Anschließend schnitt sie die Aufnahmen zurecht und passte sie an. Die Arbeit für den Bildband schien wirklich überschaubar zu sein, dachte sie erleichtert. Das würde sie leicht in den nächsten Tagen schaffen und es blieb sicher genügend Zeit, ihre Afrikafotos ebenfalls termingerecht fertig zu machen.

Kurz vor drei erhob sich Amalia steif vom Stuhl und nahm sich das Foto, auf dem Oma und Opa zusammen mit Hilda und den unbekannten Männern abgebildet waren. Ob da der Stocka Sepp dabei war? Sie konnte es kaum erwarten, von Hilda mehr zu erfahren. Mit schmerzenden Beinen ging sie nach unten. Die Treppe war eine Tortur. Wann hatte sie das letzte Mal so einen Muskelkater gehabt? Sie schnappte sich ihre Tasche und machte sich auf den Weg zu Hilda.

Als Amalia den Garten verließ, kam ein großer blonder Mann in einem grauen Lodensakko mit Hirschhornknöpfen mit dynamischen Schritten herangeeilt. Er hatte auffällig blaue Augen, einen weichen Mund, den sein markantes, energisches Kinn davor bewahrte, feminin zu wirken. „Moment. Stopp. Gut, dass ich Sie noch erwische. Sind Sie die Enkelin von Frau Huber?"

„Ja", antwortete Amalia knapp und musterte den Mann, erkannte ihn aber nicht. Er sah sportlich aus, ein Tennisspieler oder Golfer. Sie schätzte ihn auf Mitte vierzig, da seine blonden Schläfen über dem gebräunten Gesicht bereits leicht angegraut waren.

„Ich bin Walter Acherer vom Sporthotel Acherer. Es tut mir sehr leid, das mit Ihrer Oma. Jetzt soll es auch noch Mord gewesen sein, habe ich im Dorf gehört. Ihre Großmutter war eine sehr beeindruckende Frau, und wir haben öfters zusammengearbeitet. Nach unserem großen Umbau hat sie die Außenaufnahmen und Bilder von den Zimmern für den neuen Prospekt gemacht. Leider sind der neue Wellnessbereich, der Speisesaal und unsere *Gamsbar* zu spät fertig geworden. Deshalb wollte sie Ende letzter Woche noch einmal kommen. Die Leut' sagen, dass Sie ebenfalls eine ausgezeichnete Fotografin sind, und da wollte ich Sie bitten, ob Sie die fehlenden Fotos noch machen könnten. Der Hausprospekt sollte Mitte der Woche in Druck gehen, damit wir die Herbstsaison mit unserem umgebauten Hotel bewerben können", bat er und lächelte dabei Amalia herzlich an.

„Ich fahre Ende der Woche zurück nach Berlin, und zuvor habe ich noch einiges zu tun. Leider …", antwortete Amalia bedauernd und zuckte dabei mit den Schultern.

„Kann ich Sie gar nicht umstimmen? Gerne würde ich Sie auf einen Drink in unsere neue *Gamsbar* einladen. Sie würden uns wirklich sehr helfen."

„Ich überlege es mir", sagte Amalia ausweichend.

Herr Acherer gab ihr eine Visitenkarte mit seiner Handynummer darauf. „Abends treffen Sie mich in der Bar an. Sie würden mir damit wirklich aus der Patsche helfen", setzte er noch einmal nach.

Acherer war ihr auf Anhieb sympathisch, sodass sie ihm die Bitte nicht abschlagen wollte. „Also gut, ich mache es. Ich kann Ihnen aber nicht genau sagen, wann ich dazu komme", antwortete Amalia.

„Das ist großartig", sagte Herr Acherer mit seinem offenen Lächeln.

Amalia spürte den Vibrationsalarm ihres Handys. Sie zog es aus ihrer Tasche hervor. Acherer stand schweigend neben ihr und beobachtete sie. Eine Nachricht von Felix. Augenblicklich schlug Amalias Herz höher. Sie wandte sich Herrn Acherer zu: „Entschuldigen Sie mich, Herr Acherer. Ich muss jetzt leider los. Ich habe noch einen Termin." Sie reichte ihm die Hand und verabschiedete sich. Aufgeregt blickte sie auf das Display: „Schön, dass du wieder in Pfunders bist. Habe dich vermisst!" Dahinter war das Symbol eines Smileys mit Kussmund abgebildet. Selig las Amalia die Nachricht noch einmal. Jetzt war sie sich fast sicher, dass es Felix ähnlich ging. Was sollte sie ihm antworten? Sie entschied sich für „Ich dich auch". Erschrocken fiel ihr Blick auf die Uhr, zehn Minuten nach drei. Hilda hasste Unpünktlichkeit. Sie winkte Acherer noch einmal zu und hastete davon.

Hilda und ihr Mann wohnten nur wenige Gehminuten von Zille entfernt. Das Haus lag oberhalb vom malerischen

Obergasserhof an der *Rieglerstraße* und schmiegte sich an den steilen Hang. Von einer weißen Mauer wurden der Garten und die große Terrasse vor neugierigen Blicken geschützt. Sobald ein Besucher das schmiedeeiserne Gartentor aufstieß, wusste er, dass er Hildas Refugium betreten hatte. Selbst am grauesten Tag leuchtete der Garten in allen Farbtönen, die der Herrgott schenkte. Beete mit Rosen, die in verschiedenen Rottönen prunkten, Balkone, die hinter Geranien, Husarenköpfchen, Weihrauch und Elfenspiegel fast nicht mehr zu sehen waren. Der Garten war immer Hildas Reich gewesen und je bunter er wurde, desto zufriedener war sie. Amalia blieb kurz stehen und atmete den Duft ein.

Bevor sie klopfen konnte, öffnete sich die Haustür und Hilda winkte sie ungeduldig herein. *„Kimm inna, kimm inna, Gitsche!* Hab grad den Strudel aus dem Ofen geholt."

Schon im Flur strömte Amalia der Duft von Hildas legendärem Apfelstrudel entgegen. Hilda war immer wie eine zweite Oma für sie gewesen und sie konnte alles, was sie bewegte, mit ihr bereden. Kaum hatte sie das erste Stück nur wenig damenhaft, dafür aber sehr schnell verputzt, schnitten die beiden Frauen das Thema an, das sie am meisten bewegte: wie unglaublich es war, dass Omas „Unfall" ein Mord gewesen sein sollte.

„Hilda, was war denn am Sonntag vor Omas Tod im *Dorftreff* los? Warum hatte sie Streit mit dem Sepp vom Stockerhof?"

Hilda blickte sie erstaunt an. „Ach, da ging's wieder mal um die alten Geschichten. Immer, wenn der Alte zu viel säuft, dann fängt er davon an." Hilda stand auf und ging zur Spüle und wandte Amalia den Rücken zu.

„Was für alte Geschichten, Hilda? Oma hat mir nie viel von früher erzählt", hakte Amalia forsch nach, obwohl sie sah, dass ihrem Gegenüber das Thema sichtlich unangenehm war. „Bitte, Hilda ...“, sagte sie flehentlich.

„Ach Kind, es ist besser, die Vergangenheit ruhen zu lassen“, sagte Hilda abwehrend.

„Ja, aber jetzt, nachdem die Oma ermordet worden ist, will ich alles wissen, was vorgefallen ist.“

„Um Gottes willen! Du denkst doch nicht, dass die alten Geschichten etwas mit ihrem Tod zu tun haben? Das war ja vor über fünfzig Jahren“, winkte Hilda ab.

„Nein, nein ...“, beeilte sich Amalia die alte Frau zu beruhigen, „ganz und gar nicht. Ich bin gerade dabei, für einen Auftrag in Omas Archiv zu stöbern, und bin auf alte Fotos von dir und ihr gestoßen. Da ist mir aufgefallen, dass ich von der Zeit, bevor sie den Opa geheiratet hat, gar nichts von ihr weiß. Nachdem ich sie nicht mehr fragen kann ... “ Amalia brach ab. Sie kam sich schon ein bisschen schäbig vor, die gutherzige Hilda emotional zu erpressen, aber sie wollte unbedingt mehr darüber herausfinden, was sich damals ereignet hatte, dass der alte Plankensteiner die Oma heute noch hasste.

Hilda nickte resigniert, schenkte Kaffee nach und setzte sich wieder Amalia gegenüber an den Küchentisch. „Damals, Anfang der 1960er, das war eine andere Zeit hier in Südtirol. Alle hassten die Italiener. Wir waren jung und ungebunden, getrieben von Idealen und Armut. Eine wilde, aber auch gefährliche Zeit. So entstand eine Gruppe von jungen Leuten, alle aus Pfunders, die gut miteinander befreundet waren und die sich gegen alles Italienische auflehnten. Die ewige Ungerechtigkeit wollten wir beenden. Zille und ich sind zusammen mit den anderen öfters über die Berge nach Österreich gegangen, haben Waren geschmuggelt, teils um ein wenig Geld zu verdienen, aber auch um den Italienern eins auszuwischen. Die ständige Gefahr, verhaftet zu werden, schmiedete unsere Gruppe regelrecht zusammen. Ein jeder musste sich hundertprozentig auf den anderen verlassen können. So etwas habe ich später nie mehr erlebt. Es war mit Sicherheit die intensivste Zeit unseres Lebens", endete Hilda.

Amalia stand der Mund leicht offen und sie brauchte einen kurzen Moment, um das alles zu begreifen. Oma eine Schmugglerin? Die Frau, die ihr immer Kuchen gebacken hatte und ihren Wagen niemals im Parkverbot abgestellt hatte? Die, die Amalia gerügt hatte, wenn sie nicht pünktlich am Abend zu Hause war, war nachts heimlich über die Berge geschlichen? Warum hatte Zille ihr niemals etwas aus dieser Zeit ihres Lebens erzählt?

Für Hilda schien diese Zeit wie ein längst vergangenes Abenteuer zu sein. Ihre Wangen glühten und sie sah versonnen auf das Blumenmuster der Tischdecke. „Wir waren nicht immer alt", sagte Hilda, die Amalias Staunen richtig deutete, sichtlich belustigt. Jetzt, wo sie begonnen hatte, sprudelten die Worte nur so aus Hilda heraus. „Mit den Burschen aus unserer Gruppe sind wir nachts manchmal wildern gegangen und haben das Fleisch unter uns gerecht aufgeteilt. Der Sepp hat mir sogar das Schießen beigebracht. Nur wegen dieser Kameradschaft habe ich diese schwere Zeit in so guter Erinnerung."

Aber irgendetwas musste irgendwann einmal schiefgegangen sein, wenn der Stocka Sepp immer noch zornig auf die Oma war, dachte Amalia verwirrt. Bevor sie jedoch dazu kam, genauer nachzufragen, kam Hannes herein.

„Oh, nur ein Stück hast du mir übrig gelassen. Du bist noch genauso verfressen wie früher", grantelte er.

„Jetzt geht die Eifersüchtelei wieder los. Für dich ist noch ein ganzes Blech voll im Ofen, *Bui*. Auch du kommst bei mir nicht zu kurz“, seufzte Hilda in einem gespielt genervten Ton.

Sie unterhielten sich noch zu dritt, während Amalia wie auf Kohlen saß. Sie hatte so viele Fragen an Hilda, aber ihr Bauchgefühl sagte ihr, dass sie im Beisein ihres Sohnes nicht über die Vergangenheit sprechen würde. Warum hatten Zille und Hilda bisher über ihre Erlebnisse in den 1960er-Jahren geschwiegen? Schämten sie sich, dass sie geschmuggelt hatten? Hatten sie am Ende Angst, den eigenen Nachwuchs durch Erzählungen ihrer bewegten Jugend vom Pfad der Tugend abzubringen, fragte sich Amalia amüsiert. Aber noch musste sie sich in Geduld üben, denn Hilda und Hannes diskutierten gerade leidenschaftlich, ob es für Amalia Sinn machte, Omas Haus in Ferienwohnungen umzuwandeln.

7.

11. Mai 1961 – Zille

Zille war müde. So müde. Immer wieder warf sie einen besorgten Blick in den Himmel. Der Mond, der den Steig bisher in ein silbriges Licht getaucht hatte, war verschwunden. Im Osten war über dem *Fassnacht* schon das erste zarte Leuchten der Morgenröte zu erkennen. Sie mussten unbedingt zurück ins Tal. Für einen Moment ließ sie sich gegen den Stein, an dem sie lehnte, sinken und schloss die Augen. Wo blieben die anderen bloß? Dieses Warten war immer das Schlimmste von dem ganzen Unterfangen. Diese Ungewissheit, ob bei den anderen auch alles gut gegangen war ...

Endlich hörte sie Schritte. Zille presste sich enger an den Stein. Bevor sie nicht sicher war, wer da kam, wollte sie nicht gesehen werden. Mit einem Satz landete eine dunkle Gestalt neben ihr. Für einen Moment meinte sie, ihr Herz würde aufhören zu schlagen. Aber dann sah sie das breite Grinsen weißer Zähne in einem mit Schuhcreme geschwärzten Gesicht. „Gott sei Dank, Sepp. Du bist es."

„Wer sonst", lachte Sepp unbekümmert. „Die anderen brauchen *neu a wian.*" Er ließ sich auf den Boden sinken und Zille setzte sich neben ihn. Sie saßen auf einem kleinen Absatz vor einer engen Spalte, die sich noch einige Meter tiefer in den Berg hineinfraß und dann eine größere Höhle bildete. Von hier konnte Zille das ganze *Weitenberger Tal* überblicken. Nervös schaute sie zum Himmel. Es wurde langsam, aber sicher immer heller. Die Morgenröte versprach einen herrlichen Maitag. Auf ihrem Marsch ins Zillertal war sie zwar einige Male in den Schnee gekommen, aber hier unten war schon alles *aper*. Wo blieben die anderen nur?

Sepp schien sich weniger Sorgen zu machen. Er wischte sich den Schweiß von der Stirn und holte eine Trinkflasche aus seinem großen Rucksack. „Magst an Schluck?“, fragte er freundlich.

Zille schüttelte den Kopf und sah Sepp zu, der wieder in seinem Rucksack herumkramte. Er war der Größte aus ihrer Gruppe und obwohl er noch ein junger Mann war, hatte er ein breiteres Kreuz als sein Vater. Er war blond mit kornblumenblauen Augen und wie sie 20 Jahre alt. Bei ihm schien alles zu groß geraten zu sein: seine tellergroßen Hände, seine Füße, seine Nase. Am auffälligsten war sein breiter Mund, der immer ein wenig zu lächeln schien.

Mit sichtlicher Befriedigung holte er jetzt eine Blechdose heraus. Er öffnete sie und sie konnte ein *Breatl,* eine *Kaminwurzen* und ein Stück Speck erkennen. Herzhaft biss er von der *Kaminwurzen* ab und bot sie dann Zille an. Sie schüttelte wieder den Kopf, musste aber lächeln. Das war typisch für Sepp: Durch nichts und niemand ließ er sich aus der Ruhe bringen. Während sich ihr Magen vor Nervosität schmerzvoll zusammenzog, aß er voller Genuss und offensichtlich mit gutem Appetit sein *Vormass,* wie in Pfunders das Frühstück hieß. Als er fertig gegessen hatte, ging er tiefer in die Höhle hinein und begann seinen Rucksack auszupacken.

Dann kam er heraus, klopfte Zille kurz mit seiner von harter Arbeit schwieligen Hand auf die Schulter und verabschiedete sich. „Ich kann nicht länger warten. Die Sonne geht bald auf. Wenn ich zum Melken nicht daheim bin, gibt's Ärger.“ Mit diesen Worten sprang er geschickt den steilen

Abhang vor der Höhle hinunter und stützte sich dabei auf seinem Pirschstock ab.

Jetzt war sie wieder allein. Die Sorge packte sie mit aller Macht. Sie starrte nach oben. Aber es war immer noch niemand zu sehen, obwohl es mit jeder Minute heller wurde. Sie waren zu sechst losgegangen, und normalerweise hielten sie immer ein paar Hundert Meter Abstand voneinander, sodass – falls einer von ihnen von den *Finanzern,* der italienischen Zollpolizei, erwischt werden sollte – die anderen wenigstens die Chance hatten zu entkommen. Daher war es nicht ungewöhnlich, dass sie zeitversetzt bei der Höhle ankamen. Aber so lange hatte Zille noch nie warten müssen. Als sie das Gefühl hatte, die Untätigkeit nicht länger ertragen zu können, begann sie ihren Rucksack auszupacken. Sie hatte Kaffee, Zigarettenpapier, Tabak und sogar ein wenig Saccharin eingepackt, einen Süßstoff, der um ein Hundertfaches stärker als Zucker süßte. Sorgfältig verstaute sie alles im hintersten Teil der Höhle, wo sie für diesen Zweck eine große Holzkiste hatten, die mit einem Vorhängeschloss gesichert war. Sie war noch nicht ganz fertig, als sie am Höhleneingang ein leises Scharren hörte. Schnell schlug sie die Kiste zu und drehte sich um.

„Wir sind's", hörte sie Hilda flüstern.

„*Madoia,* wo ward ihr denn so lang?", schimpfte Zille. Kaum hatte sich ihre Angst in Luft aufgelöst, breitete sich Ärger in ihr aus. Wie konnten die anderen so gedankenlos sein und sie hier warten lassen? Das war schließlich kein Kinderspiel. Wenn etwas schiefging, konnten sie alle im Gefängnis landen und diese vier marschierten mit breitem Grinsen in die Höhle, als kämen sie von einem Sonntagsspaziergang und hätten keine Sorge in der Welt.

„Komm, Zille! Schau, was uns über den Weg gelaufen ist", sagte Ludwig und legte ihr beschwichtigend die Hand auf den Arm.

Zille zuckte zusammen. Ihr Ärger verflog, ihr Blick traf sich mit Ludwigs und für einen Moment waren die anderen drei vergessen. Er lächelte sie an, mit diesem schiefen Lächeln, das ihr Herz jedes Mal schneller schlagen ließ. „Ich hatte Angst um euch", sagte sie, aber ohne den vorherigen Unmut.

„Komm mit!", sagte Hilda und zog sie von Ludwig weg zum Ausgang der Höhle. „Schau!"

Auf dem kleinen Absatz vor dem Felsspalt lag eine frisch erlegte Gamsgeiß mit einem Bruch aus Wildblumen und *Almrosen* im Maul.

„An der haben wir beim besten Willen nicht vorbeigehen können", sagte Meinrad mit einem schelmischen Lächeln.

„Wie ich an ein Gamsgulasch von meiner *Mamme denkt hon,* war ich gleich viel schneller", sagte Georg und rieb sich über den Bauch. Georg war das sechste Mitglied ihrer Gruppe und der unsportlichste. Ihn strengten die weiten Wege an und sie mussten oft auf ihn warten. Andererseits war er derjenige, der immer wusste, wo etwas gelagert wurde, wer etwas brauchte und wann die Übergaben stattfinden sollten. Und das alles, ohne je ein Wort aufzuschreiben.

Nun musste Zille doch lachen. Eine junge Gams bedeutete für alle eine deutliche Aufwertung des täglichen Speiseplans. Da würde sich ihre Mutter freuen.

„Ich lass sie bis übermorgen in der Höhle abhängen und komme dann und weide sie aus. Ich bring euch das Fleisch vorbei", sagte Ludwig. „Wenn wir dem Vinteler Metzger ein bissl ein Fleisch geben, macht er uns sicher *Kaminwurzen* für den Winter", fügte er hinzu.

Aber Zille hörte nur mit halbem Ohr zu. Sie beschäftigte etwas ganz anderes. „Wieso hattet ihr ein Gewehr dabei?“, fragte sie unvermittelt.

Meinrad und Ludwig wechselten einen Blick, den sie nicht deuten konnte.

„Du weißt, dass es gefährlich ist“, sagte Ludwig ausweichend.

„Aber wir haben ausgemacht, wir gehen unbewaffnet über“, beharrte Zille.

„Komm, lass gut sein“, mischte sich Hilda ein. „Ist ja alles gut gegangen.“

„Ja, aber ...“, wollte Zille widersprechen.

„Du, ich muss unbedingt los“, unterbrach Hilda sie. „Der Bauer wird wild, wenn ich nicht pünktlich zu arbeiten anfange.“

Zille wusste, dass Hilda, die als Magd auf einem Hof arbeitete, mehr Angst vor ihrem Dienstherrn hatte, als vor den italienischen *Finanzern*. Daher lenkte sie ein. „Reden wir ein anderes Mal darüber. Lasst uns gehen.“

„Ich, der Georg und der Meinrad bleiben noch, die Rucksäcke ausräumen und umverteilen. Bleib halt auch noch, Zille“, sagte Ludwig und warf ihr wieder einen Blick aus grünen Augen zu, dem sie schwer widerstehen konnte. Unschlüssig blickte sie zwischen Hilda und Ludwig hin und her. Sie wäre gerne noch ein bisschen geblieben. Vielleicht würde sich die Gelegenheit ergeben, ein wenig mit Ludwig allein zu sein, andererseits wollte sie ihrer Freundin auch nicht das Gefühl geben, sie wegen eines Mannes stehen zu lassen.

Hilda nahm ihr die Entscheidung ab. „Die geht mit mir, dann können wir gleich die Zigaretten fürs Gasthaus mitnehmen und auf dem Weg ins Dorf abliefern. Sie haben schon gestern danach gefragt.“

Zille zuckte mit den Schultern und hängte den kleineren Rucksack um, den Meinrad ihr mit einem freundlichen Lächeln gereicht hatte. Bevor sie den Abstieg von der Höhle antraten, wandte sie sich noch einmal kurz zu den Männern um. Meinrad und Ludwig waren an den Ausgang getreten und sahen ihnen nach.

„Du, ist da was zwischen dir und dem Ludwig?", fragte Hilda, kaum dass sie außer Hörweite der Höhle waren.

„Na, warum?", fragte Zille ausweichend. Das mit Ludwig war noch so frisch, dass sie es mit niemandem teilen wollte. Nicht einmal mit ihrer besten Freundin. Es war ja eigentlich auch nichts, nur ihr Herz schlug jedes Mal schneller, wenn sie ihn sah. Letzte Woche hatte er sie, als er sie nach einer Tour nach Hause begleitet hatte, vor der Haustür geküsst. Nur ganz schnell, aber ihr wurde immer noch flau im Magen, wenn sie daran dachte. Sie versuchte sich nicht zu sehr hineinzusteigern, weil ihr Ludwigs Ruf als Schürzenjäger sehr wohl bekannt war. Trotzdem malte sie sich aus, wie er ihr seine Liebe gestehen würde und wie sie ...

„Ist auch besser so", unterbrach Hilda jäh ihre Gedanken. „Der elende Weiberer würde dir auch nur wehtun."

Sie war überrascht über den Zorn in Hildas Stimme. Zwischen ihnen sechs herrschte normalerweise eine unkomplizierte Kameradschaft, sodass die Feindseligkeit in Hildas Ton für Zille nun aus heiterem Himmel kam. Sie wusste nicht, was sie darauf erwidern sollte.

„Wir müssen schneller gehen, wenn ich pünktlich sein will", wechselte Hilda mit einem Blick auf die Uhr selbst das Thema. „Der Pius ... weißt eh ..."

Zille schritt weiter aus und wusste, was ihre Freundin sagen wollte. Auch wenn sie es nie offen erzählt hatte, ahnte sie, dass Hilda bei Verfehlungen Schläge vom Bauern bekam. Sie arbeitete täglich 14 Stunden, hauste in einer zugigen *Kammer* auf dem Dachboden und wurde von der Bäuerin die halbe Zeit wüst beschimpft. Da hatte es Zille im Verhältnis gut getroffen: Sie war als Pflegerin für den Vater des Steinmetzes eingestellt. Die Familie hatte Fremdenzimmer, sodass sie auch im Haushalt helfen musste, aber die Frau des Hauses war freundlich zu ihr, solange die Zimmer gründlich geputzt wurden und der Schwiegervater ordentlich versorgt war. Am Abend konnte sie heim zu ihrer Mutter gehen.

Im Gegensatz zu den anderen konnte sie zu Hause offen von ihrem nächtlichen Treiben berichten. Ihre Mutter Maria Huber hatte in ihrer Jugend selbst zivilen Ungehorsam geleistet und zwischen den beiden Weltkriegen als Lehrerin in der Pfundrer *Katakombenschule* unterrichtet. Südtirol war nach dem Ersten Weltkrieg, als Österreich-Ungarn den Siegermächten unterlag, von Nordtirol abgetrennt und durch den Friedensvertrag südlich des Brenners Italien zugesprochen worden. 1923 war dann von den Faschisten ein 32-Punkte-Programm zur Italianisierung Südtirols verabschiedet worden. Die Bevölkerung litt besonders darunter, dass Italienisch von nun an als Amtssprache galt und deutsche Schulen verboten waren. Sämtliche Orts-, Fluss- und Flurnamen wurden italianisiert: Pfunders hieß von nun an Fundres, aus Huber wurde Dellacorte und aus Steingruber Dalsasso. Ab 1925 war sogar in den Kindergärten die deutsche Sprache verboten und ab 1927 durften selbst die Grabinschriften nicht mehr auf Deutsch sein. 1929 wurde per Regierungsdekret Obervintl, Niedervintl, Weitental und Pfunders zur Gemeinde Vintl zusammengelegt, die von einem Podestà, einem staatlich bestimmten Amtsbürgermeister, strikt regiert wurde. Die

Vereine des Dorfes waren alle aufgelöst worden, um die Tiroler Kultur und Tradition auszumerzen. Doch besonders in den Dörfern waren die Faschisten auf großen Widerstand und Starrsinn gestoßen. Obwohl Haftstrafen drohten, waren auf Bauernhöfen, in Gastwirtschaften und *Messnerhäusern* illegale Schulen, die sogenannten *Katakombenschulen,* gegründet worden, um den Buben und Mädchen einen deutschen Unterricht zu ermöglichen.

Zilles Mutter hatte sich 1930, als sie gerade achtzehn Jahre war, zur Lehrerin ausbilden lassen. „Das waren aufregende Zeiten. Wir haben uns auf einem Hof getroffen und bekamen eine Unterweisung, was wir den Schülern der verschiedenen Jahrgänge beibringen sollten. Stell dir vor, das Ganze war als Stickkurs getarnt. Wir hatten die ganze Zeit eine Nadel und einen Kissenbezug vor uns, während eine Nonne uns Instruktionen gegeben hat ... Sticken kann ich bis heute nicht“, hatte ihre Mutter lachend geendet, als sie Zille, die mit großen Augen lauschte, das erste Mal davon erzählt hatte. „Dann sind wir immer in Gruppen nach Österreich übergegangen, um Schulbücher und Hefte hereinzuschmuggeln, weil deutsche Bücher verboten waren.“

So konnte Zille, als sie endlich zu Hause war, beim *Vormass* ausführlich von ihren Abenteuern der vergangenen Nacht erzählen. Falls sich ihre Mutter um sie sorgte, ließ sie es sich nicht anmerken.

8.

Amalia wollte unbedingt ihr Gespräch mit Hilda über ihre Vergangenheit fortführen, aber Hannes aß seinen Apfelstrudel mit sichtlichem Genuss. Endlich! Amalia hatte schon gemeint, Hannes wäre an seinem Stuhl festgewachsen, aber jetzt verabschiedete er sich doch noch. So gern sie Hannes auch mochte, heute hatte sie ihn gar nicht brauchen können.

„Magst noch an Schluck Kaffee?“, fragte Hilda freundlich, als sie schließlich wieder zu zweit waren.

„Gern.“ Endlich konnte sie ihre brennende Neugier stillen. Doch jetzt, als es so weit war, wusste Amalia nicht so recht, wie sie beginnen sollte. „Du, wegen dem, was wir vorher geredet haben …“, begann Amalia ungelenk.

Hildas Mund wurde schmal. Ihre Miene wirkte angespannt und verschlossen. „Lass gut sein, Amalia. Die alten Geschichten müssen endlich einmal ruhen!“

„Bitte, Hilda. Seit Oma tot ist, hab ich das Gefühl, sie gar nicht richtig gekannt zu haben. Du warst ihr am nächsten. Bitte, hilf mir“, bettelte Amalia.

Hilda schwieg lange. Sie schien mit sich zu ringen, dann atmete sie tief ein, straffte die Schultern und sagte leise: „Heute kannst du dir wahrscheinlich gar nicht mehr vorstellen, wie das damals alles war. Wir hatten so einen Hass auf die Italiener. Du weißt ja, mein Cousin ist als einer der ‚*Pfundrer Buibm*‘ verhaftet worden und wir hatten das Gefühl, dass das Reden und Warten auf eine politische Lösung uns nicht weiterbringt.“ Hilda hielt inne und seufzte schwer.

„Ich finde es aufregend, dass ihr geschmuggelt habt", wollte Amalia Hilda beschwichtigen und zum Weiterreden ermutigen.

„Wir haben ja nicht nur geschmuggelt, wir haben auch gesprengt", sagte Hilda leise.

„Ihr habt was?" Amalia fiel aus allen Wolken. Die mollige, warmherzige Frau mit den gütigen braunen Augen, die ihr gegenübersaß, passte so gar nicht in das Bild, das sie sich von einer Südtirolaktivistin machte.

„Ja, drei Hochspannungsmasten haben wir erwischt", sagte Hilda und die perplexe Amalia konnte Stolz in der Stimme der alten Frau hören. „Du kannst dir die Euphorie nach einer erfolgreichen Sprengung gar nicht vorstellen, Amalia. Endlich haben wir etwas getan, um unsere Lage zu verbessern. Ich und die Zille haben nur geholfen, den Sprengstoff und die Zündschnüre über die Grenze zu schmuggeln. Zum Sprengen selbst sind immer nur die Männer gegangen. Die Stunden, die wir warten mussten, ohne zu wissen, ob alles gut gegangen war und ob die Männer heimkehren würden, waren die Hölle. Aber dann ...", ein fast seliges Lächeln breitete sich in Hildas Gesicht aus, „... wenn alles gut gegangen ist, war es eine unermessliche Freude. Wir waren plötzlich so stark und haben gemeint, uns kann nichts passieren." Das Lächeln erlosch. „Aber natürlich konnte es nicht ewig so weitergehen. Als die Männer in der Herz-Jesu-Nacht losgezogen sind ..."

Amalia wurde blass. „Wann war das? 1961?", fragte sie erschrocken.

Hilda nickte stumm.

Wie jeder Südtiroler wusste auch Amalia, was in jener Nacht, die als „Feuernacht" in die Südtiroler Geschichte eingegangen war, passiert war. Vierzig Strommasten waren damals gesprengt worden. Es war der Höhepunkt der Aktionen des *Befreiungsausschusses* Südtirol gewesen. Aber danach war es zu einer einmaligen Verhaftungsaktion gekommen, bei der über einhundert Südtiroler eingesperrt worden waren. Amalia konnte sich noch mit Schrecken an die Seite in ihrem Sozialkundebuch erinnern, wo von Folterungen und Misshandlungen nach den Verhaftungen berichtet worden war.

„Sie haben euch in der Feuernacht erwischt?", fragte sie atemlos.

„Ganz genau! Es sollte eine ganz große Aktion werden. Wir hatten zwölf Kilo Sprengstoff für drei Masten. Aber es ist erst gar nicht so weit gekommen. Unsere Männer wurden schon von den *Carabinieri* erwartet, als sie bei dem vereinbarten Strommast ankamen."

„Wie? Schon bevor sie gesprengt haben? Aber wie ...?" Amalia brach ratlos ab.

„Einer von unserer Gruppe muss uns verraten haben. Das war das Schlimmste ...", endete Hilda und Amalia konnte Tränen in den braunen Augen schimmern sehen. Sie legte tröstend ihre Hand auf Hildas.

„Du musst verstehen, diese Nacht hat unser aller Leben verändert. Die Männer mussten für fünf Jahre ins Gefängnis. Und das alles, weil uns einer verraten hat. Wir hatten einen Denunzianten in den eigenen Reihen."

„Wer? Oh Gott! Ihr habt gemeint, dass das die Oma war?", fragte Amalia entgeistert. „Die Oma würde nie ...!"

„Das weiß ich doch, Kind", Hilda winkte ab. Sie wirkte plötzlich alt und müde. Die Energie, mit der sie sonst in ihrer Küche herumwuselte und ihre Lieben versorgte, schien verpufft zu sein. „Ich hab das auch nie geglaubt."

„Ja, aber wie kommt denn dann der Sepp drauf?“

„Weißt, die Oma war die Einzige von uns, die g'scheit Italienisch gekonnt hat, weil sie doch ein Jahr als Hausmädchen in Rom gearbeitet hat. Du weißt ja, wie die Oma war, immer lustig, immer einen Scherz auf den Lippen, und bildhübsch war sie noch dazu ...“

Diese Beschreibung konnte Amalia zwar kaum mit der Frau, die sie gekannt hatte, die das Leben patent, aber ernsthaft anpackte, in Einklang bringen, aber sie schwieg, um Hilda nur ja nicht zu unterbrechen.

„Wenn die *Finanzer* im Gasthaus waren, hat sie mit ihnen gelacht und geschäkert. Der Sepp meint, sie hat mit ihnen geflirtet. Ich aber hab immer gesagt: Das ist nur ihre Art.“

„Weil sie im Gasthaus mit ein paar *Finanzern* geflirtet hat, haben sie die anderen für eine Verräterin gehalten?“, fragte Amalia ungläubig. Sie fühlte Empörung über diese Ungerechtigkeit in sich aufsteigen. Weil ein junges Mädel im Gasthaus ein paar lustige Bemerkungen mit ein paar Italienern wechselte, konnte man ihm doch nicht gleich Verrat an seinen besten Freunden unterstellen.

„Ja, aber ...“ Hilda hob abwehrend die Hand. „Es kommt noch etwas anderes hinzu, Amalia. Etwas, das viel schwerer wiegt.“ Hilda griff sich mit der Hand an den Hals. Amalia konnte sehen, dass Hildas faltige Hand zitterte. Es fiel ihr sichtlich schwer, fortzufahren. „Was noch gegen Zille gesprochen hat, war, dass alle Männer festgenommen wurden. Außer dem Mann, den sie liebte. Dein Großvater ist nämlich der Verhaftung entgangen, weil er an diesem Tag seinen ersten richtigen Auftrag erhalten hat. Er war in Bruneck, um bei einer goldenen Hochzeit zu fotografieren. Darum war er nicht dabei und ist als Einziger der Verhaftung entgangen.“

Amalia schwieg. Das musste ein Zufall gewesen sein. Sie konnte sich gerade noch vorstellen, dass ihre Oma eine Schmugglerin, Terroristin und ein heißer Feger gewesen war, aber bei einem war sie sich sicher: Niemals hätte ihre Oma Wort gebrochen. Sie war ihr Leben lang treu zu Freunden und Familie gestanden.

„Ich habe nie geglaubt, dass sie es war", sagte Hilda beschwichtigend, als könnte sie Amalias Gedanken lesen. „Das hab ich den anderen auch wieder und wieder gesagt. Jetzt war ein paar Jahre lang Ruhe mit der alten Geschichte, aber wenn der Sepp einen Rausch hat, kocht der alte Zorn in ihm wieder hoch. Er gibt für alles, was in seinem Leben falsch gelaufen ist, Zille die Schuld."

Die beiden Frauen schwiegen lange. Amalia konnte kaum einen klaren Gedanken fassen. Was sie in der letzten halben Stunde erfahren hatte, brachte ihr Weltbild durcheinander. Wie konnte es sein, dass ihre Oma, zu der sie so ein enges Verhältnis gehabt hatte, ihr so viel verschwiegen hatte? Hannes wusste sicher auch nichts über die Vergangenheit seiner Mutter, versuchte Amalia sich zu trösten, aber sie fühlte sich trotzdem von Zille enttäuscht. Dass das keine Geschichten waren, die man einem Kind erzählte, war klar. Aber warum hatte Zille ihr auch die letzten Jahre nichts erzählt? Hatte sie sie nicht für voll genommen? Hatte sie in ihr bis zuletzt nur das kleine Mädchen mit den Zöpfen gesehen? Hatte sie ihr nicht genug vertraut? Dieser Gedanke schmerzte sie. Schließlich war Zille von frühester Kindheit an Amalias ganze Familie gewesen.

Amalia griff nach ihrer Handtasche. „Danke, Hilda, dass du mir alles berichtet hast. Es ist wichtig für mich, es zu wissen."

„Aber ich sehe genau, dass es dir jetzt schlechter geht als zuvor“, sagte Hilda traurig.

Amalia spürte, dass die alte Frau eine Beruhigung, eine Art Absolution, von ihr brauchte, weil sie Amalias Blick auf Zille unwiderruflich verändert hatte. Sie umarmte Hilda liebevoll. „Das ist doch nicht deine Schuld. Ich wünschte nur, Zille hätte es mir selber erzählt. Aber ich bin mir sicher: Es ist immer besser, wenn man die Wahrheit kennt. Keine Sorge, ich kann damit schon umgehen.“

Amalia zwang sich, Hilda zuversichtlich anzulächeln, obwohl ihr zum Weinen zumute war. Sie hatte das Gefühl, etwas Wichtiges verloren zu haben. Als sie sich an der Haustür verabschiedete, fiel ihr noch etwas ein. Sie griff in ihre Handtasche und holte das Foto hervor, das sie vorgestern in Omas Terminkalender gefunden hatte. „Kannst du mir sagen, wer das ist? War das eure Gruppe?“, fragte sie Hilda.

Hilda holte ihre Lesebrille aus der Schürzentasche und putzte sie, um besser sehen zu können. „Oh mein Gott! Wo hast du denn das ausgegraben? Schau dir das an ... Wie jung wir waren. Kannst du glauben, dass das magere Ding im Hintergrund ich bin?“ Lächelnd strich sich Hilda über ihren inzwischen rundlichen Bauch.

Amalia lächelte auch. „Ja, die fünfzig Jahre sind nicht ganz spurlos an dir vorübergegangen“, neckte sie. „Wer sind denn die anderen?“

Hilda zwickte die Augen zusammen. „Uns zwei hast du ja erkannt. Das da ist der Sepp.“ Sie zeigte auf einen hünenhaften blonden Mann, der vor Kraft zu strotzen schien und fröhlich in die Kamera lächelte. „Hier, der Auer Georg“, fuhr sie fort und deutete auf einen Mann, der schüchtern lächelte und aussah wie ein Genussmensch. Füllig, trotz seiner

Jugend mit leicht hängenden Wangen und einem kleinen Bäuchlein.

„Georg Auer?", fragte Amalia überrascht. „Unser Pfarrer?"

Hilda schmunzelte. „Damals war er noch *Hydrauliker*. Zum Glauben hat er erst im Gefängnis gefunden. Aber er war damals schon der Belesenste von uns allen. Der da, den müsstest du auch erkennen." Sie zeigte auf den großen schlanken Mann, der lässig den Arm um Zille gelegt hatte und schalkhaft in die Kamera grinste. „Das ist dein Opa. Ein schneidiger Kerl war er schon ...", sagte Hilda weich. „An diesem Tag hatte er ein Stativ mitgebracht. Deswegen sind wir ausnahmsweise alle auf dem Bild. Kannst du mir eines nachmachen? Ich hab fast gar keine Bilder aus dieser Zeit."

Amalia nickte und betrachtete Zilles späteren Mann neugierig. Da ihr Opa lange vor ihrer Geburt gestorben war, kannte sie ihn nur von Fotos. Sie konnte schon verstehen, dass er ihrer Großmutter gefallen hatte. Er hatte so etwas Spitzbübisches und wirkte am entspanntesten von der Gruppe. „Und der Letzte?" Sie deutete auf einen breitschultrigen jungen Mann, der die Hände in den Hosentaschen vergraben hatte und eher mürrisch in die Kamera schaute. An irgendwen erinnerte er sie. Die Nase, die Augen ... Sie kam nicht drauf.

Hilda lachte auf. „Erkennst ihn wirklich nicht? Das ist mein Göttergatte. Ich finde ja, gerade auf diesem Bild sieht er aus wie unser Hannes in dem Alter, *heu?*"

Amalia schaute genauer hin. Hilda hatte recht. Jetzt, wo sie es wusste, konnte sie Hannes' breite Nase und ausdrucksstarken Mund an dem Mann wiedererkennen.

Oma und Hildas Mann waren zusammen im Widerstand aktiv gewesen ... Sie hatte immer gedacht, die zwei hätten gar nichts gemeinsam. Amalia fuhr sich mit der Hand über die Augen. Dazu noch der Pfarrer und der Sepp vom Stockerhof, ganz zu schweigen von ihrem Opa ... Was für eine Truppe ... Was für eine wilde Geschichte! Völlig überwältigt schüttelte sie den Kopf. Sie musste jetzt erst mal ihre Gedanken sortieren. Hastig steckte sie das Bild wieder ein und verabschiedete sich zum zweiten Mal von Hilda.

Die ältere Frau lächelte sie gütig an. „Nimm es dir nicht so zu Herzen, *Gitsche*. Erinnere dich an deine Oma, wie du sie gekannt hast. Das war die Frau, die die Zille war. Das andere sind alte Geschichten. Meiner Meinung nach geht es uns allen besser, wenn wir die Vergangenheit endlich ruhen lassen."

Wie benommen stand Amalia auf der Straße vor Hildas Haus. Was sollte sie als Nächstes tun? Lag das Motiv für den Mord in der Vergangenheit? Aber warum jetzt, fünfzig Jahre später? Andererseits war die Verbindung schon sehr dünn. Amalia entschied sich, erst mit den anderen Mitgliedern der Gruppe zu sprechen und dann zu entscheiden, ob es sich rentierte, zur Polizei zu gehen. Besonders interessierte sie, was der Sepp vom Stockerhof zu sagen hatte, schließlich war er derjenige, der immer noch einen Groll gegen die Oma hegte. Und was war mit Hildas Mann? Der war, solange Amalia denken konnte, unfreundlich zu Zille gewesen und hatte immer nur das Allernötigste mit ihr gesprochen. War das, weil auch er sie für die Verräterin hielt? Aber nein, er war ja in Mailand gewesen, als ihre Oma ermordet wurde.

Amalia atmete tief durch und versuchte sich zu beruhigen. Ihr schossen tausend verschiedene Gedanken kreuz und quer durch den Kopf.

9.

6. Juni 1961 – Ludwig

„Wir haben es geschafft … Wir haben es wirklich geschafft“, jubelte Zille.

Sie umarmte abwechselnd Meinrad, Ludwig und zuletzt Sepp, der sich etwas verlegen ob diesem Gefühlsüberschwang abwandte, nach seiner Ziehharmonika griff und darauf zu spielen begann.

„Ich hätte nie gedacht, dass ihr das schafft.“ Zille strahlte über das ganze Gesicht und ihre blauen Augen funkelten.

„Ich würde so gern das Gesicht von den Bozner Fabrikbesitzern sehen, wenn sie morgen nicht arbeiten können, weil sie keinen Strom haben.“ Sie lachte mit überschäumender Freude.

Ludwig, der sie beobachtet hatte, griff nach der Kamera, die auf dem rohgezimmerten Tisch zwischen Wein- und Schnapsflaschen lag, und richtete das Objektiv auf Zille. So wollte er sie festhalten, so wollte er sie in Erinnerung behalten. Glücklich, strahlend, jung und wunderschön. Ihr blondes Haar glänzte im Kerzenschein, ihre Wangen waren vor Freude und Aufregung gerötet und in ihrem Blick lag eine wilde Freude, die ihm den Atem nahm. Wenn dieser Moment nur für die Ewigkeit wäre.

Heute waren sie stark, heute waren endlich einmal sie die Sieger. Die Risiken der letzten Wochen und Monate hatten sich ausgezahlt. Heute Nacht hatte ihre Gruppe den ersten Strommast gesprengt. Die Frauen hatten sie nicht mitgenommen, nur Meinrad, Georg, Sepp und er waren losgezogen. Ludwig behauptete sonst stets von sich, Nerven aus Stahl zu haben, aber in dieser Nacht hatte er zum ersten Mal richtig Angst gehabt. Für ihn gäbe es keine schlimmere Strafe, als in einer kleinen Zelle eingesperrt zu werden. Ihm wurde die Zeit schon unerträglich lang, wenn er einmal einen ganzen Tag nicht aus dem Haus konnte. Dann ging er abends, egal wie das Wetter war, noch ein Stück in die Berge oder auf die Jagd, um sich wieder frei und lebendig zu fühlen. Die Schmuggeltouren nach Österreich hatte er immer als Abenteuer gesehen. Natürlich war ihm klar, dass er dabei jedes Mal mit einem Fuß im Grab und mit dem anderen im Gefängnis stand, wie es eine alte Schmugglerweisheit besagte. Aber zwischen hohen Bergen, Schluchten und Wäldern war er in seinem Element. Der Zöllner oder *Finanzer,* der ihn erwischen konnte, musste erst noch geboren werden. Selbst mit einem 30-Kilo-Rucksack sprang er noch leichtfüßig den Hang hinunter, und wenn sich in seinem Rucksack neben Tabak und Zigarettenpapier noch Sprengstoff und Zündschnüre befanden, umso besser. Das bereitete ihm keine schlaflosen Nächte.

Aber in dieser Nacht war alles anders gewesen. Sie waren zusammen in Georgs alter Karre aus Pfunders herausgefahren. Keiner hatte ein Wort gesagt. Alle wussten, wenn sie aufgehalten und das Auto durchsucht würde, wäre alles aus. Aber es ging gut. Sie befestigten vier Kilo Sprengstoff am Mast, spannten die Drähte, und als er dann mit zitternden Händen den Zeitzünder einstellte, betete er zum ersten Mal seit Langem wieder. Gott hatte ihn erhört! Problemlos konnten sie fliehen, ohne jemandem zu begegnen, und der Strommast stürzte mit lautem Getöse in sich zusammen. Diesen Triumph feierten sie nun mit *Kalterer Wein* und Selbstgebranntem vom Sepp.

Als er endlich seinen Blick von Zille, die nun ausgelassen mit Meinrad durch die Höhle tanzte, löste, bemerkte er, dass Hilda ihn beobachtete, und konnte ihren durchdringenden Blick nicht deuten. Er wusste, dass sie es ihm immer noch verübelte, dass er letztes Jahr nach dem Stefansball mit ihr geschlafen hatte – ohne jegliche ernsten Absichten zu haben. Aber heute war kein Tag, gegen jemanden Groll zu hegen. Er ging zu ihr hinüber und holte sie zum Tanz. Ihr Gesichtsausdruck wurde sanfter. Ludwig mochte Hilda und es tat ihm leid, dass er sie verletzt hatte, weil er sich selten Gedanken um die Gefühle der Frauen machte, die er begehrte. Hilda war ein feiner Kerl. Sie war ein furchtbar mageres Ding mit einem schmalen Gesicht und großen braunen Augen, die immer ein wenig misstrauisch und hungrig in die Welt schauten. Wenn es ums Tragen und Anpacken ging, stand sie den Männern kaum nach. Nie würde sie jammern, dass es ihr zu viel wäre. Aber sein Herz brachte sie nicht zum Klopfen, so wie es die Zille tat.

Er blickte wieder hinüber zu Zille und sah, dass sie nun mit Georg tanzte. Sie musste etwas Lustiges gesagt haben, denn Georg, der sich sonst immer ruhig zurückhielt, warf den Kopf in den Nacken und sein dröhnendes, abgehacktes Lachen war in der ganzen Höhle zu hören. Meinrad beobachtete an einen Felsen gelehnt ebenfalls die Tanzenden. Sepp hingegen konzentrierte sich nur auf sein Instrument und spielte immer schneller und temperamentvoller. Ludwig musste sich zwingen, seinen Blick von Zille, die sich von Georg herumwirbeln ließ, zu wenden und seine Aufmerksamkeit wieder auf seine eigene Tanzpartnerin zu richten."

„Endlich haben wir es den *Wallischen* gezeigt", sagte er und drehte sie.

Hilda lächelte ihn zärtlich an, legte den Kopf schief und sagte eindringlich: „Ludwig, wenn wir zusammenhalten, könnten wir so viel erreichen."

Ludwig erwiderte ihren herausfordernden Blick und tat so, als würde er sie missverstehen. „Du hast recht. Wir sechs sind schon ein großartiger Haufen. Das war erst der Anfang ..."

Dann tanzte er so schnell mit Hilda, dass sie nicht mehr zum Reden kamen. Aber in ihm glühte der Stolz, dass er seiner Heimat, die seit so vielen Jahren unterdrückt und unfrei war, einen Dienst hatte erweisen können.

Während des Zweiten Weltkrieges waren die Südtiroler vor die Wahl gestellt worden: in Südtirol bleiben und Italiener werden oder Südtirol verlassen und deutsch bleiben. Diese fast ausweglose Entscheidung hatte viele Herzen gebrochen, da die Menschen sowohl an ihrer Heimat als auch an ihren deutschen Traditionen hingen. Familien, Dörfer und Gemeinden hatten sich über die Frage, was der richtige Weg sei, entzweit. Nach dem Sturz *Mussolinis* war Südtirol im September 1943 zuerst unter deutsche Verwaltung gestellt worden. Nach Kriegsende hatten viele gehofft, dass die alliierten Siegermächte einer Rückkehr Südtirols zu Österreich zustimmen würden. Aber Südtirol gehörte weiterhin zu Italien ... Im Rahmen der Friedensverhandlungen von Paris waren Südtirol im *Gruber-De-Gasperi-Abkommen* zwar autonome Grundrechte zugesagt worden und Österreich wurde als Schutzmacht für die Südtiroler Minderheit in Italien eingesetzt, doch zur großen Enttäuschung der Bevölkerung hatte dieses „Autonomiestatut" wenig zur Selbstbestimmung der Südtiroler beigetragen. Auch wenn die italienisierten Familiennamen zurückgeändert und deutsche Schulen wieder geöffnet wurden, waren durch die Zusammenlegung von Südtirol mit Trient zur Provinz Trentino-Alto Adige die Deutschsprachigen in diesem großen Gebiet zur Minderheit geworden. Entscheidungen bezüglich Finanzen und Gesetze wurden in Trient getroffen, wo die Südtiroler keine Chance hatten, sich gegenüber der deutlichen italienischen Mehrheit durchzusetzen. Außerdem versuchte die italienische Regierung durch Wohnbau und attraktive Angebote, italienische Arbeiter nach Südtirol zu locken. Bei der Vergabe öffentlicher Stellen wurden Italiener bevorzugt, sodass man in Ämtern und Behörden mit Deutsch nicht viel erreichen konnte. Viele Südtiroler fühlten sich machtlos und fremd im eigenen Land.

Als dann vor knapp vier Jahren im Herbst 1957 die *„Dolomiten"*-Zeitung zu einer Protestkundgebung auf dem Schloss von Sigmundskron aufgerufen hatte, war Ludwig zusammen mit Sepp hingefahren. Auslöser für diese Demonstration war der angekündigte Neubau von 5.000 Wohnungen für italienische Arbeiter gewesen, während für deutsche und ladinische Südtiroler in den zwölf Jahren seit Kriegsende nur 216 Wohnungen fertiggestellt worden waren. Zuerst hätte die Kundgebung in Bozen stattfinden sollen. Aber das hatte die Quästur verboten, sodass sie auf eine Burgruine im Umland ausweichen mussten.

Schon lange, bevor sie Sigmundskron erreichten, mussten sie im Schritttempo fahren, da so viele Autos in die gleiche Richtung unterwegs waren. Ludwig, der damals gerade achtzehn geworden war, konnte seinen Augen kaum trauen. Man hatte mit ein paar Tausend Teilnehmern gerechnet, aber hier schien fast das ganze Land auf den Beinen zu sein. Viele trugen Plakate mit Aufschriften wie „Los von Trient", „Tirol den

Tirolern", „Volk in Not", „Südtirol vor die UNO" oder „Brüder im Norden, helft!". Mit Fahrrädern, zu Fuß, mit Lastwagen, Motorrädern, Bussen und Autos strebten die Menschen dem Schlosshof entgegen.

Später las Ludwig in der Zeitung, dass 35.000 Menschen an der Kundgebung teilgenommen hatten.

Am Straßenrand hinter Bäumen und Büschen standen *Carabinieri* mit Maschinengewehren, die die Ankommenden genau beobachteten. Die beiden Pfundrer parkten das Auto und legten den letzten Kilometer zu Fuß zurück. Sepp nutzte seine Kraft und Körpergröße schamlos aus und drängte sich an den vielen Menschen vorbei und schob Leute sanft zur Seite, bis sie endlich ziemlich weit vorne im Schlosshof standen.

„Normal mag ich so ein Gedränge ja nicht, aber heut' ist es wichtig, dass wir alles mitkriegen. *Da hab i a paar Leit wegschieben gimiaßt*", sagte er fast entschuldigend zu Ludwig.

Aber Ludwig war viel zu beschäftigt damit, alles aufzunehmen, was um sie herum geschah, um sich mit Umgangsformen aufzuhalten. „Schau!" Er deutete begeistert auf eine Mauer, auf der viele Menschen mit großen Kameras standen. „Die Presse ist da. Und so viele, wie das sind, sind bestimmt auch welche vom Ausland da." Ludwig begann, Hoffnung zu schöpfen.

„Das kann für Südtirol nur gut sein, wenn berichtet wird, wie es uns hier geht. Die Welt soll wissen, dass die Italiener ihre ganzen Versprechungen von den Friedensverhandlungen gebrochen haben", pflichtete Sepp ihm bei.

Nie würde Ludwig das Glücksgefühl vergessen, als mehrere Demonstranten die Tiroler Fahne hissten. Eine wurde sogar am Turm der Burg aufgehängt und wehte in rot-weißen

Farben im Wind. Wie lange hatte diese Fahne nicht mehr wehen dürfen. Als er Sepp ansah, der inbrünstig zu den Klängen der Grieser Musikkapelle „Von Sigmundskron der Etsch entlang bis zur Salurner Klaus" mitsang, merkte er, dass auch dieser Tränen der Rührung in den Augen hatte.

Dann begannen die Reden, die sie schlagartig ernüchterten. Es wurden zwar die Ungerechtigkeiten geschildert, die die Südtiroler ertragen mussten, die Gleichberechtigung der deutschen Sprache im öffentlichen Leben gefordert und Österreich wurde aufgerufen, sich mehr für die Südtiroler zu engagieren, aber Ludwig fand das alles viel zu zahm. Er hätte einen offenen Aufruf zum Widerstand, zum Kampf erwartet. Die anderen Anwesenden empfanden anscheinend ähnlich.

„Wir marschieren nach Bozen", schrie einer.

„Wir zeigen's den *Wallischen*", rief ein anderer. Die Stimmung begann zu kochen.

„Auf nach Bozen!" Wie eine Welle übertrugen sich Empörung, Zorn und die Enttäuschungen vieler Jahre von Teilnehmer zu Teilnehmer.

„Wir lassen uns nichts mehr verbieten!", „Bozen gehört uns!", forderten mehr und mehr Menschen. Auch Ludwig und Sepp fielen lautstark in die Rufe ein. Nur mit Reden war nichts zu ändern.

Der Obmann der Südtiroler Volkspartei, *Silvius Magnago,* trat nach vorn. Er verkündete der Menschenmasse, dass er sein „deutsches Wort" gegeben habe, dass es zu keiner Konfrontation in Bozen kommen würde. Er endete mit Inbrunst: „Ich bitte euch, dieses mein deutsches Wort einzuhalten, denn das deutsche Wort hat bei uns immer noch Gültigkeit gehabt."

Ludwig senkte beschämt den Kopf. Um ihn herum verstummten die Rufe der Menschen. Es war unglaublich, wie dieser Mann mit einfachen Worten an ihr Ehrgefühl appellierte und damit die Menschen beruhigte. Trotzdem blieb ein schaler Nachgeschmack der Enttäuschung. Die ganze Menge verließ nun geordnet die Burg, ohne dass es zu einer Auseinandersetzung gekommen war, obwohl der geringste Funke gereicht hätte, die Versammelten zu entfesseln.

Auf dem Weg zum Auto schimpfte Sepp: „Politische Lösungen! Reden, reden und wieder reden und nichts passiert!" Er spuckte verächtlich aus.

Ludwig konnte nur zustimmen: „Das wird so lange verschleppt, bis sich kein Mensch mehr für Südtirol interessiert. Inzwischen kriegen die Italiener die bessere Arbeit, die besseren Wohnungen und breiten sich aus, bis für uns kein Platz in unserem Land mehr ist."

„Höchste Zeit, etwas zu tun. Heute auf Sigmundskron habe ich gespürt, wie es sich anfühlt, ein freier Tiroler zu sein", sagte Sepp mit belegter Stimme.

„Ja, ich auch! Wenn wir jetzt nichts tun, verlieren wir die Heimat!", rief Ludwig entschlossen aus.

Sepp nickte nachdenklich. „Handeln müssen wir, nicht immer bloß reden!"

Von diesem Tag an hatte Ludwig gewusst, er musste etwas unternehmen. Er wollte die Euphorie zurück, die er empfunden hatte, als er die Tiroler Fahne im Wind wehen sah. Er hatte sich dann zusammen mit Sepp, Georg und Meinrad zwei Jahre später dem *„Befreiungsausschuss Südtirol"*, kurz *„BAS"*, angeschlossen, einer Untergrundorganisation, die mit Flugblättern und Sprengungen die Loslösung Südtirols von Italien erreichen wollte. Sie hofften, so ihre europäischen

Nachbarn auf Südtirol aufmerksam zu machen und den politischen Druck auf Italien zu erhöhen.

„Was schaust denn Löcher in die Luft?", fragte Hilda ein wenig schnippisch, weil sie wohl bemerkt hatte, dass die Gedanken ihres Tanzpartners in weite Ferne geschweift waren. Ludwig lächelte sie entschuldigend an.

Wenige Takte später endete das Musikstück und Sepp legte die Ziehharmonika zur Seite. Er ging zum Tisch und schenkte für alle Schnaps ein.

„Die heutige Nacht ist zum Feiern gemacht." Sepp lachte ausgelassen. Aber dann wurde er ernst. Er erhob sein Glas und sagte feierlich: „Das heut Nacht war für die *Pfundrer Buibm!*"

Auch die anderen erhoben ihr Glas und wiederholten ergriffen: „Für die *Pfundrer Buibm!*"

Ludwig konnte sehen, dass Georg Tränen in den Augen standen. Sie alle wussten, warum: Georgs bester Freund war zusammen mit anderen jungen Burschen aus dem Dorf zu einer zwanzigjährigen Haft verurteilt worden.

Es war vor fünf Jahren an Maria Himmelfahrt gewesen. Einige junge Burschen hatten im *Letterhäusl,* einem kleinen Gasthaus, zusammen mit zwei in Pfunders stationierten *Finanzern* gefeiert. Plötzlich hatten sich die Beamten, die zuvor noch mit den Burschen gezecht hatten, anders besonnen. Sie hatten ihre Saufkumpane Kraft ihres Amtes gebieterisch aufgefordert, nach Hause zu gehen. Deshalb war es zu einer Wirtshausrauferei gekommen, bei der die jungen Männer aufgrund ihrer Überzahl besonders *Raimondo Falqui* ziemlich zugerichtet hatten. Am nächsten Tag war dieser *Finanzer* tot mit einer Kopfwunde im *Roana-Bach* gefunden worden. Sofort waren die Pfundrer, die am Vorabend im *Letterhäusl* gefeiert hatten, die Verdächtigen. Die meisten Bauernburschen waren direkt beim Heuen von den Wiesen geholt und vor ihren entsetzten Familienmitgliedern in Handschellen abgeführt worden und landeten im Gefängnis. Für die italienische Presse war bereits zu diesem Zeitpunkt klar: „Es war kein Unfall, sondern ein politisch motivierter Mord."

Während des Prozesses im Jahr darauf war der Obduktionsbericht, der *Falqui* 1,7 Promille im Blut nachwies, zur Urteilsfindung nicht berücksichtigt worden. Die Aussage des Arztes, der die Leiche als Erstes untersucht und die Kopfwunde auf einen Sturz zurückgeführt hatte, war zur Verhandlung nicht zugelassen worden. Auch die Zeugin, die den Leichnam gefunden hatte, hatte nicht aussagen dürfen. Die sieben Angeklagten hatten die Rauferei sofort zugegeben, aber den Mord vehement bestritten. Allerdings war ihnen ein Dolmetscher verweigert und ihre Aussagen, meist im Dialekt, waren absichtlich falsch ins Italienische übersetzt und als Schuldeingeständnis gewertet worden. Die verhängten Haftstrafen waren so unverhältnismäßig hoch gewesen, dass Österreich 1960 wegen des Urteils Beschwerde bei der Europäischen Menschenrechtskommission eingelegt hatte.

Die Pfundrer selber hatten nie an der Unschuld ihrer *„Buibm"* gezweifelt. Wären die Burschen wirklich am Tod des *Finanzers* beteiligt gewesen, wären sie am nächsten Tag auf dem Weg über die Grenze und nicht beim Heuen auf den Wiesen gewesen, wo die *Carabinieri* sie sofort festnehmen und abführen konnten. Die Verurteilung der sieben jungen Männer hatte eine tiefe Wunde in die Seele des kleinen Dorfes geschlagen. Es gab niemanden, der nicht einen Sohn, einen Neffen, ein Patenkind, einen Nachbarn oder Freund im Gefängnis wusste. Die Ungerechtigkeit des Prozesses und die italienische Allmacht hatten den Hass auf die Italiener weiter geschürt.

Damals hatte alles begonnen und endete jetzt damit, dass sie einen Hochspannungsmast gesprengt hatten, in der Hoffnung, der Industrie in Bozen und weiter unten in Italien Schaden zuzufügen. Sie würden sich wehren!

Ludwig spürte, wie sich der bittere Groll und Hass in die Euphorie des Momentes drängte, als sich plötzlich eine kleine Hand in seine schob.

„Wir lassen sie nicht gewinnen", sagte Zille und lächelte ihn traurig an.

Ludwig drückte ihre Hand. Er wollte jetzt nicht daran denken, was die letzten Jahre schiefgelaufen war. Heute Abend wollte er glücklich sein. Kraftvoll zog er Zille aus der Höhle und den Abhang hinauf.

„Wo willst denn mit mir hin?", fragte sie atemlos.

„Weg! Mit dir!", raunte Ludwig nur kurz und stapfte schnell weiter. Sie schnauften beide hörbar, als sie einen Felsvorsprung, der knapp hundert Meter über dem Höhleneingang lag, erreichten. Er zog seinen Lodenjanker aus, legte ihn auf den harten Untergrund und zog Zille sanft neben sich.

„Ich musste einfach mit dir allein sein", sagte er heiser.

Zille schaute mit großen blauen Augen zu ihm auf. Er konnte in ihrem Blick weder Unsicherheit noch Angst erkennen, nur Vertrauen und ein abenteuerlustiges Funkeln. Zärtlich zog er sie an sich. Ohne Zögern schmiegte sie sich an ihn und erwiderte seinen Kuss mit Leidenschaft. Ludwig atmete schwer, als er sich wenig später fast widerwillig von ihr löste. Sie war so schön und voller Lebensfreude. Selbst in Kniebundhosen und einem alten Wollpullover wirkte sie verführerisch, ohne sich dessen bewusst zu sein. Das karge Leben, die harte Arbeit, das Schmuggeln und die Angst vor Entdeckung hatten ihr nichts von ihrer Ausgelassenheit genommen. In ihrer Gruppe war immer sie es, die mit ihrer Fröhlichkeit aufkeimende trübe Stimmung und Streit vertrieb.

Er hatte sie nicht hierhergebracht, weil er sie verführen wollte. Heute Abend hatte er so viel erlebt, und dieses Mädchen war der Mensch, mit dem er dies teilen wollte. Außerdem wollte er ihr sagen, dass er es ernst mit ihr meinte. Ihm war wohl bewusst, dass er im Dorf nicht den besten Ruf genoss, wenn es um Mädchen ging. Aber mit Zille war es etwas anderes. Sie war das erste Mädchen, das ihm wirklich etwas bedeutete. Bei ihr wollte er alles richtig machen und sie ja nicht verschrecken. Bevor er sich jedoch die richtigen Worte zurechtgelegt hatte, überraschte sie ihn, in dem sie seinen Kopf in beide Hände nahm und ihn auf den Mund küsste.

„Zille, ich hab dich gern“, sagte Ludwig etwas unbeholfen, als sie sich eine Ewigkeit später voneinander lösten.

Sie lächelte ihr strahlendes Lächeln, das ihr ganzes Gesicht zum Leuchten brachte. „Ich dich *schun* a“, sagte sie und senkte dann den Blick.

Ludwig nahm ihre Hand und legte sich zurück. Sie schauten beide in den sternklaren Himmel und begannen zu reden. Es fiel Ludwig leichter, wenn er sie dabei nicht ansah. Er erzählte ihr, dass er es zu etwas bringen wolle. Er würde es den Leuten im Dorf schon zeigen, dass mehr in ihm steckte als in seinem versoffenen Vater.

Zille sprach über ihre Mutter, um die sie sich sorgte, weil sie seit letztem Winter einen schweren Husten hatte, den sie nicht mehr losbekam. Sie erzählte von ihrer Zeit in Rom. Zwar hatte es ihr dort gefallen, aber sie froh war, wieder zurück in Pfunders zu sein. Sie sprachen über Zukunftsträume und die Hoffnung, dass man auch als Deutscher in Südtirol der erdrückenden Armut entkommen und es zu bescheidenem Wohlstand bringen konnte.

„Mit dir könnt ich das", sagte Ludwig mit belegter Stimme. „Wir zwei könnten was aufbauen. Das weiß ich ganz genau. Wenn du in der Nähe bist, kommt mir alles viel leichter und schöner vor."

Sie drückte seine Hand. Er beugte sich über sie und begann sie zuerst voll Zärtlichkeit, dann voll Ungestüm zu küssen. Als er seine Hand unter ihren Pullover schob, schaute er sie fragend an. Ihre Augen schienen bis in sein Innerstes zu blicken.

„Ludwig, ich weiß, dass wir zwei zusammengehören. Wir brauchen auf nichts zu warten. Ich bin mir sicher."

Wärme breitete sich in ihm aus. Dieses Mädchen nahm ihn, wie er war, wollte keine Versprechungen von Ehe, sondern vertraute ihm, obwohl sie sicher von anderen gehört hatte, dass er sich oft wie ein Lump verhalten hatte. Sie träumte die gleichen Träume, die er träumte, und setzte sich für die gleichen Ziele ein. Mit dieser Frau würde sein Leben ein besseres werden.

10.

Noch vom Auto aus rief Amalia ihre beste Freundin Evi an und fragte, ob sie kurz vorbeikommen könne. Sie fühlte sich wie erschlagen von den ganzen Informationen, die Hilda ihr über das Leben ihrer Oma erzählt hatte. Natürlich war Oma auch einmal jung gewesen. Natürlich hatte sie damit gerechnet, dass diese wie jeder Teenager einmal Dummheiten gemacht hatte. Niemals aber hätte sie gedacht, dass sich ihre Großmutter in ihrer Jugend gegen Staat und Gesetz aufgelehnt hatte. Sie musste unbedingt mit jemandem reden.

Amalia jagte den roten Mini die Serpentinen nach oben. Evi hatte in einen der Berghöfe, die einsam oberhalb des Dorfes lagen, eingeheiratet und vor einem halben Jahr ihr drittes Kind bekommen. Nie hätten sie früher einmal gedacht, dass ihre beiden Lebenswege so unterschiedlich verlaufen würden.

Sie kannten sich seit dem Kindergarten und waren in die gleiche Klasse, zuerst in der Grundschule in Pfunders und dann in der Mittelschule in Vintl, gegangen. Gemeinsam hatten sie erfolgreich gegen die frechen Buben aus ihrer Klasse gekämpft und später die ersten Schlucke Eierlikör aus Omas Schrank stibitzt. Evi war immer sehr ordentlich und strebsam gewesen, während sie selbst eher chaotisch war und die Schule nicht so ernst genommen hatte. Sie beide hatten immer gute Noten gehabt und gemeinsam davon geträumt, die Matura zu machen und danach in die große weite Welt hinauszuziehen.

Doch Evis Eltern waren davon nicht begeistert. „A *Gitsche* braucht so was *ette*. Studieren können wir uns sowieso *et* leisten. Die soll arbeiten, so wia ihre drei Brüder a", war ihr Vater nicht müde geworden, zu betonen. Zille hatte sich für ihre Freundin eingesetzt und so manchen Abend damit verbracht, Evis Eltern umzustimmen, bis diese schließlich nachgaben und sie zusammen mit Amalia aufs *Vinzentinum,* das Humanistische Gymnasium in Brixen, gehen durfte.

Von da an waren sie unzertrennlich gewesen. Sie hatten gemeinsam gefeiert, sich von der ersten Liebe erzählt und sich bei Liebeskummer getröstet. Ihre Wege trennten sich erst, als Amalia nach bestandener Matura nach New York gezogen war. Auch Evi wäre gerne ins Ausland gegangen, aber hatte von ihren Eltern keinerlei Unterstützung erhalten. Zille hingegen ließ Amalia ziehen. Hatte sie fast ein wenig aus dem sicheren Nest herausgeschubst, weil sie es für wichtig hielt, dass Amalia eigene Erfahrungen machte. Evi war letztendlich hier im Pustertal geblieben und hatte im Büro eines Rechtsanwaltes für Scheidungsangelegenheiten in Brixen gearbeitet.

Einmal hatte Evi Amalia in New York besucht und diese hatte ihr eine Woche lang die pulsierende Stadt gezeigt, die sie so liebte. Sie gingen in die angesagtesten Clubs, und Amalia stellte Evi ihren amerikanischen Freunden vor. Junge kreative Künstlertypen, die das Leben in vollen Zügen genossen. Ihre Freundin war anfangs recht unsicher gewesen, fühlte sich dann aber immer wohler und verließ den *„Big Apple"* mit Tränen in den Augen höchst unwillig. Im darauffolgenden Jahr hatte Evi sie noch einmal besuchen wollen. Doch daraus wurde nichts, weil ihre Mutter an Krebs erkrankte und ein paar Monate später starb. Kurz darauf war Evi mit ihrem jetzigen Ehemann Michael zusammengekommen, einem der Lausbuben, die sie früher immer geärgert hatten. Seitdem hatten sie sich nur noch getroffen, wenn Amalia in Pfunders war. Allerdings telefonierten sie mindestens einmal im Monat und wenn sie sich sahen, war alles wie früher. Sie verstanden sich immer noch glänzend.

Amalia parkte, stieg aus und klopfte an der Haustür. „Evi", rief sie, als niemand öffnete. „Komm rein. Die Tür ist offen", hörte sie Evis Stimme.

Amalia trat ein und ging in die Küche. Sie stolperte über ein Ungetüm von Lastwagen, mit dem Andi, Evis Mittlerer, seine Baustelle, die er im hinteren Bereich der Küche aufgebaut hatte, belieferte.

„Vorsicht", versuchte Evi sie noch zu warnen, doch Amalia landete unsanft auf dem Boden.

„Kein Problem. Ist ja nichts passiert", antwortete Amalia und stand so schnell, wie es ihr mit ihrem Muskelkater möglich war, wieder auf.

„Tut mir leid, aber sie lassen immer alles rumliegen. Setz dich doch. Ich bin gleich so weit", sagte Evi und räumte ein paar Spielsachen zur Seite.

Amalia setzte sich auf die mit grauem Stoff bezogene Eckbank. Im Eck lagen einige passende Kissen, die mit einem roten Hirsch bedruckt waren. Die Wohnküche war angenehm warm, weil im Holzherd ein prasselndes Feuer brannte. Mit seinem vielen Holz wirkte der große Raum einladend und behaglich. Es roch verführerisch nach Knoblauch und frischen Tomaten. Amalia beobachtete Evi, als diese an den Herd zurückkehrte. Trotz ihrer drei Kinder hatte ihre Freundin immer noch eine beneidenswerte Figur. Sie war ein wenig kleiner als sie selbst und immer schon sehr zierlich gewesen. Ihre blonden schulterlangen glatten Haare hatte sie mit einer Spange am Hinterkopf befestigt.

„Du isst doch mit uns? Michl kommt jeden Augenblick vom Stall“, sagte Evi und deckte wie selbstverständlich für eine Person mehr auf.

„Du, die Hilda hat mir heute was erzählt, das glaubst du nicht“, begann Amalia gerade, als sich der sechs Monate alte Leander im Laufstall lautstark meldete.

„Entschuldige, aber er bekommt Zähne“, erklärte Evi und nahm ihren Sohn, dessen Wangen deutlich gerötet waren, auf den Arm. Kurz darauf beruhigte sich Leander und begann zu glucksen. Im Hintergrund fuhr Andi, gefolgt von seinem großen Bruder Simon, mit einem lauten Brummen zu seiner Baustelle. Amalia erzählte weiter, während Evi Leander mit pürierten Karotten fütterte. Amalia konnte ihre Augen gar nicht abwenden von dem süßen kleinen Knopf. Als er den letzten Löffel geschluckt hatte, setzte Evi Leander wie selbstverständlich auf Amalias Schoß, ging zum Herd und schüttete das Nudelwasser ab. Etwas unbeholfen hielt Amalia das Baby auf dem Schoß. Hoffentlich fing der jetzt nicht zu weinen an. Nebenbei berichtete sie Evi, was sie heute alles von Hilda erfahren hatte.

„Ich kann es kaum fassen: Hilda und Zille haben geschmuggelt und waren in einer Gruppe, die Strommasten gesprengt hat? Ich glaube es nicht! Und wir fanden uns damals schon cool, als wir oben am Stadl verbotenerweise die erste Zigarette geraucht haben, die wir Hannes geklaut hatten“, lachte Evi, als Amalia geendet hatte.

„Meinst du, dass das was mit dem Mord zu tun haben könnte?“, fragte Amalia.

„Keine Ahnung. Aber überleg mal, das Ganze ist über fünfzig Jahre her. Warum hätte derjenige so lange warten sollen?“, gab Evi zu bedenken.

„Vielleicht ist ja irgendetwas passiert, was das Ganze wieder hochkochen ließ. Nur was?“, dachte Amalia laut weiter.

„Die *Carpf* werden sicherlich bald alles herausfinden. Ich verstehe, dass du unbedingt wissen musst, wer deine Oma umgebracht hat, aber bitte sei vorsichtig. Überlasse das lieber der Polizei“, beendete Evi das Thema und stellte Gläser auf den Tisch.

Amalia nickte stumm und betrachtete Leander, der fröhlich vor sich hin quietschte. Die Fotografin streichelte ihm über sein feines blondes Haar, das am Hinterkopf eine kleine kahle Stelle vom Liegen hatte. Er roch nach Babycreme und Amalia genoss es, den Kleinen auf dem Arm zu haben. Es fühlte sich gut an. Der Kleine verzog kurz das Gesicht und ein Schwall orangefarbener *Speibe* traf Amalias Hand und ihren teuren Chiffonrock. „Ihhh, eklig“, entfuhr es ihr und sie hielt den Buben von sich weg.

Evi nahm ihr das Baby lachend ab. „Warte, ich geb dir ein Tuch. Das gehört leider auch dazu. Wenn du die Sachen nach dem Waschen in die Sonne legst, bringst du die Karottenflecken am besten heraus“, riet Evi ihr und reichte ihr ein feuchtes Tuch.

Angewidert wischte Amalia sich das orange Zeug von der Kleidung. Ein säuerlicher Geruch stieg ihr in die Nase. Der Rock war auf jeden Fall hinüber, aber sie bemühte sich, sich ihren Ärger nicht anmerken zu lassen.

Michl kam in diesem Moment von seiner Arbeit im Stall herein. Tagsüber arbeitete er als Fensterbauer, aber seine Leidenschaft war die Hofarbeit. Er trug ein grob kariertes rotes Flanellhemd und eine blaue Arbeitshose. Der Ehemann ihrer Freundin hatte sich kaum verändert. Er war nur ein wenig größer als Evi und seine kupferfarbenen Haare standen immer noch ein wenig wild vom Kopf ab. In der Schule hatten sie ihn alle „Pumuckl“ genannt. Nicht nur wegen seiner Haarfarbe, sondern auch, weil er dem kleinen Kobold hinsichtlich einfallsreicher Streiche in nichts nachstand. Amalia sah, dass er in den letzten Jahren ein wenig zugelegt hatte.

„Ah, Besuch. *Hoi,* Amalia. Du bist ja noch in Pfunders. Ich dachte, du wärst schon wieder zurück nach Berlin“, sagte er, nahm seine rahmenlose Brille ab und putzte sie mit dem Küchenhandtuch, bevor er sie wieder aufsetzte.

„Es gibt noch einiges zu regeln“, antwortete Amalia ausweichend.

Sie aßen zusammen und redeten hauptsächlich über früher. Evi war von ihren drei Buben ständig abgelenkt, sodass Amalia sich fast ausschließlich mit Michl unterhielt. Er war ein guter Handwerker und seine Welt drehte sich größtenteils um die Arbeit, die Familie und den Hof. Amalia hatte sich damals ein wenig gewundert, als Evi ihr erzählt hatte, dass Michl und sie ein Paar geworden waren. Ihre Freundin war ausgesprochen weltoffen und neugierig. Michael dagegen kannte Amalia nur als sehr traditionell und zu vielen Dingen hatte er in ihren Augen altmodische Ansichten. Optisch passten die beiden für Amalia auch überhaupt nicht zusammen. Michl wirkte, obwohl er nicht groß war, immer ein wenig grobschlächtig. Evi dagegen war sehr zierlich und hatte ein fein geschnittenes Gesicht. Natürlich wusste sie, dass nur die inneren Werte eine Rolle spielen sollten, doch sie konnte nicht aus ihrer Haut. Sie als Fotografin legte immer viel Wert auf Optik und Harmonie. Aber Evi und Michl schienen trotzdem glücklich zu sein und straften ihre Gedanken Lügen.

„Amalia, träumst du?", hörte sie ihre Freundin plötzlich und zuckte ein wenig zusammen.

„Oh, entschuldige, ich war in Gedanken."

„Was hältst du davon, wenn wir noch einen Mädelsabend in der Bar machen? Ich war schon so lange nicht mehr weg. Michl kann die Kinder ins Bett bringen. Dann können wir auch gleich los."

Amalia sah Michl an, dass dieser nicht begeistert war, aber er nickte ergeben.

„Gerne. Tolle Idee. Allerdings müssen wir vorher noch schnell bei mir vorbeifahren. Kreative orange Flecken auf dem Rock würden mir ja nichts ausmachen, aber der Gestank ...", sagte Amalia und grinste.

Evi tuschte sich noch schnell die Wimpern, trug ein wenig Lippenstift auf und griff nach ihrer Tasche. Sie gab Michl, der Leander im Schlafanzug auf dem Arm trug, einen Kuss und die beiden Freundinnen verließen guter Dinge das Haus.

Wie schon so oft in ihrem Leben betraten die beiden die *Alpenbar,* die aber in Pfunders nur „die Bar" genannt wurde. Einige der hellen, schlichten Holztische waren bereits belegt und im Raucherraum wurde *gewattet.* Sie grüßten die jungen Burschen und gingen zielstrebig zu der kleinen Bank, die ganz hinten direkt am Tresen der Bar anschloss. Diese Bank war seit jeher ihr Stammplatz gewesen. Erleichtert stellte Amalia fest, dass sich nichts im Raum verändert hatte. Das Licht war ein wenig gedimmt und schaffte eine gemütliche Atmosphäre. An der Wand hinter ihrer Lieblingsbank hing *Defreggers* „Letztes Aufgebot" und im oberen Bereich der alten dunklen Holzbar rankte ein Efeu. Die neben der Bank stehenden Barhocker waren leer, sodass sie sich ungestört unterhalten konnten.

„Ja, Amalia, welch' Ehre, dass die fesche Dame aus der Großstadt auch einmal wieder vorbeischaut. Ist dir Berlin doch noch nicht zu Kopf gestiegen?", begrüßte sie Martin, der Wirt, ein groß gewachsener, braunhaariger Mann, herzlich.

Amalia blickte sich um. Sie kannte kaum jemanden. Mittlerweile war der Nachwuchs stark vertreten und ihre eigene Generation, die um die dreißig war, war ruhiger geworden. Die meisten hatten Kinder und Familie, standen mitten im Berufsleben und kamen deshalb seltener in die Bar.

„Ach Martin, ich freu mich riesig, dich zu sehen. Hier fühle ich mich gleich um Jahre jünger", sagte Amalia zu ihm.

„Optisch sieht man da aber nix. Ich mein, du schaust noch genauso alt aus, wie als du hereingekommen bist", unterbrach er sie schlagfertig.

„Immer noch der gleiche Charmeur. Manche Dinge ändern sich eben nicht."

„Müssen wir heute verdursten oder bekommen wir auch was zu trinken?", mischte sich Evi ein und unterbrach das Geplänkel. „Gut, dass ich letzte Woche mit dem Stillen aufgehört habe. Ich habe richtig Lust auf ein Glaserl Wein. Mehr vertrag ich nach fünfzehn Monaten Abstinenz sowieso nicht."

Martin stellte ihnen zwei Weingläser und eine Flasche Weißwein auf den Tresen. „Ein Glas hat doch bei eurem Weiberabend noch nie gereicht", erklärte er und verschwand mit dem Geldbeutel in der Hand in Richtung Tische, um einen Gast abzukassieren.

„Jetzt erzähl mal, was war denn mit dir und Ben? Warum hast du Schluss gemacht? Am Telefon warst du in letzter

Zeit nicht gerade redselig, wenn wir auf ihn zu sprechen gekommen sind", fragte Evi neugierig.

Amalia zögerte kurz mit der Antwort. Tja, was war eigentlich in ihrer Beziehung zu Ben schiefgegangen?

„Ach Evi, ich hatte gedacht, dieses Mal wäre es der Richtige. Anfangs war alles perfekt. Ben ist belesen, intelligent, an Kunst interessiert, reist gerne, ist witzig und sieht super aus. Endlich ein Mann, der nicht von mir erwartete, dass ich jeden Abend zu Hause bin und jedes Wochenende mit ihm verbringe. Einer, der Verständnis für meinen Beruf gehabt hat und für alles, was dieser mit sich bringt, wie die vielen Reisen und die Shootings am Wochenende."

„Genau so einen Mann wolltest du doch immer, Amalia?", unterbrach Evi sie.

„Schon", gab Amalia zögerlich zu, „aber das Problem war, dass er eben auch seine Karriere durchgezogen hat. Seit seiner Beförderung haben wir uns nur noch gesehen, wenn wir einen Monat vorher einen festen Termin eingetragen haben, und wenn bei einem etwas Berufliches dazwischenkam, dann wurde der Tag verschoben."

„Aber du kannst ihm doch nicht vorwerfen, dass er seinen Beruf ebenso liebt wie du deinen?"

„Das habe ich auch nicht!", protestierte Amalia etwas zu laut und sah Evi unglücklich dabei an, bevor sie fortfuhr, „bisher wollte keiner von uns beruflich zurückstecken. Wir haben letztes Jahr besprochen, wie eine gemeinsame Zukunft aussehen könnte. Ben hat vorgeschlagen, dass wir uns gemeinsam eine große Wohnung in Berlin nehmen. Aber solange wir beide nur unterwegs sind, hätte eine gemeinsame Wohnung auch nichts geändert. Deshalb wären wir keinen Tag mehr zusammen gewesen."

Unaufgefordert stellte Martin ihnen zwei Klare hin. „Gehen aufs Haus. Für meine alte Stammkundschaft", sagte er, wobei er das „alte" besonders betonte. Er schenkte sich auch einen ein, dann prosteten sie sich zu und tranken die Gläser auf einmal aus. Amalia spürte, wie der klare Schnaps ihre Kehle hinunterbrannte, und musste leicht husten.

„Des is halt a g'scheiter Schnaps, selbst gebrannt, nicht so ein Verschnitt, wie ihr in Berlin habt", lachte er, bevor er die Gläser abräumte und die beiden Freundinnen wieder alleine ließ.

„Mit Ben hätte es nicht funktioniert. Nicht einmal, wenn ich das Fotografieren aufgegeben hätte. Deshalb wäre er trotzdem dauernd unterwegs gewesen", fasste Amalia zusammen. In ihrem Inneren wusste sie jedoch, woran es wirklich gelegen hatte. Doch bisher hatte sie es Evi noch nicht erzählt. Vielleicht war es Martins Klarer, aber auf einmal verspürte sie den Drang, ihrer besten Freundin ihre innersten Gedanken doch anzuvertrauen.

„Da war noch etwas anderes", begann Amalia, nahm noch einen Schluck Wein und sprach stockend weiter, „ich kann mir Ben keinesfalls mit Kindern vorstellen. Des Öfteren habe ich beobachtet, dass er mit Kindern von Bekannten nichts anfangen konnte. Unser Freundeskreis bestand hauptsächlich aus Singles und kinderlosen Pärchen. Wir sind zusammen auf Vernissagen gegangen, haben unsere Zeit im Museum verbracht oder sind zu Konzerten gegangen. Evi, wir haben circa drei Tage im Monat miteinander verbracht, da ist kaum Raum für eine Beziehung gewesen, aber schon gar kein Platz für Familie. Bisher war das okay für mich. Doch ich glaube, ich will mehr in meinem Leben. Ich bin jetzt dreißig und möchte Familie. Endlich wissen, wo man hingehört. Die

Uhr tickt! …“, gab Amalia überzeugt, aber auch ein wenig trotzig zu.

Evi schaute sie überrascht an. „Du willst Kinder? Ich habe gedacht, das wäre das Letzte, was du dir vorstellst. Ich hätte nie gedacht, dass du dir eine Familie wünschst. Ich habe dich immer um deine Freiheit und dein aufregendes Leben beneidet. Ich dachte, du bist zufrieden mit deiner Arbeit und deinem Leben, so wie es ist.“

Amalia drehte nachdenklich ihr leeres Weinglas zwischen ihren Fingern. „Ich bin ja auch zufrieden. Aber wenn ich dich mit deinen drei Buben sehe, dann kommt mir mein Leben in Berlin so leer vor. Die Arbeit, die Reisen, aber nichts, was von mir auf der Welt einmal bleibt“, philosophierte sie vor sich hin.

Martin schenkte den Rest der Flasche in die Gläser und verschwand in der Küche.

Dann begann Evi auf einmal: „Ich liebe meine Buben über alles und ich könnte mir auch keinen besseren Mann und Vater als Michl vorstellen, aber jedes Mal, wenn ich mit dir telefoniere und du mir etwas über ein Event oder ein Shooting im Ausland erzählst, habe ich das Gefühl, dass das Leben in Pfunders stillsteht und die Jahre an mir vorbeiziehen.“

Jetzt war es Amalia, die überrascht war.

„Ich stehe jeden Tag um fünf auf, melke die Kühe, mache Frühstück und bringe dann Simon zur Schule und Andi in den Kindergarten. Mein ganzer Tag besteht aus Putzen, Waschen und Aufräumen und ich habe nie das Gefühl, dass ich mit meiner Arbeit wirklich fertig bin. Die einzige Abwechslung ist, wenn ich samstags zwei Stunden im Dorfladen arbeite und sich meine Schwiegermama um die Kinder kümmert.“

„Warum versuchst du nicht, sobald Leander ein wenig älter ist, wieder bei Dr. Rainer zu arbeiten, oder vielleicht könntest du auch Arbeiten von zu Hause aus übernehmen. Dr. Rainer war damals doch so geknickt, als du bei ihm aufgehört hast“, schlug Amalia ihrer Freundin vor, die heute für sie ungewöhnlich ernst wirkte.

„Das würde Michl niemals wollen, obwohl wir das Geld gut brauchen könnten.“ Sie strich sich eine blonde Strähne aus dem Gesicht. „Für ihn ist es wichtig, dass ich zu Hause bei den Kindern bin. Ein Urlaub oder sonstiger Schnickschnack würden für ihn sowieso nicht infrage kommen, und wenn eine andere außergewöhnliche Ausgabe hinzukommt, wie letzten Monat, als die Waschmaschine kaputtging, hat er abends zusätzlich Überstunden machen müssen.“

Amalia kam es so vor, als hätten sie beide sich das erste Mal seit einer Ewigkeit ehrlich unterhalten. Beide waren sie im Grunde genommen mit ihrem jeweiligen Leben zufrieden und doch haderten sie mit einigen Dingen. Es konnte nicht alles nur perfekt sein. In ihren Telefonaten war es nie so deutlich herausgekommen, dass Evi sie manchmal um ihr Leben beneidete, und sie selbst hatte auch noch nie erwähnt, dass sie insgeheim von einem Ehemann und einer Familie träumte.

„Martin, noch einen Schnaps“, sagte Evi und blickte zu Amalia. „Ich hoffe, das Zeug macht uns nicht noch sentimentaler, sonst heulen wir Martin noch was vor“, sagte ihre Freundin und lachte ein wenig zu laut.

Amalia verstand, dass Evi den freien Abend genießen wollte. „Du hast recht: Lass uns heute keine Probleme wälzen. Eigentlich wollten wir doch Spaß haben. Aber bevor ich auch nur noch einen Schluck hinunterbringe, muss ich mal schnell für kleine Mädchen." Amalia erhob sich und ging zur Toilette. Sie bemerkte, dass ihr heiß war. Als sie sich die Hände mit kühlem Wasser wusch, sah sie im Spiegel, dass ihre Wangen gerötet waren. Amalia zog ihre dunkelblaue Sweatshirt-Jacke aus und band sie sich um die Hüften. Sie öffnete die Toilettentür ein wenig zu schwungvoll, sodass die Tür lautstark gegen die Wand knallte. „Ups." Sie war anscheinend doch schon leicht angetrunken.

Martin blieb so etwas natürlich nicht verborgen. „Amalia, randalierst du schon wieder?", feixte er in strengem Ton, aber seine braunen Augen funkelten amüsiert hinter seiner Brille.

„Haha!", gab sie patzig zurück. Sie wusste, worauf Martin anspielte. Vor Jahren hatte sie im Morgengrauen zusammen mit Evi zu *„Born in the USA"* auf einem der Tische getanzt. Irgendwann hatte sie das Gleichgewicht verloren und war vom Tisch gefallen. Sie hatte den Sturz im letzten Augenblick ein wenig abfangen können, indem sie nach der Lampe, die über dem Tisch hing, griff. Amalia hatte dabei allerdings die ganze Lampe samt Kabel aus der Decke gerissen und der Stuhl, auf den sie fiel, war krachend zusammengebrochen. „Wer den Schaden hat, braucht für den Spott nicht zu sorgen", hatte damals ihre Oma zu ihr gesagt, als sie ihre blauen Flecken und Prellungen mit Pferdesalbe einschmierte. Ein paar Wochen lang hatte sie sich von jedem im Dorf blöde Sprüche anhören müssen.

Erst jetzt sah sie, dass Evi nicht mehr alleine an der Bar saß. Hannes und Felix standen neben ihr vor den Barhockern. Amalia zögerte kurz. Felix hatte sie noch nicht entdeckt, so blieb ihr kurz Zeit, sich zu fassen. Allein sein Anblick brachte sie komplett durcheinander. Auf einen Schlag war sie so aufgeregt wie ein Schulmädchen. Doch keinesfalls wollte sie, dass Hannes oder Evi etwas von ihren Gefühlen mitbekamen. Sie hatte ja nicht einmal Evi etwas von dem Kuss erzählt.

„*Hoila*", begrüßte sie die beiden und setzte sich zu Evi auf die Bank. Hannes hatte das Gespräch nur kurz unterbrochen, um sie zu begrüßen. Was brachte Hannes so in Rage, dass seine Wangen gerötet waren und er sie nur mit einem Wort begrüßte?

„Er nervt mich so. Immer weiß er alles besser. Ich versteh ja noch, wenn er im Sägewerk nicht modernisieren will, aber um das Büro hat er sich noch nie gekümmert. Das hat immer die Mutter gemacht. Es hat alleine zwei Jahre gedauert, bis ich durchgesetzt hatte, dass wir eine Homepage und E-Mail-Adressen bekommen. Ansonsten wäre das Gespräch mit seinem Scheich gar nicht zustande gekommen. Aber natürlich ist alles nur sein Verdienst."

Mit verständnisvollem Blick antwortete Evi: „Alt und Jung, das ist oft schwierig. Mit Grausen erinnere ich mich daran, wie lange Zille gebraucht hat, meine Eltern zu überzeugen, mich die Matura machen zu lassen."

Amalia wusste um das schwierige Verhältnis zwischen Hannes und seinem Vater. Zu oft hatte sie ihm schon vorgeschlagen, für ein paar Jahre wegzugehen, woanders zu arbeiten und eigene Erfahrungen zu sammeln. Doch bisher hatte ihr Freund es nicht geschafft, sich von zu Hause zu lösen und damit der Abhängigkeit von seinem dominanten Vater zu entgehen. Man ist auch seines Glückes Schmied, hätte Zille ihm geraten, dachte Amalia, die das Thema und Hannes' ewige Jammerei darüber leid war. Trotzdem schwieg sie.

„Manchmal hätte ich Lust, einfach alles hinzuschmeißen", fuhr er fort, „aber dann wären die letzten Jahre umsonst gewesen und der *Mamme* kann ich das auch nicht antun. Na ja, irgendwann gehört eh alles mir. Bei meinem Sohn, da mach ich einmal alles anders", endete er resigniert.

Um das Thema, das Hannes so sehr belastete und für das es all die Jahre keine Lösung gegeben hatte, zu wechseln, fragte Amalia unverblümt: „Ist da was unterwegs?"

„Wie, was unterwegs?", fragte Hannes nach.

„Na ja, ein Sohnemann", Amalia grinste.

„Ach, Schmarrn", wiegelte Hannes ab und man konnte ihm deutlich ansehen, dass ihm das Ganze unangenehm war. „Das war ja nur generell gemeint. Setz ja kein Gerücht in die Welt."

Aus der Küche strömte der Duft einer köstlichen Pizza. Immer wenn sie leicht angetrunken war, bekam Amalia Hunger. „Martin, machst du mir noch eine Margherita?" Amalia sah auf ihre Armbanduhr. „Schon Mitternacht. Haben wir jetzt wirklich so lange gequatscht", sagte sie zu Evi.

Felix mischte sich ein: „So lang über ‚nix' reden können nur Weiber."

Hannes wandte sich an Amalia: „Was hast denn eigentlich heute so lange mit meiner *Mamme* geredet? Sie war den ganzen Abend über zerstreut und die *Pressknödel* sind ihr auch angebrannt."

„Ach, nur über ihre und Omas Jugendzeit", antwortete Amalia ausweichend. Sie wollte nicht ausgerechnet in der Bar ihre neuesten Entdeckungen über Zilles Vergangenheit ausbreiten. Wenn Zille ein Leben lang dazu geschwiegen hatte, stand es ihr nicht zu, jetzt alles in die Öffentlichkeit zu tragen.

„Lass gut sein, Amalia. Das bringt nur Kummer", sagte Hannes.

Amalia sah ihn überrascht an.

„Jetzt, wo die Oma nimmer ist, kann ich sie selber nichts mehr fragen und es tut mir gut, über sie zu sprechen“, rechtfertigte sie sich.

„In der Vergangenheit zu wühlen bringt doch überhaupt nichts. Du musst nach vorne schauen. Außerdem machst du die *Mamme* ganz verrückt. Ihr tut es auch weh, dass sie die Zille verloren hat, und du bringst sie dazu, sich ständig zu erinnern. Das macht es ihr nicht leichter.“

„Das habe ich nicht bedacht“, gab Amalia zu. „Aber ich hatte das Gefühl, dass es Hilda guttut und auch Spaß macht, über früher zu reden.“

„Lass es einfach bleiben.“

Amalia wunderte sich über den scharfen Ton, den Hannes auf einmal angeschlagen hatte, und wollte gerade etwas erwidern, als Felix, der anscheinend die aufkommende Spannung bemerkt hatte, fragte: „Spielen wir Darts so wie früher?“

Die beiden Frauen sahen sich an und nickten zustimmend. Sie gingen hinüber zur Dartscheibe. Hannes folgte ihnen grummelnd.

„Die Regeln dann aber auch wie früher“, schlug Felix vor. „Für jede Schnapszahl einen Schnaps? Für ein Bull's Eye einen Doppelten für alle. Für die Damen beziehungsweise die junge Mutter einen Likör oder etwas Antialkoholisches?“

„Wir trinken dann natürlich auch einen Schnaps. Wie immer“, schlug Evi großspurig vor.

Martin brachte die Pizza und Amalia fiel mit Heißhunger darüber her.

„Brauchst noch eine Unterlage für den Alkohol? Schon lange nicht mehr gespielt?“, hänselte Hannes. Es stimmte, das letzte Dartspiel schien eine Ewigkeit zurückzuliegen.

„Du bist dran“, sagte Felix.

Amalia putzte sich die Finger an der Serviette ab und ging zur Dartscheibe. Der erste Pfeil verfehlte die Scheibe komplett. „*Madoia!*“ Die beiden anderen Würfe trafen.

Nach ihr war Felix an der Reihe. Konzentriert hielt er den Pfeil, warf und traf das Bull’s Eye.

„Hoffentlich war das nur Glück, sonst steige ich schon in der nächsten Runde aus.“

Hannes schenkte die Gläser ein und sie tranken den Doppelten alle auf Ex. Die nächsten Runden verliefen zum Glück ohne größeren Alkoholkonsum.

„Noch eine Runde?“, fragte Hannes.

„Hey Leute“, meldete sich Martin zu Wort.

Die vier blickten sich überrascht an. Wenn Martin „Hey Leute“ sagte, dann hieß das unmissverständlich, dass er zusperren wollte.

Evi sah auf die Uhr. „Mein Gott, schon so spät! 3 Uhr, das heißt, in zweieinhalb Stunden meldet sich Leander und will volle Aufmerksamkeit. Fahren kann ich auch nicht mehr …“

Sie zwinkerte Amalia zu. Wollte sie ihr irgendetwas mitteilen? Evi zwinkerte noch einmal. Hatte sie etwas im Auge? Amalia hob fragend die Schultern. Nun vollführte Evi mit ihrem Kinn zuckende Bewegungen und deutete erst auf Amalia und dann hin zu Felix, der gerade an der Bar mit Martin sprach. Schlagartig wurde Amalia klar: Evi hatte etwas mitbekommen.

Hannes begann zu lachen: „Evi will dir in ihrer unvergleichlich unauffälligen Art mitteilen, dass wir uns jetzt vom Acker machen, damit du und Felix ungestört sein könnt.“

Oje, sogar Hannes war es aufgefallen. Evi kicherte und Amalia konnte sich nicht helfen und fiel mit ein. Felix kam zu ihnen zurück und hob wegen des Ausbruchs an Heiterkeit fragend die Augenbrauen. Amalia konnte nicht verhindern, dass sie rot wurde.

„Ich habe mich angeboten, Evi nach Hause zu fahren, weil sie zu viel getrunken hat. Ich hatte ja nur die drei Klaren", half ihr Hannes aus der Patsche und zog die immer noch kichernde Evi Richtung Ausgang.

„Amalia, wir telefonieren morgen", rief Evi und zwinkerte schon wieder völlig übertrieben.

„Die haben's aber eilig. Die hätten uns doch mitnehmen können", sagte Felix kopfschüttelnd.

„Ich bin ja auch mit dem Auto da. Ich hab gesagt, ich nehm dich mit", versuchte Amalia das seltsame Verhalten ihrer Freunde zu erklären.

„Dann werden wir zwei Hübschen wohl zu Fuß gehen müssen. Du kannst heut' nicht mehr fahren."

„Ist ja bloß innerhalb Pfunders", beruhigte ihn Amalia. Da es in Pfunders keine Polizei gab, war die Wahrscheinlichkeit, mit ein paar Gläschen zu viel erwischt zu werden, eher gering.

„Vor vier Wochen hat es einen schweren Unfall gegeben. Seitdem kontrollieren die *Carabinieri* oftmals unverhofft. Zwei Pfundrern hat das schon den Führerschein gekostet."

„Oh, dann müssen wir laufen", sagte Amalia, nicht gänzlich unerfreut.

Sie warteten, bis Martin die letzten Stühle nach oben gestellt hatte, und bezahlten die gesamte Zeche. „Zahlen hätten sie wenigstens können, bevor sie uns hier stehen lassen", meinte Felix kopfschüttelnd.

Die klare, frische Luft machte Amalia schwindelig. Bemüht, sich nichts anmerken zu lassen, sagte sie betont sachlich: „Ich wollte sowieso mit dir reden. Hilda meint, du könntest mir beim Umbau des Hauses helfen. Ich würde gerne zwei Wohnungen daraus machen. Dann könnte man eine als Ferienwohnung vermieten und die andere hätte ich immer zur Verfügung, wenn mich das Heimweh packt."

Wie selbstverständlich legte Felix den Arm um sie und drückte sie ein wenig näher zu sich. Amalia genoss es. Es war inzwischen kühl geworden und Felix Körper strahlte Wärme ab.

„Du willst also wirklich wieder nach Berlin zurück?"

„Ich weiß noch nicht", sagte Amalia ausweichend. Sie wollte ihm nicht erzählen, dass sie sich nicht vorstellen konnte, hier zu arbeiten. So lenkte sie das Thema zurück auf den Umbau. „Was schätzt du, wie viel das kostet?"

„Ehrlich gesagt, ich war schon ewig nicht mehr in eurem Haus. Aber ich schaue mir das gerne mal an. Hast du noch Baupläne?"

Sie schlenderten entspannt die *Lärchstraße* nach oben. Amalia überlegte und wollte gerade antworten, als vor ihnen auf der Gegenfahrbahn plötzlich ein größeres Auto auftauchte. Die Scheinwerfer blendeten sie so, dass Amalia die Augen zusammenkniff. Als es fast auf ihrer Höhe war, erhöhte es die Geschwindigkeit, wechselte die Fahrbahn und schoss auf sie beide zu. Amalia schrie entsetzt auf. Geistesgegenwärtig schubste Felix sie über die Leitplanke und sprang ihr nach. Sie rollte den steilen Abhang Richtung Pfundrer Bach hinunter und schaffte es, ihren Sturz aufzuhalten, indem sie sich reflexartig an ein paar Stauden festhielt. Sie stemmte ihre Füße in die Erde und rappelte sich mühsam auf. Das Auto hatte Amalia nur um Haaresbreite verfehlt. Schlagartig fühlte sie sich nüchtern. Die fröhliche Stimmung des ausgelassenen Abends war wie weggeblasen.

„So ein Idiot“, schimpfte Felix, der sich neben ihr die Erde von seiner Jeans klopfte. „Alles in Ordnung mit dir?“

„Das war vielleicht knapp. Doch ganz gut, dass die *Carabinieri* mehr kontrollieren, wenn so viele Besoffene unterwegs sind“, antwortete Amalia mit zittriger Stimme.

Felix sah sie ungläubig an. „Amalia, das war kein Besoffener. Der wollte dich überfahren. Dieser hinterhältige Mistkerl!“ Felix Stimme war ungewöhnlich ernst, fast drohend geworden.

„Wie? Du meinst, der wollte mich umbringen?“, fragte Amalia immer noch schockiert.

„Wie oft sind wir diese Straße schon hochgegangen und nie ist auch nur etwas annähernd Ähnliches passiert. Und jetzt? Erst ist deine Oma ermordet worden und jetzt hat es eindeutig jemand auf dich abgesehen.“

Amalia fühlte, wie Übelkeit in ihr aufstieg. Felix hatte recht. Es wollte sie jemand aus dem Weg haben ...

Felix nahm ihre Hand und half ihr die steile Böschung wieder hinauf. „Du musst zu den *Carpf* gehen, Amalia.“

„Meinst du? Die können jetzt auch nichts mehr machen. Außerdem wüsste ich nicht, was ich denen sagen soll. Ich habe nur erkannt, dass es ein großes Auto war. Dunkle Farbe. Hast du mehr gesehen?“

Sie konnte selbst die Angst in ihrer Stimme hören.

„Nein“, antwortete Felix. „Die Scheinwerfer haben so geblendet und es ging alles ganz schnell. Lass uns von hier verschwinden und nach Hause gehen“, sagte Felix.

„Kommst du noch mit rein? Oma hat die Baupläne im Atelier. Du kannst sie auch mit nach Hause nehmen“, fragte Amalia, als sie Zilles Haus erreichten. Eigentlich waren ihr die Baupläne momentan herzlich egal, aber sie wollte jetzt nicht alleine sein.

Er schaute kurz auf die Uhr. „Na ja, müde bin ich morgen so oder so. Warum nicht?"

Amalia schloss die Tür auf, und sie gingen hinein. Sie horchte, aber alles war still. Amalia war froh, dass Felix noch mit hereingekommen war. Sie verspürte beim Betreten des Hauses Beklemmung. Bei dem Gedanken, dass sie jemand umbringen wollte, stieg Panik in ihr auf. War sie hier in diesem Haus überhaupt noch sicher? Wenigstens konnte sie Felix vertrauen, schließlich kam er nicht als Täter infrage, da er sie gerade noch vor dem herannahenden Auto weggestoßen hatte. Amalia holte die Pläne und breitete sie auf dem Küchentisch aus. „Magst du einen Kaffee oder Tee oder Bier?", fragte sie.

„Nein, danke." Felix vertiefte sich in den Plan. „Hier stimmt etwas nicht. Hast du noch andere Pläne als diese?"

„Ich glaube nicht. Das war alles, was ich in Omas Schreibtisch gefunden habe."

Felix stand auf und ging den Gang entlang. Er öffnete alle Zimmertüren und schaute in die Räume. Dann ging er die Treppe hinauf. „Einige Zimmer sind im Plan anders eingezeichnet." Er öffnete wie selbstverständlich auch die Tür zu Amalias kleinem Reich.

Amalia lief rot an. Überall lagen Klamotten herum. Als sie mit Evi zusammen hergekommen war, um sich schnell umzuziehen, hatte sie die von Leander angekotzten Kleidungsstücke achtlos auf den Boden fallen lassen. *Leo DiCaprio* lächelte vom „Titanic"-Poster. Am liebsten wäre sie im Erdboden versunken. Wie peinlich war das denn … Hektisch sammelte sie die Sachen ein.

„Na, hier hat sich ja nichts verändert. Sogar das Poster hängt noch. Da träumt wohl eine immer noch von großer Liebe à la Titanic", grinste Felix.

„Na und", antwortete Amalia fast ein wenig patzig, weil sie sich ertappt fühlte. Sie bückte sich gerade nach ihrem Rock, um ihn vom Boden aufzuheben, als Felix sie zu sich herzog.

„Amalia, entspann dich", flüsterte er. Sie nahm bewusst seinen durchtrainierten Körper wahr. Tief atmete sie den herben Duft seines Rasierwassers ein. Er war einer ihrer besten Freunde seit Kindertagen und doch hatte der gestrige Kuss alles zwischen ihnen verändert. Sie wünschte sich nichts sehnlicher, als dass Felix sie küsste, aber er sah sie nur durchdringend an. Nach einem Moment, der ihr wie eine Ewigkeit vorkam, küsste er sie leidenschaftlich. Sie schloss die Augen und ihr Herz klopfte dabei wie wild. Amalia legte ihre Arme um ihn, strich ihm durch seine dunkelblonden Haare und zog ihn noch näher an sich. Seine Hände wanderten unter ihre Bluse und sie riss ungeduldig an seinem T-Shirt. Hektisch begannen sie einander auszuziehen und Felix trug sie zum Bett. Amalia erkundete seinen Körper und genoss es, seine muskulöse warme Haut unter ihren Fingerspitzen zu spüren. Wo Felix sie berührte, hatte sie das Gefühl zu vergehen. Er liebte sie mit einer Intensität, die sie ihm nicht zugetraut hätte. Beide konnten sie nicht genug voneinander bekommen. Draußen war es schon hell, als sie endlich erschöpft einschliefen.

11.

Als Amalia erwachte, lag sie alleine im Bett. „Felix“, rief sie, doch es war niemand da. Hatte sie alles nur geträumt? Oh Gott, warum hatte sie nur mit ihm geschlafen? Zu viel Alkohol und das Verlangen nach Sex? Und das wenige Tage, bevor sie zurück nach Berlin wollte. Bescheuert! Wo hatte sie sich da nur wieder hineinmanövriert? Sie stand auf, streckte ihren Körper und fühlte sogleich einen pochenden Schmerz im Kopf. Vor dem Bett lag ein kleiner Zettel. Amalia las:

Musste zur Arbeit, wollte Dich nicht wecken. Felix

Eine herzergreifende Liebeserklärung war das eher nicht. Da stand nichts von einer „schönen Nacht“ oder „Ich melde mich bei dir“, nein, da stand gar nichts darauf. Aber war das nicht genau das, was sie wollte? Nämlich, dass Felix in dem kleinen Abenteuer auch nicht mehr sah als sie selbst? Trotzdem zog sich ihr Magen schmerzhaft zusammen. Egal, dachte sie ärgerlich, für so etwas hatte sie eh überhaupt keine Zeit.

Sie musste heute Vormittag unbedingt noch zur Bank nach Vintl, um den ganzen Papierkram, der durch Omas Tod entstanden war, zu erledigen. Schnell duschte sie und zog sich an. Sie wählte eine elegante weiße Schluppenbluse aus Seide, dazu kombinierte sie ihre alte Jeans und Ballerinas. Eine Bundfaltenhose wäre einfach zu edel gewesen. Ständig ertappte sich Amalia dabei, wie sie kurz innehielt und lauschte, ob sie ein ungewöhnliches Geräusch im Haus hörte. Furcht stieg in ihr auf, wenn sie an den Vorfall mit dem Auto gestern Abend dachte. Sie war in Gedanken so mit der letzten Nacht beschäftigt, dass sie ewig brauchte, die benötigten

Unterlagen zusammenzusuchen. Felix spukte auch immer wieder in ihrem Kopf herum. Abwechselnd stieg Euphorie wegen der wunderschönen Nacht und Zorn über die kühle Abfuhr mit dem windigen Zettel am Morgen in ihr auf. Wo war jetzt schon wieder der *Familienbogen?* Heute war sie wirklich konfus, dachte sie verdrossen. An der Tür musste sie noch einmal umdrehen, weil sie das Testament vergessen hatte. Nachdem sie die Haustür zweimal abgeschlossen hatte, wollte sie in ihr Auto steigen. Mist! Das stand noch unten vor der Bar. Grummelnd machte sie sich zu Fuß auf den Weg. Allerdings musste sie zugeben, dass ihr der kleine Spaziergang guttat, da er die Kopfschmerzen vertrieb.

Viel später als geplant lenkte sie ihren Kleinwagen die kurvenreiche Straße entlang, hinaus aus dem Pfundrer Tal, vorbei an einzelnen Gehöften, die steil oben am Berg hingen, und durch Weitental, das Nachbardorf. Obwohl Amalia nicht mehr oft in ihrer Heimat war, kannte sie jede Kurve und bremste instinktiv vor den gefährlichen Stellen der Straße ein wenig ab. In Vintl fuhr sie, ohne eine bewusste Entscheidung getroffen zu haben, an der Abzweigung zur Gemeinde vorbei und bog stattdessen einige Meter später nach links zur *Carabinieri*-Station ab. Vorsichtig fuhr sie durch die enge Einfahrt und parkte. Sie stieg die wenigen Stufen zu dem schlichten weißen Haus hinauf und klingelte. Als der Summer ertönte, trat sie ein. Ein junger *Carabiniere* fragte sie auf Italienisch, ob er ihr helfen könne. Sie hatte zwar seit der ersten Klasse Italienischunterricht gehabt und beherrschte daher die zweite Landessprache ziemlich ordentlich, aber durch ihre lange Abwesenheit war sie etwas aus der Übung und hatte sich ihre Worte vorher nicht auf Italienisch zurechtgelegt, sodass sie ihr Anliegen ziemlich holprig hervorbrachte. Ihre Oma hatte immer Wert daraufgelegt, dass sie die Zweitsprache ernst nahm. Zille fand Italienischkenntnisse unverzichtbar, was ihre Freundin Hilda regelmäßig zur Verzweiflung gebracht hatte. „Des *blede Wallische,* braucht's *et*", hatte sie immer in ihren Kaffee geschimpft, während Amalia über ihren Büchern geschwitzt hatte. Amalia stellte sich stockend vor und erzählte dem *Carabiniere,* dass sie die Enkelin der ermordeten Cäcilia Huber sei und gestern Nacht ein Auto versucht habe, auch sie zu töten.

Unsicher, was bei einem Mordanschlag zu tun war, holte der junge Mann seinen Vorgesetzten hinzu, der sich ihr als *Maresciallo* Mario Manzoni vorstellte. Er war ein kleiner, untersetzter Mann in den Fünfzigern. Die braunen Haare hatte er akkurat gescheitelt und nach vorne gekämmt, um eine beginnende Glatze zu verstecken. Er hatte braune Augen und einen Schnauzer. Sein hellblaues Hemd spannte über einem kleinen Bäuchlein und auch die schwarze Hose mit dem roten Längsstreifen saß recht stramm.

„Signorina Engl, mein Beileid zum Tod Ihrer Großmutter. Ein schrecklicher Vorfall. Ich wurde zum Unglücksort gerufen und habe dann später das Einsammeln der Jagdwaffen organisiert. Dann wurden die Ermittlungen vom diensthabenden Staatsanwalt an die *Polizia di Stato* übergeben." Manzonis Mundwinkel verzogen sich nach unten. Anscheinend war er darüber nicht besonders erfreut gewesen. „Kann ich Ihnen trotzdem weiterhelfen?", fragte er dann nicht unfreundlich.

„*Maresciallo* Manzoni", begann Amalia, „ich bin heute in den frühen Morgenstunden mit einem Bekannten von der *Alpenbar* aus nach Hause gegangen. Auf einmal kam ein Auto auf uns zugerast. Hätte mich mein Begleiter nicht geistesgegenwärtig zur Seite gezogen, hätte mich das Fahrzeug voll erwischt", schilderte Amalia das nächtliche Ereignis.

Maresciallo Manzoni zog skeptisch seine buschigen Augenbrauen hoch und sah sie abwartend an.

Amalia fuhr unbeirrt fort: „Wir hatten das Gefühl, dass das Auto mich überfahren wollte. Es hat sogar extra die Straßenseite gewechselt."

„Sie meinen einen Mordversuch an Ihrer Person", drückte sich Manzoni umständlich aus.

„Ja", antwortete Amalia mit Nachdruck. Der *Maresciallo* zeigte mit einer ausladenden Handbewegung auf sein Büro.

Es war ein weiß gestrichener, karg möblierter Raum mit zwei alten Schreibtischen im Mittelpunkt. An der Wand hingen Urkunden, ein Kruzifix und eine große Karte mit dem Zuständigkeitsbereich der *Carabinieri* Vintl. Die Fenster ließen warmes Sonnenlicht ein, das durch die weißen Gitter fiel.

„Kommen Sie, setzen Sie sich", sagte er höflich und setzte sich hinter einen der beiden Schreibtische, auf dem ein reich verziertes Holzschild mit seinem Namen und Dienstrang stand. Der junge Polizist, der sie hereingelassen hatte, blieb neugierig in der Tür stehen. „Haben Sie die Person erkannt, die den Wagen gefahren hat?", begann Manzoni zu fragen.

„Nein, die Scheinwerfer haben so geblendet."

„Können Sie sagen, ob ein Mann oder eine Frau gefahren ist?"

„Das konnte ich nicht erkennen."

„Können Sie Autokennzeichen, Autofarbe und Modell benennen?"

Amalia versuchte sich zu erinnern. „Das ging alles so schnell und es war dunkel. Es war jedenfalls ein großes Auto und ich würde sagen, die Farbe war dunkel." Sie bemerkte selbst, dass sie den *Maresciallo* mit ihren Angaben nicht wirklich überzeugen konnte.

„Dunkelblau, schwarz, anthrazit?", fragte Manzoni.

Amalia hob die Schultern.

„War es von der Höhe her eher wie ein Transporter oder mehr wie eine Limousine?"

„Ich habe zuerst nicht auf das Auto geachtet, erst als es direkt auf mich zukam und da blickte ich genau in die Scheinwerfer", versuchte Amalia hilflos zu erklären.

„Mit diesen spärlichen Angaben kann man nur eine Anzeige gegen Unbekannt machen. Aber ehrlich gesagt, ohne irgendwelche Informationen Ihrerseits wird es sehr schwierig", gab Manzoni zu bedenken. Dann sah er sie prüfend an. „Haben Sie gestern Alkohol getrunken, Frau Engl?"

„Ja", gab Amalia zögernd zu, „aber ich war nicht betrunken, wenn Sie das meinen. Ich weiß, was ich gesehen habe."

„Das möchte ich Ihnen auch nicht unterstellen. Aber wissen Sie, der Tod eines nahen Angehörigen ist immer eine schwierige Sache, Signora Engl, und in Ihrem Fall ist es auch noch ein gewaltsamer Tod, was doppelt schwer zu akzeptieren ist. In den letzten fünfzehn Jahren, seit ich hier als *Carabiniere* arbeite, ist das der erste Mordfall im Tal. Es wäre nicht verwunderlich, wenn Sie sich als nahe Angehörige bedroht fühlen würden. Meinen Sie nicht, dass Sie die ganze Sache ein bisschen, sagen wir, mitgenommen hat und Sie in das gestrige Ereignis zu viel hineininterpretieren?"

Amalia wollte aufbrausen, aber ihr Blick fiel auf eine Marienstatue, die auf einem Aktenschrank thronte, und sie zwang sich zur Geduld. Wenn sie wollte, dass der Polizist sie ernst nahm und sie nicht für eine hysterische Verwandte hielt, musste sie jetzt ruhig und sachlich bleiben. „Mein Begleiter,

Herr Felix Steingruber, kann es bezeugen", versuchte sie erneut den Polizisten vom Mordversuch zu überzeugen.

„Stand Herr Steingruber ebenfalls unter Alkoholeinfluss?", hakte der *Maresciallo* sogleich nach.

Amalia überlegte, antwortete dann aber wahrheitsgemäß: „Ja, er hat auch etwas getrunken. Aber wir haben alles ganz klar mitbekommen", wiederholte sie mit Nachdruck, aber sie merkte, dass sie mit jedem Satz mehr an Glaubwürdigkeit bei dem *Carabiniere* verlor.

Der *Maresciallo* versuchte wenig erfolgreich, ein Grinsen zu unterdrücken. Dann stand er auf, um Amalia deutlich zu machen, dass für ihn das Gespräch beendet war. „So kommen wir leider nicht weiter. Sollte Ihnen beiden im nüchternen Zustand Ähnliches passieren, schauen Sie gerne wieder bei uns vorbei", sagte Manzoni und warf seinem Kollegen einen belustigten Blick zu. Auch dieser begann zu grinsen.

Die beiden schienen sich königlich zu amüsieren, dachte Amalia erbost. Manzonis Gesichtsausdruck ließ keinen Zweifel daran, dass er sie nicht ernst nahm und sie für eine Frau hielt, die zu viele Krimis gesehen hatte und gestern sturzbetrunken war.

Amalia verabschiedete sich frustriert und ging zurück zum Auto, um ihre Erledigungen in Brixen zu machen. War es ein Fehler gewesen, sich an die *Carabinieri* in Vintl zu wenden? Wahrscheinlich hätte sie besser gleich mit den beiden Polizisten der Staatspolizei gesprochen. Oder hatten die *Carabinieri* recht und sie hatten sich nach zu vielen Klaren in etwas hineingesteigert und das Ereignis überbewertet? Auf jeden Fall hatte Manzoni es geschafft, sie zu verunsichern. Schließlich hatte weder sie noch Felix etwas gesehen, was helfen konnte, den Fahrer oder das Auto zu identifizieren.

Sie schaute auf die Uhr und gab Gas. Jetzt musste sie sich aber beeilen, damit sie noch rechtzeitig zur Gemeinde und zur Bank kam, bevor diese schlossen.

12.

Fast hätte sie die Einfahrt zum Parkplatz des *Unterwirts* übersehen. Das Gasthaus befand sich in *Schaldern,* einer Gruppe von Höfen, die einige Kilometer vor Pfunders an der Straße nach Vintl lagen. Amalia bremste ihr Auto ab und fuhr mit quietschenden Reifen auf den Hof der Gaststätte. Fast jeder Parkplatz war belegt, und das an einem Werktag. Vor Jahren war sie mit Zille schon einmal hier gewesen, eben weil das Restaurant bekannt für seine Wildspezialitäten war. Zum Glück fand sie ganz hinten in der Reihe eine freie Stelle und parkte ihren kleinen Wagen dort zentimetergenau ein. Das hatte sie in Berlin schnell gelernt. In der Stadt waren meist nur wenige Parkplätze frei, und man konnte sich nicht erlauben, an einer Lücke vorbeizufahren, nur weil sie etwas eng erschien.

Amalia lehnte sich in ihrem Autositz zurück. Vom Nachbarhof hörte sie ein Kalb muhen. Sie blieb noch ein wenig sitzen und genoss die Ruhe und Stille, die ihr nach ihrem hektischen Vormittag guttat. Nach ihrem wenig erfolgreichen Zwischenspiel bei den *Carabinieri* hatte sie Stempelmarken besorgt und anschließend das Testament und den Totenschein auf der Gemeinde beglaubigen und einen Grundbuchauszug machen lassen, damit sie in den nächsten Tagen auf dem Landgericht in Bozen den Erbschein beantragen konnte. Sie war die einzige Erbin, und die praktische Zille hatte ein klares Testament hinterlassen, in dem sie Amalia ihr Haus und all ihre weltlichen Güter ohne Einschränkungen vermacht hatte. Bei der Bank hatte sie dann unendlich viel Papierkram erledigen müssen, damit Omas Girokonto, zwei Sparbücher und ein Depot mit Aktien auf sie übergehen konnten. Erstaunt hatte sie festgestellt, dass sich ihre Großmutter in den letzten Jahren ein kleines Vermögen erarbeitet hatte. Zille war immer sparsam gewesen und hatte anscheinend all die Jahre keinen Euro von der vor zehn Jahren ausgezahlten Lebensversicherung verwendet. Ihre Oma hatte gewissenhaft vorgesorgt, denn anderen im Alter zur Last fallen wollte sie auf keinen Fall. Weder ihrer Enkelin noch dem Staat. Die Höhe des Vermögens hatte Amalia genauso überrascht wie der Umstand, dass ihre Oma Aktien besessen hatte. Sie selbst interessierte sich nicht wirklich für finanzielle Angelegenheiten. Zwar verdiente sie gut, aber gab auch den größten Teil davon schnell wieder aus.

Kurz schloss sie die Augen und überlegte, was sie den Wirt Moritz Weidacher fragen wollte. Während der Autofahrt hatte sie noch einmal über Felix' Theorie, dass ein Wilderer fehlgeschossen hatte, nachgedacht. Es machte Sinn, dass der Schütze der Oma nicht hätte helfen können, da er sonst wegen Wilderei dran gewesen wäre. Der *Unterwirt* – beispielsweise – hätte seine Existenz damit aufs Spiel gesetzt.

Wie sollte sie jetzt vorgehen? Sie war zwischen Aufregung und Angst hin und her gerissen. Einerseits kam sie sich vor wie Miss Marple und fühlte sich wichtig und abenteuerlustig in ihren „Ermittlungen", andererseits hatte gestern Nacht ein Auto versucht, sie zu überfahren. Sollte sie den Weidacher einfach fragen, ob er geschossen hatte, und schauen, wie er reagierte? Oder sollte sie ihn besser in ein Gespräch verwickeln und ihn aushorchen? Amalia entschied sich für die direkte Vorgehensweise, das Drumherumgerede lag ihr sowieso nicht. Sie klappte die Sonnenblende herunter und blickte in den Spiegel. Die letzte Nacht ließ sich nicht verbergen, dachte sie selbstkritisch. Sie kaschierte die dunklen Augenringe, indem sie ein wenig Make-up aus ihrem Schminktäschchen auftrug, zog ihre Lippen nach und stieg aus.

Sie betrachtete das Haus. Im Erdgeschoss war der Gastraum und im oberen Stockwerk waren Pensionszimmer untergebracht. Auf Höhe des ersten Stockes stand in geschwungenen braunen Buchstaben *Unterwirt*. Obwohl das Haus augenscheinlich alt war, konnte man sehen, dass immer wieder renoviert worden war: Es gab einen modernen Anbau, und der Balkon war anscheinend neu gemacht worden, denn er war noch nicht gestrichen. Zwei Blumentröge mit Buchsbäumen umrahmten die Tür. Der Flur war hell und in warmen Gelbtönen gestrichen. Auf einer alten Holztruhe stand eine große Vase mit Sommerblumen, und an den Wänden hingen Plakate, die den Gast über Veranstaltungen und Feste in der näheren Umgebung informierten. Ein Schild mit der Aufschrift „Toiletten" wies auf eine ins Untergeschoss führende Treppe hin.

Amalia öffnete ein wenig zögerlich die Tür zum Gastraum. Auf der dem Eingang gegenüberliegenden grauen Bruchsteinwand hing ein Geweih eines kapitalen Hirsches. Rechts war eine lange Theke aus hellem Holz, an der bereits Gäste standen. Links hinten war ein runder Tisch, an dem einige Jäger in voller Montur saßen, lachten und dabei ihren *Weißen* tranken. Überrascht erkannte sie Hannes, seinen Vater und den Hotelier Acherer. Die sind wohl nach der morgendlichen Jagd beim *Unterwirt* eingekehrt, dachte

Amalia und wunderte sich, dass die Jäger beim ungeliebten Wilderer einkehrten. Die anderen, kleineren Tische waren edel mit weißen Tischtüchern, Blumen, verschiedenen Gläsern und Besteck eingedeckt und fast alle voll besetzt. Das Ambiente war modern, mit viel hellem Holz gestaltet und strahlte doch die urtypische Südtiroler Gemütlichkeit aus. In diesen Raum war vor Kurzem viel Geld gesteckt worden, das sich der Kerl sicherlich mit seiner Wilderei verdiente, dachte sie bitter.

Die Fotografin nickte den Jägern kurz zu, schlug Hannes' Einladung, sich zu ihnen zu setzen, aber aus. „Ich komme gleich zu euch. Hab nur noch kurz was zu besprechen", sagte sie vage und nahm stattdessen an der Theke Platz, schließlich wollte sie mit dem Wirt ins Gespräch kommen.

Moritz Weidacher trug ein weißes Hemd aus groben Leinen mit aufgekrempelten Ärmeln und darüber eine dunkelgrüne Weste mit silbernen Knöpfen. Er hatte volles dunkles Haar und war von kräftiger Statur, obwohl Amalia ihn nicht als dick beschrieben hätte. Ein Dreitagebart gab ihm einen verwegenen Ausdruck. Er stellte gerade einige Gläser auf ein Tablett und trug sie hinüber zum runden Tisch. Dann kam er zurück und blickte sie an. Amalia konnte an seiner ratlosen Miene sehen, dass er nicht recht wusste, wer sie war.

„Was darf's denn sein?", fragte er schließlich.

„Ich hätt gern an *Weißen*", sagte sie.

„Welchen?"

Amalia war angetan. Normalerweise gab es in einem Gasthaus einen roten und einen weißen offenen Wein und fertig.

„Wir haben Chardonnay, Pinot Grigio, Veltliner, Kerner und einen trockenen Lugana."

„Einen Pinot Grigio."

Er nahm ein Glas aus dem Regal hinter sich und stellte es vor ihr ab, dann holte er eine Flasche aus dem Kühlschrank und schenkte ihr ein. Die nächsten Minuten schwiegen sie beide, während Amalia sich überlegte, wie sie ihre „Befragung“ am besten beginnen sollte, und Weidacher immer wieder verstohlen zu ihr hinschaute. Seine Arbeit hinter der Bar unterbrach er dabei nicht. Sicherlich hatte er sie bereits erkannt, aber er ließ sich nichts anmerken. Schließlich musste er sie kennen, ansonsten hätte er ja gestern nicht versucht, sie zu überfahren. Oder kannte er sie wirklich nicht? Oder war er nur perplex, dass sie jetzt an seiner Bar saß? Der Wein war gut, dachte Amalia und wunderte sich, dass er ihr nach der letzten Nacht schon wieder schmeckte.

„Was steht denn heut' auf deiner Karte? Lass mich raten, Wilderergulasch?“, fragte sie schließlich und konnte nicht verhindern, dass Schärfe in ihre Stimme kroch.

Weidacher stutzte, sah sie noch einmal von oben bis unten an, dann nickte er. „Ah jetzat, ich hab gwusst, dass ich dich kenne. Du bist die Enkelin von der Zille. Wegen dem Mord an deiner Oma hab ich gestern den ganzen Tag die Polizei im Haus gehabt. Irgendjemand im Dorf hat den *Carpf* den Floh ins Ohr gesetzt, dass ich beim Wildern deine Oma erschossen hab. Mich würde schon interessieren, wer sich das ausgedacht hat. Genau deswegen bist du doch auch da?“, fragte Weidacher und taxierte Amalia eindringlich, bevor er fortfuhr: „Du verdächtigst mich doch auch. Jedes Zimmer haben sie durchsucht, sogar die Räume der Gäste. Die Buchhaltung haben sie auch mitgenommen. Aber finden werden sie nichts. Ein deutscher Stammgast, ein Richter am Arbeitsgericht, ist am Abend gleich abgereist. Ich soll ihn nicht falsch verstehen, hat er gesagt, aber schließlich sei er ein Mann von Ehre, und es würde seinem Ruf schaden, wenn er bei mir – einem Gesetzlosen – urlaubte. Gar nicht daran zu denken ... auch wenn das Essen wie immer legendär gewesen sei. Dann ist er gefahren, zusammen mit seiner Sekretärin, mit der er was hat und mit der er öfters im Jahr zu mir kommt. Man kann nur hoffen, dass die ganze Geschichte nicht gleich in meine Booking-Bewertungen eingeht, sonst kann ich gleich zusperren."

Der Wirt hatte sich in Rage geredet. Amalia bemerkte, dass es ihn Mühe kostete, nicht die Beherrschung zu verlieren. Aber sie ließ sich von seinem Gebrüll nicht einschüchtern. Ein begnadeter Schauspieler, dachte sie sich. Als ob er mich anfangs überhaupt nicht erkannt hätte. „Und? Hast du die Oma *derschossen?*", fragte sie und blickte ihm dabei direkt in die Augen.

Weidacher blickte verstohlen zu dem runden Tisch, an dem die Jäger saßen, beugte sich näher zu ihr und senkte die Stimme zu einem Flüstern. „*Dio cane*, ich habe deine Oma nicht erschossen. Kapier das!" Nach einer kurzen Pause fuhr er fort: „Ja, gut, ich bin ab und zu mal unterwegs, allerdings meistens nachts, bevor die Herren da drüben aufstehen. Auch an dem Tag war ich unterwegs, sogar zu der Zeit, als das mit deiner Oma passiert ist, allerdings auf der anderen Seite vom Revier, da ist er nämlich, der Hirsch, den sie alle haben wollen." Weidacher grinste triumphierend, bevor er mit großem Ernst fortfuhr: „Kannst mir glauben, *Gitsche,* ich kann eine alte Frau von einem Sechzehnender unterscheiden. Ich hab sie nicht *derschossen!*"

Zwar meinte Amalia Aufrichtigkeit in seinem Blick sehen zu können, aber ihr wurde immer klarer, dass sie diesen Mann nicht einschätzen konnte.

„Ich schwör es bei meiner Wildererehre", endete Weidacher, bevor er zu einem der Tische ging, um eine Bestellung aufzunehmen.

Amalia wusste zwar nicht, was die Ehre eines Wilderers wert war, aber irgendwie wollte sie ihm glauben.

„Servus, Amalia. Was hast denn du mit dem Weidacher zu bereden?", fragte Hannes hinter ihr und Amalia zuckte wie ertappt zusammen.

„Hallo, Hannes. Ich habe nur gefragt, was er auf der Karte hat und was er mir empfehlen würde", log sie geistesgegenwärtig.

„Und was hat er?", fragte Hannes interessiert nach.

„Gamsgulasch vom Vinteler Metzger. Alles ordentlich in der Buchhaltung verzeichnet, Herr Jäger", erklärte Weidacher, der wieder hinter die Bar getreten war.

„Brauchst gar nicht so überheblich tun, irgendwann *dawischen* wir dich schon in flagranti, Weidacher. Denn irgendwann hat auch des Wilderers Glück einmal ein End", sagte Hannes streng.

„Ich nehme ein Gamsgulasch", sagte Amalia und Moritz Weidacher zwinkerte ihr zu, als ob sie dem „Geheimbund der Wilderer" angehörte, nachdem er ihr gegenüber so offen über seine Wilderei gesprochen hatte. So schnell lässt sich der Weidacher nicht erwischen. Der ist ausgefuchst, dachte sich Amalia. Obwohl das Ganze nach einer längst vergangenen Zeit klang, hatte der Wirt sie fasziniert. Mit Sicherheit hatte er das Wildern nicht nötig, um zu überleben und nicht zu verhungern, so wie die Leute früher, aber es gab ihm einen Kick, sich gegen die Regeln aufzulehnen und die „Obrigen" zu ärgern. Sie dachte kurz über das Gespräch mit ihm nach. Hatte er es geschafft, sie mit seiner Offenheit einzulullen, oder konnte sie ihm wirklich glauben, dass er auf der anderen Seite des Reviers war? Ein Wilderer war er, aber ein Mörder? Doch was hatte sie sich gedacht? Dass er zugibt, ihre Oma aus Versehen erschossen und liegen gelassen zu haben. Wenn sie sich hier umsah, wusste sie, dass er viel zu verlieren hatte. „Lächerlich, Amalia", schalt sie sich selbst. Er hatte genau das zugegeben, was man eh von ihm wusste, nämlich, dass er wilderte, und das auch nur in einem Gespräch mit ihr.

„Setz dich doch rüber zu uns, Amalia", schlug Hannes vor und riss sie aus ihren Gedanken.

„Ich komme gleich." Amalia stand auf.

„Du glaubst mir nicht", begann Weidacher, „ich sehe es dir an. Na gut, dann bleibt mir nichts anderes übrig, als dir alles zu erzählen."

Amalia hielt gespannt den Atem an.

„Es war so, wie ich dir gesagt habe. Nur dass ich, wie ich in *Schmonzn* aus dem Wald gekommen bin, ausgerechnet dem Aufsichtsjäger in die Hände gelaufen bin. Der hat sich vielleicht geärgert, weil er mir wieder nichts nachweisen hat können. Gewehr hatte ich nämlich keines dabei, beim Waldspaziergang", grinste Weidacher triumphierend. „Und als die *Carpf* mich jetzt verdächtigt haben, hat der Arme mir auch noch ein Alibi geben müssen. Zugegebenermaßen dieses Mal hab ich das Wildererglück schon arg strapaziert. Dass ich einmal von einem Jäger ein Alibi brauch', wer hätte das gedacht?", sprach er mehr zu sich selbst als zu Amalia gewandt.

„Dann weiter viel Glück! Vielleicht *dawischt* den Zwölfender noch", sagte Amalia zu ihm.

Sofort legte Weidacher den Finger auf seine Lippen „Pst, des bleibt unter uns. Feind hört mit."

Amalia blinzelte ihm vielsagend zu und war fast erleichtert, dass der Wirt nichts mit Omas Tod zu tun hatte. Der verwegene Wilderer imponierte ihr. Sie nahm ihr Glas und ging zu Hannes.

„Ja, Frau Engl, Grüß Gott", begrüßte sie Walter Acherer, der heute kein Lodensakko trug, sondern einen groben dunkelgrünen Strickpulli und eine braune Hose, was ihn allerdings nicht weniger attraktiv wirken ließ. Sofort rutschte er zur Seite und machte auf der Eckbank Platz für sie. Amalia kannte Hannes, seinen Vater und Herrn Acherer. Die anderen kannte sie nur vom Sehen. Der *Soggila* erzählte gerade mit lauter Stimme seinem Tischnachbarn einen Witz, dass dieser in schallendes Gelächter ausbrach. Kurz darauf klingelte sein Handy mit der Melodie von „Dem Land Tirol die Treue".

„*Mando,* entschuldigts mich, die Geschäfte mit dem Orient lassen sich nicht auf die lange Bank schieben."

„Ah, der Scheich ruft schon wieder an. Wahrscheinlich geht der *Soggila* jetzt bald im Morgenland auf die Jagd. So wie letztes Jahr, als er bei den Russen war", sagte Hannes' Tischnachbar, ein rüstiger grauhaariger Mann in den Sechzigern.

„Die Scheichs werden ihm dann zeigen, wie man mit Falken jagt, anstatt mit dem Gewehr zu schießen", sagte ein junger Jäger schmunzelnd.

„Danach bringt er so a Viech mit und richtet es für die Hasenjagd ab. A Hund is er *schun,* der *Soggila*", warf der Grauhaarige mit respektvollem Ton ein.

Amalia hörte der Männerrunde nur beiläufig zu, und als der Wirt das duftende Gamsgulasch an den Tisch brachte, achtete sie nicht weiter auf das Gerede. Seit Jahren war sie Vegetarierin, aber bei Wild machte sie ab und zu einmal eine Ausnahme. Wenigstens wurden diese Tiere nicht in

Massentierhaltung gehalten und mussten schreckliche Tiertransporte erleiden, sondern hatten ein gutes, freies Leben. Das Fleisch war so zart, dass es auf der Zunge zerging.

„Wann haben Sie denn Zeit für die Fotos?“, wandte sich Walter Acherer an Amalia. Sie helfen mir wirklich sehr damit. So eine Frau wie Sie, also so eine talentierte und hübsche Fotografin, könnten wir hier im Pustertal schon gebrauchen. Oder was meinst du, Hannes?“

Hannes nickte zustimmend. „Ich würde mich auch freuen, wenn die Amalia bei uns bliebe. Seit gestern Abend bin ich mir sogar sicher, dass sich das mehrere wünschen und nicht nur, weil sie so gut fotografieren kann“, grinste er anzüglich und schaute Amalia direkt an.

Sie wusste genau, dass er damit auf Felix anspielte, und sie spürte, wie sie rot wurde.

Da sie sich eine Antwort verkniff, rief der Hotelier nun zum Wirt hinüber: „Du könntest doch sicherlich auch ein paar neue Fotos für den Winterkatalog des Tourismusverbandes brauchen, oder? Jetzt, wo du endlich mal den Balkon neu gemacht hast“, stellte er fest.

„Weißt, ich kann es mir nicht erlauben, jeden Cent in das Äußere zu stecken, das gebe ich gerne zu. Aber bei mir kommen die Leute trotzdem wegen des guten Essens, und das koche ich auch noch selbst. Bei dir hört man ja, dass du schon den dritten Chefkoch innerhalb von vier Monaten hast und keiner hat kochen können“, antwortete der *Unterwirt* schlagfertig und fügte zu Amalia gewandt hinzu: „Eine gute Fotografin könnte ich aber wirklich gebrauchen. Ihre Oma hat mir erst letztes Jahr die Fotos für meine Homepage gemacht, aber wenn ich wieder welche brauche, würde ich auf jeden Fall zu Ihnen gehen.“

Hannes Vater kam mit kraftvollen Schritten von draußen zurück und fragte den Weidacher, der gerade einige Teller vom Tisch abräumte: „Bist zufrieden mit dem neuen Balkon, den wir gemacht haben?"

„Keine Reklamationen, *Soggila*. Wie immer alles bestens."

„Hannes, schreib auf: Die ‚Goldene Krone' in Brixen braucht noch drei neue Balkone für die Gästezimmer auf der Südseite. Ich hab gesagt, dass wir nächste Woche kommen."

Hannes schaute ungläubig. „Nächste Woche? Aber Vater, die nächsten drei Wochen sind wir schon voll und zwei Arbeiter sind auch noch im Urlaub."

Der Blick vom alten Raffeiner wurde streng. „Wenn ich sag, nächste Woch' bekommt er die Balkone gemacht, dann bekommt er sie. Dann müssen die Burschen bis Samstagabend arbeiten. Wir haben das früher ja auch gemacht. Da hat uns keiner gefragt. Stimmt's, *Mando?*"

Die älteren Jäger nickten zustimmend.

Noch einmal versuchte es Hannes: „Wir arbeiten eh schon am Limit und dem Obermoser hast du den Dachstuhl auch noch versprochen."

„Genug", befahl ihm sein Vater, „die ‚Goldene Krone' können wir nicht warten lassen. Der möcht nächstes Jahr für seine Tochter ein Holzhaus bauen und den Auftrag will ich haben." Damit schien das Thema für den *Soggila* erledigt.

Hannes zog einen kleinen Notizzettel hervor und schrieb.

„Kommst jetzt? Wir müssen ins Büro. Zahlen, Weidacher", fuhr er fort.

Den anderen am Tisch war die Szene sichtlich unangenehm. Amalia sah, dass ihr Freund schluckte. Wieder einmal war er von seinem Vater in aller Öffentlichkeit nicht ernst genommen worden und stand vor den anderen wie ein kleiner Schuljunge da. Der Senior hatte wie immer das letzte Wort gehabt.

Resigniert stand Hannes auf. „Amalia, wir sehen uns."

„Pfiat enk", verabschiedete sich Amalia und legte das Besteck auf den leeren Teller.

„Frau Engl, wann kommen Sie denn jetzt zu mir?" Acherers Stimme klang in der betroffenen Stille, die sich nach dem Abgang der Raffeiners ausgebreitet hatte, übertrieben laut. „Sind Sie heute am Spätnachmittag im Hotel? Ich habe leider vorher noch etwas zu erledigen."

„Ja, natürlich. Sie brauchen bloß an der Rezeption nach mir zu fragen."

„Könnte ich bitte auch zahlen?", rief Amalia dem Wirt zu, der hinter der Theke stand. Moritz Weidacher kam herüber zum Tisch.

„Darf ich Sie einladen, als eine Art Vorschuss?", fragte Acherer mit einem charmanten Lächeln.

„Okay", sagte Amalia, obwohl es ihr eigentlich nicht ganz recht war.

„Ja, Acherer, auch da musst du früher aufstehen. Das ist wie mit der Jagd. Die hübsche Dame ist bereits eingeladen ... von mir! Aber von dir bekomme ich 12,80", sagte der Wirt und grinste schelmisch.

„Ach so", sagte der Hotelier wenig begeistert und zahlte.

Amalia, erstaunt von der Einladung, bedankte sich beim *Unterwirt*. Ein schönes Gefühl, grinste sie innerlich, wenn sich gleich zwei Männer darum stritten, sie einladen zu dürfen.

Amalia stieg in ihren Mini. Der Parkplatz hatte sich fast vollständig geleert. Walter Acherer kam nach ihr aus der

Gaststätte, stieg dynamisch in seinen schicken dunkelblauen, großen Geländewagen und winkte ihr zu, bevor er auf die Hauptstraße einbog.

Sie schaute auf ihr Handy. Drei Anrufe in Abwesenheit. Sie öffnete die Liste. Alle drei waren von Maurice, ihrem Berliner Kollegen und Freund. Als sie zurückrief, sah sie sein Bild auf dem Telefon, das sie zu seinem Namen abgespeichert hatte. Amalia schmunzelte. Er trug darauf einen Anzug, himmelblau mit rosafarbenem Karo, was noch eines seiner dezenteren Modelle im Kleiderschrank war. Der Berliner meldete sich sogleich. „Hallo Schätzchen, endlich rufst du zurück. Ich dachte schon, du seist in der Provinz verschollen."

Amalia überlegte kurz, ob sie ihm etwas darüber erzählen sollte, dass ihre Oma ermordet worden war, entschloss sich aber dagegen. Maurice, der wie eine jüngere Ausgabe von *Elton John* aussah und auch dessen Vorliebe für extravagante Brillenmode teilte, war ein lieber und herzlicher Freund, neigte allerdings auch zu maßloser Theatralik. Er war wie sie ein gelernter Fotograf, hatte aber in den letzten Jahren immer mehr als Stylist gearbeitet. Da er genau wusste, auf was die Fotografen Wert legten, war er mittlerweile einer der gefragtesten Stylisten Berlins und wurde ständig gebucht. Bei der Arbeit war er professionell, allerdings sah er sich selbst hauptsächlich als Künstler. Seine Detailverliebtheit hatte Amalia bei einigen Shootings schon zur Weißglut gebracht. Allerdings musste sie zugeben, die Fotos waren jedes Mal richtig gut geworden. Kritisierte man Maurice, konnte er schnell zur Diva werden und sich beleidigt zurückziehen.

„Maurice, Pfunders liegt nicht im Dschungel. Was gibt es denn so Dringendes bei dir?", fragte Amalia.

„Ach, eigentlich gibt es nichts Besonderes. Ich wollte nur ein bisschen mit dir quatschen."

Amalia verdrehte die Augen. Immer wenn ihr Kollege so begann, hatte er eine neue Liebe gefunden und war für den Moment überglücklich, was meist jedoch ein paar Wochen später mit Tränen und einem Berg von Taschentüchern endete. Dann lud er Amalia ein, und sie musste sich zusammen mit ihm auf seiner großen pinkfarbenen Couch einen schnulzigen Liebesfilm ansehen, der seinen Zustand erst recht verschlimmerte. „Wie heißt er?"

„Ach Schätzchen, er ist ... er ist einfach umwerfend. Ich habe ihn gestern Abend kennengelernt, nach dem Shooting für den Landwirtschaftskalender. Sein Name ist Ole. Er besitzt einen Bauernhof in der Nähe von Hamburg auf dem Land. Ole ist Schafbauer. Er ist groß und muskulös. Amalia, ich kann es gar nicht erwarten, ihn dir vorzustellen. Wann bist du wieder hier?"

„Ich habe hier noch ein paar Dinge zu erledigen", antwortete sie ausweichend.

„Amalia, Schätzchen, du klingst so bedrückt. Du verschweigst mir doch was?" Maurice war ein sehr sensibler Mensch, und es gelang ihr nur selten, etwas vor ihm geheim zu halten.

„Omas Unfall war kein Unfall. Die Polizei geht von Mord aus", platzte es aus ihr heraus.

Ein kurzes Schweigen erfüllte die Leitung.

„Bist du noch dran?"

„Ja, Darling. Entschuldige, sagtest du Mord? Warum sollte jemand deine liebe Oma umgebracht haben?" Maurice hatte Zille bei ihrem Aufenthalt in Berlin kennengelernt und die alte Dame gleich gemocht. Zille allerdings hatte nur wenig mit dem extrovertierten Stylisten anfangen können, aber versucht, ihm offen zu begegnen.

Sie erklärte ihm alles, was bisher geschehen war. Immer wieder wurde sie dabei von seinen Ausrufen: „Oh, meine Güte", „Oh my gosh!" und „Unmöglich" unterbrochen. Als sie geendet hatte, schien es ihrem Freund kurz die Sprache verschlagen zu haben, doch dann setzte er zu einem nicht enden wollenden Redeschwall an, wie immer, wenn er aufgeregt war. Blumig tat er sein Entsetzen über die Tat und seine Sorge um Amalia kund. Erst nach einer halben Stunde gelang es ihr, das Gespräch mit dem Versprechen, sich selbst keinerlei Gefahr auszusetzen, zu beenden.

13.

Amalia sah auf die Uhr: allerhöchste Zeit! Bevor sie zum Acherer ins Hotel fuhr, wollte sie unbedingt noch den Sepp Plankensteiner vom Stockerhof aufsuchen, der mit der Oma am Sonntag vor dem Mord im *Dorftreff* so gestritten hatte. Sie überlegte, was sie vom Sepp wusste. Sie hatte ihn ein paarmal gesehen, bei einem Dorffest oder in der Messe, allerdings hatte sie den alten Mann nie weiter beachtet. Er war keiner von den Lauten im Dorf, keiner von denen, die sich um jeden Preis in den Vordergrund stellten, sondern gehörte zu den Unauffälligen. Nur hinsichtlich seiner Statur fiel er auf. Er war groß gewachsen, breitschultrig und hatte ein steifes Bein. Die Fotografin fuhr Serpentine um Serpentine die *Schattseite* hinauf in Richtung Stockerhof. Spontan hielt sie an, kurbelte das Autofenster hinunter und nahm ihre Kamera vom Beifahrersitz. Sie schaute durch den Sucher und drückte ein paarmal auf den Auslöser. Anschließend kontrollierte sie wie automatisiert die gemachten Bilder. Zufrieden stellte sie fest, dass sie die sommerliche schroffe Landschaft perfekt auf den Fotos festgehalten hatte, und legte die Kamera wieder zur Seite auf den leeren Sitz neben sich.

Nach einem letzten Anstieg sah sie den kleinen Hof, der auf einem Plateau lag, umgeben von steilen Berghängen mit satten grünen Wiesen und dunkelgrünen Wäldern. Die Aussicht ins Tal hinunter war fantastisch. Sie parkte und schaute sich um. Das kleine idyllisch gelegene Haus war mit Schindeln und grauen Steinen gedeckt und wirkte, als wäre es ein Überbleibsel aus einer längst vergangenen Zeit.

An den beiden verzierten Holzbalkonen blühten üppige rote Geranien und aus dem Stall, der dem Wohnhaus gegenüberlag, hörte sie das laute Grunzen eines Schweines. Als die junge Frau die Autotür öffnen wollte, hinderte sie eine braun gefiederte Henne daran, die genau vor ihrem Auto einzelne Körner vom Boden aufpickte. Amalia konnte die Tür nicht weit genug öffnen, um auszusteigen. Sie stupste das Federvieh leicht mit der Tür an, doch das Huhn ließ sich nicht aus der Ruhe bringen und pickte unerschrocken weiter. Sie wollte unbedingt dem Sepp einige Fragen stellen. Ungeduldig rutschte sie auf dem Sitz hin und her. Doch die Henne pickte und pickte. Genervt kämpfte sich Amalia über die Mittelkonsole ihres Autos und stieg auf der Beifahrerseite aus.

Eine tiefe, brummige Stimme rief: „Paula, Paula, put, put, put!" und Amalia sah, wie die braune Henne horchte, den Kopf dabei ein wenig schief hielt, sich umdrehte und Richtung Haus lief.

Dort entdeckte sie den Plankensteiner Sepp, der auf der Hausbank saß. Über seinen blauen *Firschta* trug er trotz der Hitze einen gestrickten grauen Janker. Spärliche graue Haarfransen bedeckten seinen großen Kopf. Ein Gehstock hing griffbereit an der Rückenlehne der Bank, die mit geschnitzten Ornamenten verziert war. Paula flatterte auf und ließ sich neben Sepp auf der Bank nieder. Amalia stand der Mund offen. Erstaunt betrachtete sie das ungleiche Paar auf der Bank. Noch nie hatte sie eine Henne gesehen, die sich wie ein Hund verhielt. Sepp zog aus seiner Hosentasche ein paar Körner und hielt sie Paula vor den Schnabel, die die Leckereien sofort aufpickte. Sepp blickte auf und schaute die junge Frau an.

War das der Mörder ihrer Oma? Der Mann, der hier so einträchtig mit dem Federvieh auf der Hausbank saß? Er wirkte ruhig und bedächtig. Amalia begann unsicher zu reden: „Sepp, ich muss dringend mit dir reden. Darf ich mich zu dir setzen?" Sie wählte das vertrauliche „Du", so wie es in Pfunders üblich war, obwohl sie den Mann kaum kannte.

Der Mann schaute sie skeptisch an, nickte dann aber und sie setzte sich.

„Ich bin die Amalia Engl, die Enkelin von der Zille", stellte sie sich ihm vor. Sogleich bemerkte sie, wie sich Plankensteiners Körper anspannte. Er drehte den Kopf in ihre Richtung und sah ihr direkt in die Augen. Amalia nahm wahr, wie Hass darin aufflammte.

„Du traust dich her? Schau, dass du weiterkommst. Die Brut von der Zille hat nichts bei uns auf dem Hof zu suchen. Ihr bringt nur Unglück", sagte er mit feindseliger Stimme. Er stand auf, schneller als sie ihm das mit seinem steifen Bein zugetraut hätte, packte seinen Gehstock, hob ihn hoch und drohte ihr damit. „Hau ab!", schrie er sie an.

Erschrocken von dem Geschrei flog Paula davon und landete gackernd bei den anderen Hühnern.

Amalia wich einen Schritt zurück. „Warum hast du mit der Oma im *Dorftreff* gestritten?", probierte sie es noch einmal und versuchte ihre Stimme dabei fest klingen zu lassen.

Obwohl der Mann gehbehindert war und über siebzig sein musste, war sie von seiner Größe, sie schätzte ihn auf 1,90 Meter, und seinem zornigen Gesicht, das zu einer roten Fratze verzogen war, eingeschüchtert.

„Die *Griete* hat uns alle verraten, alle. Sie war an allem schuld", zischte er jetzt in bedrohlich leisem Ton.

Amalia war schockiert davon, wie viel aufgestaute Wut Plankensteiner auf ihre Oma hatte, und verteidigte sie: „Alles kann ich mir vorstellen, aber nicht, dass die Oma euch verraten hat."

„*Gitsche,* du weißt überhaupt nix und jetzt schau, dass dich schleichst. Zille hat mir mein Leben genommen."

Auch wenn schon eine Ewigkeit vergangen war, stellte die Enkelin betroffen fest, brachte allein der Gedanke an ihre Großmutter Plankensteiner immer noch völlig aus der Fassung. Er hatte ganz offensichtlich keinen Frieden mit der Vergangenheit geschlossen. Nach diesem Wortwechsel traute die Fotografin ihm den Mord sehr wohl zu. Er war zwar gehbehindert, aber insgesamt immer noch gut beieinander. Er hätte durchaus an die Stelle gelangen können, wo Zille erschossen worden war.

Amalia ließ nicht locker. „Hast du die Oma umgebracht? Hast du ihr aufgelauert?"

Ohne ein weiteres Wort und ohne sie noch eines Blickes zu würdigen, stand Sepp nun auf und ging nach drinnen. Die Tür knallte laut hinter ihm zu. Zitternd stand sie vor dem Haus, unentschlossen, was sie jetzt tun sollte. Das Gespräch mit ihm hatte sie durcheinandergebracht. Sie war entsetzt darüber, dass jemand nach mehr als fünfzig Jahren immer noch solch einen Hass auf einen anderen Menschen empfinden konnte. Amalia konnte sich beim besten Willen nicht vorstellen, dass ihre Oma das Monster gewesen war, für das Sepp sie hielt.

„Du bist die Amalia, die Enkelin von der Bildomocharin", sprach sie jemand von hinten an und Amalia fuhr erschrocken herum. „Ich bin die Lene, die Schwägerin vom Sepp", erklärte eine rundliche Frau mit einem blau gemusterten

Kopftuch und freundlichem Gesicht. Feine Falten um Mund und Augen verrieten, dass sie weit über sechzig sein musste. Eine graue Strähne lugte aus dem hinten zusammengebundenen Tuch heraus und klebte quer über ihrer schweißnassen Stirn. Sie trug eine abgetragene blaue Arbeitshose und schmutzige schwarze Gummistiefel.

Amalia ging zu ihr hin.

„Du darfst dir seine Art nicht zu Herzen nehmen, *Gitsche.* Er ist verbittert und hat es nie geschafft, über seine Zeit im Gefängnis und die nachfolgenden Kränkungen hinwegzukommen. Das Gefängnis war für alle qualvoll. Doch Sepp hat es am schlimmsten erwischt. Er wurde gefoltert, weil er nach der Verhaftung kein Wort gesagt hat. Was genau passiert ist, wissen wir nicht, weil er nie darüber spricht. Auf alle Fälle ist er mit einem steifen Fuß aus der Haft entlassen worden, was ihn jeden Tag an die dunklen Erlebnisse erinnert. Wir haben ihn nachts oft in seinen Albträumen schreien hören. Tagsüber ist er still und redet nur wenig. Den Tieren vertraut er mehr als den Menschen, zu ihnen hat er ein gutes Verhältnis. Als hätte die Gefangenschaft das Leben aus ihm herausgesaugt. Du kennst ihn nur heute, als verbitterten, eigenbrötlerischen alten Mann. Aber früher war er ein Vollblutmusikant, immer guter Dinge, hat überall Musik gemacht und war ein gern gesehener Gast. Es gab einige *Gitschen,* denen er gefallen hat. Ein stattlicher Bursche und Hoferbe. Seit seiner Entlassung hat er sein Akkordeon nicht mehr angerührt. Es steht bei uns in der *Stube* und der Sepp ignoriert es. Früher habe ich ihn oft gefragt, ob er für uns spielt, weil ich mir sicher war, dass die Musik ihm geholfen hätte, in sein altes Leben zurückzufinden. Aber er ist jedes Mal, ohne ein Wort zu sagen, gegangen. Er war ein Mensch, der es gewohnt war, den ganzen Tag draußen in der Natur zu verbringen. Die kargen engen Zellen und der Bewegungsmangel machten ihn anfangs schier verrückt."

Lene deutete auf die Bank, auf der zuvor Sepp gesessen hatte, und die beiden Frauen setzten sich in die Sonne. Lenes Blick richtete sich in den Himmel, und sie deutete auf ein paar Wolken, die sich im Norden gebildet hatten. „Heut' kommt noch ein festes Gwitter!", sagte sie.

Amalia reagierte überrascht ob der wenigen harmlosen Wolken.

Bevor sie sich jedoch dazu äußern konnte, begann die Stockabäuerin unaufgefordert weiterzusprechen. Ihre Stimme klang monoton, als hätte sie das Folgende schon unzählige Male erzählt, um die ruppige Art ihres Schwagers zu verteidigen: „Er war noch im Gefängnis, als 1963 in Trient den Polizeibeamten, die im Gefängnis Südtirolaktivisten misshandelt und gefoltert haben, endlich der Prozess gemacht worden ist. Sepp hat Hoffnung geschöpft, dass nun Gerechtigkeit geübt würde. Er selbst hat zwar keinen von den *Carabinieri* angezeigt, weil er niemanden namentlich benennen konnte. Der Prozess hat sich zu einer Farce entwickelt. Acht Polizisten sind freigesprochen worden, weil die ihnen angelastete Tat kein Vergehen darstellte. Zwei sind zwar schuldig gesprochen worden, mussten jedoch wegen einer inzwischen erlassenen Amnestie nicht ins Gefängnis. Trotz internationaler Proteste blieb es bei den Urteilen. Die meisten der angeklagten *Carabinieri* wurden sogar wegen ‚beispielhafter Pflichterfüllung' noch befördert. Der Sepp hat damals allen Glauben an die Gerechtigkeit verloren.

Während der Haft sind seine Eltern kurz nacheinander gestorben. Sie haben meinem Mann, Sepps jüngerem Bruder, den Hof vermacht, weil nicht abzusehen war, wann der Sepp wiederkommt. Außerdem ist die Arbeit in der Landwirtschaft mit einem verkrüppelten Fuß schlecht zu bewältigen. Für ihn, der früher Tag und Nacht geschuftet hat, um den Hof weiterzubringen, war das ein weiterer Schlag. Nach seiner Entlassung haben wir ihn bei uns aufgenommen. Seitdem wohnt er in der *Kammer* unter dem Dach. Sepp hat uns dafür bei der Arbeit geholfen, so gut es eben ging. Aber durch seine Verletzung konnte er nicht mehr lange stehen, sodass er mit Schnitzarbeiten begonnen hat, mit denen er sich ein Zubrot verdient. Eine eigene Familie hätte er sich finanziell nicht leisten können. Die Frauen, denen er früher gefallen hat, waren inzwischen mit anderen verheiratet oder nicht mehr interessiert, und durch seine in sich gekehrte Art hat er auch keine andere mehr kennengelernt und für all das Unglück, das ihm in seinem Leben passiert ist, macht er die Zille verantwortlich, die sie alle verraten hat. Er hat's schwer gehabt. Verurteil ihn nicht."

In der Stimme der alten Bäuerin konnte Amalia Mitgefühl für den Schwager hören. Sie musste den Sepp wirklich gernhaben, obwohl es sicher nicht leicht war, zusammen mit dem verbitterten Mann auf dem Hof zu leben. Die junge Frau schaute Lene betroffen an, während ihre schlanken Finger beiläufig mit den Bändern ihrer weißen Seidenbluse spielten. „Danke, dass du mir das alles erzählt hast. Ich wusste zwar einiges über die Feuernacht aus der Schule, aber bisher war das nie ein Thema in meinem Leben. Oma hat mir gegenüber immer alles verschwiegen."

Lene erwiderte: „Vielleicht hat sie sich für das geschämt, was sie getan hat. Sie war jung und konnte wahrscheinlich die Auswirkungen ihrer Entscheidung nicht in ihrem ganzen Umfang überblicken. Leider kann sie dir nicht mehr sagen, wie es war und was sie dazu gebracht hat, die anderen bei der Polizei hinzuhängen. Vielleicht war es auch nur ein Versehen, ein Versprecher. Aber lass die Sache ruhen und die Alten ihren Lebensabend in Frieden genießen."

„Aber die Oma ist umgebracht worden! Ich möchte wissen, warum sie gestorben ist. Das bin ich ihr schuldig. Ich kann mir alles vorstellen, aber dass sie eine Verräterin war, niemals. Das hätte nicht zu ihr gepasst", entgegnete sie Lene gegenüber überzeugt.

Lene sagte darauf nichts, aber Amalia konnte in ihren Augen lesen, dass sie ihr nicht glaubte.

Amalia verabschiedete sich von der freundlichen Frau und fuhr nachdenklich vom Hof. Erst im Auto beruhigte sie sich ein wenig. Wie selbstverständlich nahm sie ein Haargummi aus dem Seitenfach und band ihre dunkelbraunen Locken mit geschickten Fingern zu einem legeren Knoten zusammen. Hatte ihre Oma deshalb nie etwas von der Zeit erzählt, weil sie schuldig war? Schuldig an so viel Leid, das damals im Leben der anderen passiert ist? Für Amalia stand Zille immer für Aufrichtigkeit, Loyalität und Geradlinigkeit. Hätte sie letzte Woche jemand gefragt, hätte die Enkelin genau mit diesen drei Worten ihre Großmutter beschrieben. Doch jetzt, nachdem sie mit Lene gesprochen hatte, war sie sich nicht mehr so sicher. Amalia dachte an den Hass, den sie in Sepps Augen gesehen hatte. Sie traute ihm zu, dass er es gewesen war, der geschossen hatte. Vielleicht hatte es für Sepp irgendeinen Auslöser gegeben, warum die Geschichte ihn jetzt, nach über fünfzig Jahren, auf einmal zum Mörder werden ließ. Sie dachte noch einen Moment darüber nach, bevor sie aufs Gas drückte, um nicht zu spät zum Fototermin mit Walter Acherer ins Hotel zu kommen.

14.

Schon von Weitem konnte Amalia das umgebaute Hotel erkennen. Nichts erinnerte mehr an das alte Gebäude von früher. Sie hatte gedacht, dass nur einige Räume des Hotels verändert worden waren, umso erstaunter war sie, als sie jetzt eine komplett moderne Fassade aus Stein, Holzelementen und Flachdach entdeckte. Sie musste zugeben, dass der Architekt es geschafft hatte, das relativ große Gebäude optimal der natürlichen Umgebung anzupassen. Ein weißes Schild mit goldener Aufschrift: „Sport- und Wellnesshotel Acherer“, darüber vier goldene Sterne und der Zusatz Superior, zeigte dem Gast den Weg zum Hotel.

Amalia parkte, griff nach ihrer Fototasche und ging Richtung Rezeption. Der strenge Geruch nach *Mistsuppe,* der ihr in die Nase stieg, wollte so gar nicht zu dem stilvollen Gebäude passen. Anscheinend hatte der Wetterbericht, genau wie Lene zuvor, Regen vorhergesagt, denn auf zwei Feldern unterhalb des Hotels verteilten Bauern die braune stinkende Brühe. Sie blickte prüfend zum Himmel, wo immer noch kaum Wolken zu sehen waren.

Am Eingang befand sich eine dieser automatischen Drehtüren, die Amalia überhaupt nicht mochte. Erst musste man schauen, ob man gleich eintrat oder doch lieber auf die nächste Drehung wartete. Ging man dann zu schnell, stoppte die Tür einfach und man rannte gegen das Glas – so, wie es ihr damals in Paris ergangen war. Daraufhin hatte sich eine unschöne Beule an ihrer Stirn gebildet. Seitdem hatte sie sozusagen eine Drehtürphobie. Sie ging gleichzeitig mit einer anderen Dame hinein. Einen kurzen Moment später hielt die Tür an. Die Frau war zu schnell gewesen. Erst, als sie beide ein paar Schritte zurückgegangen waren, drehte die Tür sich automatisch weiter. *Madoia!* Wenigstens keine Beule. Amalia ging direkt zur Rezeption.

„Willkommen im Sport- und Wellnesshotel Acherer. Was kann ich für sie tun?“, fragte eine junge Frau förmlich, die wie alle anderen Mitarbeiterinnen der Rezeption ein fesches grünes Dirndl mit weißer Bluse trug.

„Ich habe einen Termin mit Herrn Acherer, mein Name ist Engl“, stellte sie sich vor.

Die Rezeptionistin verschwand im hinteren Bereich, in dem das Büro lag, wie sie vermutete. Amalia sah sich um. Ihr gegenüber befand sich eine graue Steinmauer, in die ein Kamin eingelassen war. Im gesamten Bereich standen bunte Sessel in knalligen Farben. An den Wänden hingen alte Holzski und Bergstiefel. Großformatige Schwarz-Weiß-Fotos, die Szenen von den Anfängen des Wintersports zeigten, hingen an den Seitenwänden. Hier wurde versucht, Modernes mit Altem zu verbinden, was der Familie Acherer wirklich gelungen war, wie Amalia neidlos zugeben musste. Immer wieder schlenderten Gäste in weißen Bademänteln vorbei in Richtung Wellnessbereich. Andere kamen in Wanderkleidung mit Walkingstöcken von ihren Touren zurück ins Hotel. Wieder andere gingen gerade in Fitnesskleidung zum Sport.

„Grüß Gott, Frau Engl“, begrüßte sie der Hotelchef und reichte ihr die Hand. Acherer hatte sich umgezogen und trug statt Jagdgewand wieder ein graues Lodensakko. „Also, uns fehlen noch die Fotos vom Speisesaal und der *Gamsbar*. Wenn Sie aber bitte mit dem Speisesaal beginnen könnten. Der Saal ist bereits vollständig für das Abendessen eingedeckt. Spätestens in zwei Stunden werden die ersten Gäste dort zu Abend essen. Kommen Sie bitte."

„Gerne", antwortete sie und folgte ihm in Richtung Speisesaal. Nach einer halben Stunde hatte sie alle Motive, die sie für eine spätere Auswahl brauchte, fotografiert. Einen gedeckten Tisch mit Weinflasche und Vorspeisenteller, einen Tisch mit zwei Angestellten, die als Gäste herhalten mussten, den Raum in der Totale und dann das Ganze von vorne mit anderer Beleuchtung. Gott sei Dank war der Speisesaal durch verschiedene Lichtquellen sehr gut ausgeleuchtet, sodass kein zusätzliches Licht notwendig war, ansonsten hätte Amalia zu Hause die Scheinwerfer holen und noch einmal wiederkommen müssen. Das hätte allerdings keinen professionellen Eindruck gemacht, dachte sie selbstkritisch.

„Jetzt ist nur noch die *Gamsbar* dran", sagte Acherer freundlich lächelnd.

Es war nach acht, bis Amalia sich sicher war, den gemütlichen und behaglichen Charakter der Bar mit ihrer Kamera eingefangen zu haben.

Als sie ihre Kamera sicher in der Tasche verstaut hatte, stand der Hotelier mit einem Glas Prosecco vor ihr. „Sie arbeiten schnell und professionell. Ich muss sagen, ich bin beeindruckt. Ich darf Sie doch noch auf ein Glaserl einladen", sagte er und reichte ihr den Sektkelch.

„Gern, ein wenig Zeit habe ich schon noch."

Sie setzte sich auf einen Barhocker und Acherer ging hinter den Tresen, um einem Gast einen *Hugo* zu machen.

„Sagen Sie, warum bleiben Sie nicht in Pfunders? Sie könnten doch das Fotostudio Ihrer Oma übernehmen. Bei uns im Pustertal fehlt es an Fotografen", sagte er und sah sie mit seinen ungewöhnlich blauen Augen an, die ihr schon bei ihrem ersten Treffen aufgefallen waren.

„Ehrlich gesagt war das für mich bisher nie eine Option. Ich wollte immer in die Welt hinaus, hatte immer den Eindruck, das Dorfleben sei mir zu eng. Erst lebte ich in New York, dann in Berlin. Ich weiß nicht, ob ich hier auf Dauer glücklich wäre“, erklärte Amalia ihm unerwartet offen, bevor sie fortfuhr, „wissen Sie, ich habe sehr viele kreative Freunde in Berlin. Sie alle lassen sich von dem vielfältigen Leben in der Stadt inspirieren. Natürlich entsteht dabei auch viel Verrücktes, aber aus den vielen verschiedenen Gedanken, Stilrichtungen, Menschen entsteht auch Kunst.“

„Kulturell kann man das Pustertal natürlich nicht mit Berlin vergleichen. Auch an ausgeflippten Künstlerseelen fehlt es uns mit Sicherheit ... aber dafür haben wir hier die Natur, und die inspiriert die Menschen schon seit Jahrhunderten.“

Acherer lächelte sie herzlich an, und Amalia nickte zustimmend. „Arbeiten Sie meistens direkt in Berlin oder sind Sie viel unterwegs?“, fragte er dann interessiert nach.

Amalia überlegte kurz. „Anfangs hauptsächlich in Berlin, aber mittlerweile habe ich auch einige große Stammkunden, für die ich viel im Ausland fotografiere. Was die Natur betrifft, haben Sie übrigens recht. Ich war heute mit meiner Kamera in Pfunders unterwegs. Einige Male habe ich angehalten und musste die Landschaft fotografieren und den wundervollen Sommer auf Bildern festhalten.“

„Ja, das kann ich mir vorstellen, dass es hier, wenn man ein Auge für die Schönheit der Natur hat, an Motiven nicht mangelt. Vielleicht könnten Sie ja Ihre Auslandsaufträge von hier aus abwickeln. Die Kontakte haben Sie in Berlin ja bereits geknüpft.“

Während Acherer einen weiteren Gast bediente, zog sie unauffällig ihr Handy aus der Tasche und blickte auf das Display. Sie hatte ihr Telefon zwar leise gestellt, aber den Vibrationsalarm angelassen. Hatte sie eine Nachricht übersehen? Sie konnte sich nicht vorstellen, dass Felix sich immer noch nicht gemeldet hatte. Sie sah nach. Keine Nachrichten. Keine WhatsApp-Nachricht. Kein Anruf. Nichts. Warum meldete sich Felix nicht bei ihr? Enttäuscht steckte sie das Handy zurück in die Tasche.

„Schlechte Nachrichten?", fragte Walter Acherer, der sie beobachtet hatte.

„Äh, nein. Ich warte nur auf einen Anruf aus Berlin", log Amalia und fühlte sich ertappt. War ihr ihre Enttäuschung darüber, dass es Felix nicht für nötig befunden hatte, sich bei ihr zu melden, so deutlich anzusehen? Es war jetzt bereits nach halb neun. Er hätte sicherlich Gelegenheit gehabt, sie anzurufen, wenn er gewollt hätte. Natürlich hätte auch sie ihn anrufen können, aber nachlaufen würde sie ihm ganz sicher nicht. Amalia fühlte, wie die Enttäuschung wich und sich Ärger über Felix' Verhalten in ihrem Inneren breitmachte.

„Wenn Sie möchten, kann ich Ihnen gerne helfen, hier in Südtirol einen Kundenstamm aufzubauen. Der Tourismus läuft gut. Viele der Hoteliers renovieren ihre Hotels und haben die Wichtigkeit von guten Internetauftritten und Werbung erkannt. Fotos sind die Grundlage für jede gute Homepage, aber das muss ich Ihnen ja nicht erzählen."

„Herr Acherer, das ist wirklich sehr nett von Ihnen, aber bis jetzt bin ich mir selbst noch nicht im Klaren, ob ich Berlin verlassen sollte."

Amalia dachte nach. Bisher hatte sie noch nie in Erwägung gezogen, wieder zurückzukommen. Obwohl sie sehr wohl bemerkt hatte, wie gut ihr in den letzten Tagen die Natur und die Nähe zu ihren Freunden getan hatte. Es waren über Jahre gewachsene Freundschaften, die nichts Oberflächliches hatten, wie das in der Stadt oft der Fall war. Als einzigen wirklichen Freund in Berlin würde sie Maurice bezeichnen. Alle anderen zählten mehr zu der Kategorie Bekanntschaft. Die Beziehung mit Ben war aus. Was hielt sie noch in Berlin? Die Arbeit! Aber Herr Acherer hatte ihr deutlich zu verstehen gegeben, dass er ihr helfen konnte, hier Fuß zu fassen, und natürlich hatte er recht. Einen Flughafen, um ins Ausland zu fliegen, gab es hier auch und sie könnte ohne Weiteres große Auslandsaufträge abwickeln.

Acherer riss sie aus ihren Gedanken. „Frau Engl, lassen Sie es mich wissen, wenn ich die Werbetrommel für Sie rühren soll. Ich bin im Ausschuss des Hotel- und Gaststättenverbandes Südtirol, und nächste Woche haben wir unsere alljährliche Versammlung. Wenn Sie bis dahin Visitenkarten oder Flyer von Ihrem Studio hätten, würde ich die weitergeben. Überlegen Sie es sich."

„Danke, das ist wirklich sehr nett von Ihnen." Amalia trank den letzten Schluck ihres Proseccos aus und stand auf. „Herr Acherer, vielen Dank für Ihre Einladung, aber leider muss ich mich jetzt verabschieden."

„Bis wann, meinen Sie, haben Sie die Bilder fertig?", fragte er nach.

„Bis spätestens Donnerstag", antwortete Amalia. „Ich bringe Sie Ihnen im Hotel vorbei." Sie reichte ihm zum Abschied die Hand und ging Richtung Ausgang.

Draußen dämmerte es bereits, und die Temperatur war deutlich kühler als am Nachmittag. Als sie zum Auto ging, spürte sie die ersten Regentropfen auf ihrer Haut. Am

Horizont leuchteten grelle Blitze auf. Hatte Lene doch recht behalten. Im Auto zog sie erneut ungeduldig ihr Handy heraus. Immer noch keine Nachricht von Felix, dafür hatte Maurice eine WhatsApp-Nachricht geschickt. Sie öffnete den Chat und sah ein Bild von einem blonden jungen Hünen, der mit einer blauen Arbeitslatzhose und nacktem Oberkörper auf einem knallroten Traktor posierte. Strohballen und eine alte Holzscheune dienten als Hintergrund. Unter dem Bild stand: „Mein Ole, ist er nicht ein wahres Sahneschnittchen?"

Amalia verdrehte die Augen. Das war wahrscheinlich das Bild aus dem Landwirtschaftskalender. Sie tippte ihrem Freund Maurice, der sicherlich schon ungeduldig auf ihre Beurteilung seines neuen Lovers wartete, eine kurze Nachricht: „WOW! Eine Wucht!!!"

Da hatte Amalia auch nicht gelogen. Der Kerl sah wirklich beeindruckend aus. Sie konnte sich nur nicht vorstellen, dass seine Beziehung zu Maurice, falls es überhaupt schon eine Beziehung war, von Dauer sein würde. Der Mann auf dem Bild sah ihr wie ein Naturbursche aus. Für Maurice waren Tiere, Schmutz, Stallarbeit und Landwirtschaft alles nur Begriffe. Er war durch und durch ein Stadtmensch, der sich nie in die Provinz verirrte. Der Reiz lag für ihn darin, dass ein Bauer für ihn etwas Exotisches war wie für andere eine Südseeinsel. Amalia seufzte. Sie spürte Müdigkeit in sich aufkommen. Trotzdem wollte sie heute noch beginnen, die Fotos zu bearbeiten. Sie startete ihren Wagen. Der Regen prasselte so laut auf ihre Windschutzscheibe, dass sie das Radio nicht mehr hören konnte. Immer lauter krachte Donner, und Blitze erleuchteten die Straße. Sie fuhr nach Hause. Bevor sie ausstieg, zählte sie den Abstand zwischen Blitz und Donner, um abschätzen zu können, wie weit das Gewitter noch entfernt war. Herrje, war das nah. Schnell lief sie ins Haus und war trotzdem sofort durchnässt.

Obwohl Felix das Schloss an der Haustür gewechselt hatte, fühlte Amalia sich nicht wohl im Haus. Sie beschloss deshalb, unten in der Küche am Tisch zu arbeiten und holte ihren Laptop von oben. Hier würde sie es hoffentlich hören, wenn jemand erneut versuchen sollte, ins Haus zu kommen. Amalia schloss die Kamera an und lud die Bilder auf den Laptop. Wie immer beruhigte sie die Arbeit und das erste Mal seit Tagen konnte sie sich konzentrieren. Etwas Alltägliches zu tun, fühlte sich gut an. Ihr Puls schlug ruhig und regelmäßig, und die Beklemmung rückte allmählich in den Hintergrund. Sie wählte einige Fotos für die Feinbearbeitung aus, andere löschte sie ganz.

Anschließend machte sie den Ordner mit der Bezeichnung „Afrika“ auf. Abgabetermin war nächste Woche, und sie hatte bisher kaum etwas bearbeitet. Sie sah auf die Uhr. Wenigstens hatte sie zwei Stunden durchgehalten. In Berlin schaltete sie meist sämtliche Telefone und die Haustürklingel ab, setzte sich an den Schreibtisch und stand erst wieder auf, wenn die Arbeit, die es zu schaffen galt, erledigt war. Warum gelang ihr das hier nicht? Gedanken an den Mord und die Trauer um ihre Oma lenkten sie immer wieder ab, und wenn es ihr gelang, diese zu verdrängen, kam ihr Felix in den Sinn.

Gerädert stand sie auf, holte ihr Handy hervor, das sie zuvor absichtlich in ihrer Tasche gelassen hatte, um nicht ständig darauf zu schauen. Eine neue Nachricht. Sie öffnete die Nachricht. Sie war von Felix.

„Kann ich noch vorbeikommen?“ Zeit: 0.35 Uhr.

Der Herr hatte also erst vor fünf Minuten Zeit gefunden, an sie zu denken. Ärger kam in ihr auf. Den ganzen Tag hatte er es nicht für nötig gehalten, sich zu melden, und jetzt wollte er auch noch vorbeikommen. Nicht mit ihr. Sie würde sich noch ein wenig mit der Antwort gedulden, damit nicht der Anschein entstand, dass sie ständig auf ihr Handy gestarrt hatte. Zehn Minuten, dann hielt sie es nicht länger aus und schrieb beleidigt. „Heute nicht mehr. Man sieht sich." Dann schaltete sie das Handy entschlossen aus. Wenn Felix etwas an ihr gelegen wäre, dann würde er sich schon noch mal melden und sich hoffentlich morgen mehr Mühe geben. Sie trank noch einen Schluck Wasser und ging zu Bett.

15.

Amalia erwachte nach einer unruhigen Nacht. Obwohl sie gestern bis weit nach Mitternacht am Computer gesessen hatte, um die Fotos von Afrika fertigzustellen, war sie jetzt schon um kurz nach sechs aufgewacht. Sie hatte wirres Zeug von Wilderern, Freiheitskämpfern und Schützen geträumt, die durch unheimliche Bergwälder schlichen. Mehrmals war sie mit beklemmendem Herzklopfen aufgewacht und hatte angestrengt gelauscht, aber das Haus war zum Glück still gewesen und das Gewitter hatte aufgehört. Gestern um diese Zeit ist Felix noch bei mir gewesen, dachte Amalia wehmütig. Mit ihm im Haus war sie sich beschützt vorgekommen, und obwohl sie nur wenig geschlafen hatten, war ihr Schlaf in seinen Armen tief und traumlos gewesen. Reiß dich zusammen, schimpfte sie mit sich. Du wirst nicht auf einmal einen Mann brauchen, um dich sicher zu fühlen. Wo kämen wir denn da hin? Sie verdrängte resolut alle Gedanken an Felix.

Sie hatte auch so Probleme genug. Es war höchste Zeit, das Chaos in ihrem Kopf zu sortieren. Ihrer Meinung nach war vorletzte Nacht ein Mordanschlag auf sie verübt worden und die Polizei glaubte ihr nicht. Wer hätte etwas davon, wenn sie starb? Groß zu erben gab es weder bei ihrer Großmutter noch bei ihr. Zilles Haus war zwar schuldenfrei, aber recht klein und das Guthaben auf Zilles Konto war zwar wesentlich höher als erwartet, aber Amalias Meinung nach zu gering für zwei Morde. Außerdem, wer würde erben, wenn Amalia stürbe? Sie hatte nie ein Testament gemacht, ihre nächsten Verwandten waren Großcousins, da sowohl sie als auch ihr

Vater Einzelkinder gewesen waren. Das schien schon sehr weit hergeholt. Da war es wahrscheinlich realistischer, das Motiv im Leben ihrer Oma zu suchen.

Wieso meldete sich eigentlich der zuständige Staatsanwalt nie bei ihr? Wurden Angehörige nicht über den Stand der Ermittlungen informiert? Da Amalias Wissen diesbezüglich einzig und allein auf Krimis beruhte, war sie sich da nicht so sicher. Allerdings bedeutete das Desinteresse der Polizei an ihr zumindest, dass sie selbst nicht mehr ganz oben auf der Liste der Verdächtigen stand, nahm Amalia an.

Dann war da noch der Einbruch. War das der Mörder gewesen? Oder waren die Einbruchsspuren schon ewig unentdeckt an dem Schloss gewesen? Wenn es ein Räuber war, was hatte er gesucht? Bargeld? Schmuck? In Zilles einfachem, kleinem Haus? Irgendwie machte das alles keinen Sinn.

Ein anderer Gedanke kam Amalia: Wenn ihre Oma nicht diejenige war, die der Polizei den entscheidenden Hinweis gegeben hatte, und davon war sie nach wie vor felsenfest überzeugt, musste ein anderer in der Gruppe die Freunde verraten haben. War das das Motiv? Die Angst, nach so langer Zeit als Polizeiinformant aufzufliegen? Allerdings hätte auch ihr Opa der Verräter gewesen sein können, schließlich war er als Einziger der Männer der Verhaftung entgangen. Ein schrecklicher Gedanke ... Amalia seufzte resigniert.

Und nun? Vielleicht fand sie in Omas Fotoarchiv einen Hinweis darauf, was damals wirklich passiert war. Sie musste ja sowieso noch die restlichen Fotos für den vermaledeiten Bildband raussuchen. Energisch schwang Amalia ihre Beine aus dem Bett. Etwas zu tun, war auf alle Fälle besser, als untätig und endlos grübelnd im Bett zu liegen. Nach einer starken Tasse Kaffee und einem Marmeladenbrot ging sie gestärkt, wenn auch noch müde hinauf ins Atelier. Als sie die unzähligen Archivboxen ihrer Oma sah, verließ sie der frische Mut wieder. Wo sollte sie hier bloß anfangen?

Während der nächsten Stunden entdeckte sie immer wieder Fotos von Zille und Hilda. Einige waren in einem Raum mit Felswänden aufgenommen. Amalia nahm an, dass es sich dabei um die Höhle handelte, die ihr Felix auf der Wanderung aus der Ferne gezeigt hatte. Ihr fiel auf, dass ihr Opa fast nie auf Fotos war, was Sinn machte, da er wahrscheinlich als Einziger gut mit der Kamera umgehen konnte. Ihr Opa war wirklich ein begnadeter Fotograf gewesen. Wie er mit Licht und Schatten spielte, ließ Amalia innehalten und die Bilder genauer betrachten. Von ihm konnte sie noch einiges lernen. Ein Foto ließ sie lächeln. Es war eindeutig ein Schnappschuss und zeigte ihre Oma. Wie jung und hübsch sie damals gewesen war. Ungeschminkt, in einem einfachen Wollpullover, die Haare in einer Hochsteckfrisur, aus der sich einige Strähnen gelöst hatten, war sie eine natürliche Schönheit gewesen, die auch dem heutigen Ideal entsprochen hätte.

Aber was Amalia an dem Bild berührte, war die Freude und Unbekümmertheit, mit der Zille in die Kamera strahlte. Es war offensichtlich, dass sie in diesem Moment glücklich gewesen war und sie sich ohne jegliches Verstellen und Posieren dem Fotografen zugewandt hatte. Neben der Freude lag eine so tiefe Zärtlichkeit in diesem Blick, dass es Amalia den Atem nahm. Ein Blinder konnte erkennen, dass Zille den Fotografen geliebt hatte. Wie groß musste eine Liebe sein, dass man sie Jahrzehnte später noch auf einem Foto sehen konnte? Das war eine Frau, die ihre Enkelin nicht gekannt hatte. Eine, die ohne Scheu ihre Gefühle zeigte, die sich ohne Vorsicht in ihre Freude fallen ließ, als gäbe es kein Morgen, keine Gefahr, keinen Schatten, der je auf ihr Glück fallen könnte.

Ihre Oma war eine zufriedene Frau gewesen, keine Frage, die ihre Erfüllung in ihrem Beruf, in ihrer Enkelin und in der Natur gefunden hatte. Aber diese überschäumende Lebensfreude, die Amalia auf dem Foto erkennen konnte, hatte sie bei ihr nie sehen können. War das das Alter? Wurde man ruhiger? Steigerte man sich in Freud und Leid nicht mehr so hinein wie in der Jugend? Oder waren es die Enttäuschungen, die das Leben für Zille bereitgehalten hatte? Der viel zu frühe Tod ihres geliebten Mannes, der tragische Verlust ihres Sohnes und die Verantwortung, auch noch die Enkelin großziehen zu müssen? Liebevoll legte Amalia das Foto beiseite. Sie nahm sich vor, es zu rahmen und aufzustellen, um sich auch an diese ihr unbekannte Seite zu erinnern.

Gegen zehn hatte Amalia die Fotos von 1960 bis Juli 1961 durchgearbeitet. Sie stand auf, streckte ihren steifen Rücken und ging hinunter, um sich noch Kaffee zu holen. Zu ihrer großen Enttäuschung hatte sie nichts gefunden, was auf jemand anderen aus der Gruppe als Verräter hinwies. Sie hatte zwar keine genaue Vorstellung davon gehabt, wie so ein Bild ausschauen könnte, aber war sich sicher gewesen, dass sie, sobald sie es sah, wissen würde, dass es das Gesuchte war. Aber nichts ... Wenigstens hatte sie noch ein paar interessante Fotos gefunden, die sie für den Bildband verwenden konnte. So war die Suche nicht gänzlich umsonst gewesen. Seufzend ging sie wieder hinauf ins Atelier, um diese Arbeit zu Ende zu bringen, damit sie die nervige Frau Rauch endlich abhaken konnte.

Sie arbeitete konzentriert, bis sich ihr Magen mit lautem Knurren zu Wort meldete. Amalia sah auf die Uhr: schon nach eins. Sie war fast fertig, ein letztes Foto musste beschnitten und beschriftet werden. Dann brauchte sie nur noch die fünfundzwanzig Bilder auf den Server von Rauch & Zauner zu laden, und sie konnte den Bildband mit gutem Gewissen vergessen. Das würde sie noch schnell erledigen und sich dann ein paar Nudeln kochen. Bevor sie hinunterging, schrieb sie noch kurz ein E-Mail an Frau Rauch, in der sie ihr mitteilte, dass sie die Bilder wie vereinbart hochgeladen hatte.

So allein am Küchentisch ... irgendwie trostlos, dachte Amalia, als sie Spaghetti mit Tomaten und frischem Basilikum aufwickelte. In Berlin kam ihr das nie so vor, obwohl sie dort regelmäßig alleine aß. Wahrscheinlich, weil an diesem Tisch einfach jemand fehlte.

Wenn sie momentan an Zille dachte, hatte sie den Eindruck, dass Teile der Person für sie im unergründlichen Schatten lagen. Daran wollte sie so schnell wie möglich etwas ändern. Wer war geeignet, ihr von Zilles Jugend zu erzählen? Ihr Opa war tot, bei Hilda war sie schon gewesen, der Plankensteiner Sepp redete nicht mit ihr, also blieben nur noch der Pfarrer und Hildas Mann. Wenn sie an die bewegenden Worte des Pfarrers bei Zilles Beerdigung dachte, war sie sich sicher, dass dieser sie gemocht hatte. Vielleicht konnte er ein paar ihrer Wissenslücken schließen. Jedenfalls war es für sie mit Sicherheit leichter, mit dem Pfarrer zu reden als mit dem bärbeißigen *Soggila.*

Da das Wetter heute wieder strahlend schön war und Amalia schon den ganzen Vormittag drinnen vergeudet hatte, entschloss sie sich, zu Fuß zu gehen. Unterhalb des *Gasthofs Brugger* bog sie von der Fahrstraße ab und nahm den idyllischen „alten Weg“, einen Fußweg, der durch Wiesen zum Dorfplatz führte. Als sie über die kleine Brücke über den „*Roana-Bach*“ ging, verharrte sie kurz an dem *Marterl,* das zum Gedenken an den verunglückten *Finanzer* aufgestellt worden war. Sie dachte an die Pfundrer Burschen, die damals so jung für lange Zeit ins Gefängnis geworfen worden waren. An den Prozess, der wegen seiner Ungerechtigkeit viele Südtiroler dazu gebracht hatte, den gewaltsamen Weg des Widerstandes zu gehen.

In Gedanken versunken ging sie weiter und genoss die Sonne, die ihr ins Gesicht schien. Obwohl der Weg parallel zur Fahrstraße verlief, hatte man hier das Gefühl, man wäre mitten im Grünen. Links plätscherte der Bach und rechts waren grüne Wiesen, durch die sich einige Rinnsale zogen, und mehrere Bänke luden zum Verweilen ein.

Als Amalia schließlich den kurzen, aber steilen Weg zum *Kirchbichl* hinaufwanderte, kam sie ins Schwitzen und ihre braunen Haare klebten unangenehm am Nacken. Beschämt dachte sie daran, dass die alten Frauen des Dorfes, die täglich zur Frühmesse und zum Friedhof gingen, wahrscheinlich weniger schnauften als sie. Aber die Augustsonne stand hoch am Himmel und für Pfundrer Verhältnisse war es richtig heiß. Durch die hohe Lage blieb das Dorf meist vor brütender Hitze verschont, und die Nächte waren immer angenehm kühl, sodass man auch im Sommer das Haus nicht gegen die Hitze abdunkeln musste wie im südlicheren Südtirol. Aber heute war es sicher über dreißig Grad. Sie wischte sich den Schweiß von der Stirn und ging zum *Widen,* das gegenüber der Kirche lag. Sie nahm den kurzen Weg durch den gepflegten Garten und klopfte an die Holztür.

Während sie wartete, dass ihr jemand aufmachte, blickte sie sich um. Von hier hatte sie einen schönen Blick auf den Friedhof, und es roch nach frisch geschnittenem Gras. Die schmucken Höfe thronten auf steilen Hängen und auf manchen Feldern hatten die Bauern zu heuen begonnen. An allen Fenstern und Balkonen blühten prächtige Geranien in leuchtendem Rot, Weiß und Pink. Das Dorf lag so friedlich in der warmen Sonne, dass Amalias finstere Gedanken so gar nicht zu dieser idyllischen Umgebung passten, die so fern von Verbrechen und Gewalt schien. Andererseits: Die Bombennächte, den Verrat, die Folter und die Gefängnisstrafen hatte es wirklich gegeben. Der Aufruhr der 1950er- und 1960er-Jahre hatte auch die Bewohner von Pfunders berührt. Wie ein Stein, der in einem ruhigen, glasklaren See Kreis um Kreis im Wasser zog, die noch lange zu sehen waren, nachdem der Stein untergegangen war, hatte vielleicht die harte Vergangenheit Auswirkungen bis in die Gegenwart.

Pfarrer Auer öffnete und zog überrascht die Brauen hoch, als er Amalia erblickte. „Komm rein“, sagte er dann aber freundlich.

Sie gingen in den ersten Stock zum Arbeitszimmer des Pfarrers. Die Wände waren alle bis zur Decke mit Bücherregalen vollgestellt, die aus allen Nähten zu platzen schienen. Er setzte sich hinter seinen großen, schweren Schreibtisch und sah sie über seine Nickelbrille hinweg prüfend an. Amalia erwiderte seinen Blick und setzte sich ihm gegenüber. Ja! Jetzt, da sie es wusste, konnte sie im Pfarrer den jungen Mann vom Foto wiedererkennen. Das Haar war inzwischen schütter geworden und aus seinem Bäuchlein war eine ausgewachsene

Wampe geworden, dachte die junge Frau respektlos, aber die Gesichtszüge waren die gleichen geblieben.

„Was führt dich zu mir?“, brach Pfarrer Auer schließlich das Schweigen.

„Die Oma“, antwortete Amalia und wusste dann nicht weiter.

Der alte Pfarrer hatte sie getauft, von ihm hatte sie die erste heilige Kommunion empfangen und Amalia war immer davon ausgegangen, dass er sie auch eines fernen Tages verheiraten würde. Sie hatte in ihrer Kindheit und Jugend jeden Sonntag den Gottesdienst besucht, war bei allen Prozessionen mitgegangen und hatte sich manches zu Herzen genommen, was der Pfarrer gepredigt hatte. Wie sollte man so eine Persönlichkeit nach privaten Dingen fragen, die schon Jahrzehnte zurücklagen?

Geduldig wartete Pfarrer Auer, bis Amalia sich gesammelt hatte und zögernd begann.

„Weißt Pfarrer, seit Zille gestorben ist, versuche ich so viel wie nur irgendwie möglich über sie und ihr Leben herauszufinden.“

Der Pfarrer nickte bedächtig. „Dieses Bedürfnis haben viele Hinterbliebene. Vor allem, wenn der Tod so überraschend und gewaltsam eintritt wie bei deiner Großmutter.“

Amalia überlegte einen Moment. Sollte sie dem Pfarrer erklären, dass sie das Motiv für den Mord in der gemeinsamen Vergangenheit der Gruppe vermutete? Sie entschied sich, nicht damit herauszurücken, um den Pfarrer nicht vor den Kopf zu stoßen. Vielleicht war er auskunftsbereiter, wenn er sie für ein Seelsorge suchendes Schäfchen seiner Gemeinde hielt. Sie nickte. „Ich habe viel Zeit in Omas Fotoarchiv verbracht und Aufnahmen aus ihrer Jugendzeit gefunden. Auf einer warst du auch drauf." Amalia kramte in ihrer Handtasche nach dem Foto.

Pfarrer Auer betrachtete das Schwarz-Weiß-Foto eingehend.

Amalia beobachtete ihn dabei genau. Loderte alter Hass in ihm auf?

Der Pfarrer blickte gedankenverloren an ihr vorbei. Er schien sie für einen Moment vergessen zu haben. Ein versonnenes Lächeln spielte um seine Mundwinkel. „Das waren Zeiten ...", sagte er dann und blickte Amalia erwartungsvoll an. „Was möchtest du jetzt von mir wissen, nachdem du von unserer bewegten Vergangenheit erfahren hast?"

„Wer war die Oma?", platzte es aus Amalia heraus.

In diesem einen Moment interessierte sie sich nicht für ihre eigenen Mordtheorien, für die Beziehung der Mitglieder der damaligen Gruppe untereinander, Rache oder Hass, einzig und allein Sehnsucht nach ihrer Oma bewegte sie, wühlte sie auf. Sie wollte sich ihr wieder nahe fühlen, sie verstehen, wissen, was sie umgetrieben hatte, wie sie der Mensch geworden war, den Amalia so gut gekannt hatte.

Der Pfarrer nickte bedächtig und stand auf. „Ich hol uns jetzt einen Kaffee, und meine Häuserin hat einen Marmorkuchen gebacken. Mit vollem Bauch redet es sich leichter", sagte er mit einem milden Lächeln.

Wie konnte dieser gemütliche, sanfte Mann Strommasten gesprengt haben, fragte sich Amalia perplex. Kurz darauf kam Pfarrer Auer mit einem Tablett mit Kaffee, Milch und Zucker zurück. Dazu zwei Teller mit ordentlich großen Stücken Kuchen. Er richtete alles auf einem Tisch in der Sitzecke des Raumes und winkte Amalia vom Schreibtisch herüber.

„Dich hat es erschüttert, was du über deine Oma erfahren hast.“ Der Pfarrer formulierte eine Aussage und keine Frage.

„Ja“, antwortete Amalia ehrlich. „Versteh mich nicht falsch, ich bin schwer beeindruckt, dass meine Oma und ihr alle so mutig wart. Ich habe Menschen, die für ihre Überzeugung einstehen, handeln, statt nur zu reden, immer bewundert. Das ist es nicht. Aber es macht mir schwer zu schaffen, dass ich so viel über sie nicht gewusst habe. Ich dachte immer, wir wären uns so nah.“

„Ihr ward euch auch nahe“, sagte der Pfarrer bestimmt. „Deine Oma hat immer voll Zuneigung und Stolz von dir gesprochen. Sie hat immer gesagt: ‚Wenn ich in meinem Leben eines richtig gemacht habe, dann war das bei meiner Amalia. Das Mädchen geht ihren Weg. Gradlinig und ohne zu zaudern.‘“

Amalia spürte einen Kloß in ihrem Hals. Sie schluckte. Die Worte des Pfarrers bedeuteten ihr sehr viel.

Er nahm noch einmal das Bild in die Hand und betrachtete es erneut. „Deine Oma war ein großartiges Mädchen. Sie hat es nicht leicht gehabt. Der Vater ist im Krieg geblieben, und ihre Mutter war kränklich. Sie war gescheit, hat aber mit vierzehn zu arbeiten anfangen müssen, weil kein Geld da war. Aber sie ist nicht wie viele andere hart geworden. Sie hatte immer einen Scherz auf den Lippen, ein aufmunterndes Wort für die, denen es gerade nicht gut ging. Dazu war sie noch bildhübsch mit ihrem blonden dicken Zopf.“

Amalia blickte überrascht zum Pfarrer. Der lächelte sie entwaffnend an.

„Erstens war ich damals noch kein Pfarrer und zweitens hätte ich blind sein müssen, um nicht zu sehen, dass sie ganz etwas Besonderes war.“

Er wurde wieder ernst. „Ich war wahrscheinlich der Einzige in unserer Gruppe, der nicht verliebt in sie war. Sogar der Sepp hätte sein Leben für sie gegeben. Man hat sie einfach gernhaben müssen. Sie war so liebenswert, so unbekümmert und klar. Sie war die Idealistin von uns, die an eine bessere Welt für uns alle geglaubt hat. Aber eines sag ich dir, *Gitsche*", nun wurde die Stimme des Pfarrers eindringlicher, „deine Oma war beeindruckend als junges Mädchen, aber meinen Respekt auf Lebzeiten hat sie mir abgerungen, damals als ihr Mann verunglückt ist. Sie war keine dreißig, hatte einen sechsjährigen Buben, den Buckel voller Schulden, das Haus war noch im Rohbau. Verwandte, die helfen konnten oder wollten, gab es auch nicht. Sie ist oft am Abend bei mir gesessen und hat bitterlich geweint. ‚Georg, wie soll es nur weitergehen?', hat sie mich oft gefragt. Aber dann, wenn ich sie am nächsten Tag im Dorf getroffen habe, mit dem kleinen Andreas an der Hand, dann hat sie mit ihm gelacht und gescherzt, damit der arme Bub ein paar schöne Stunden hatte. Diese Stärke, dieses Sichzusammenreißen, wenn es drauf ankam, hat deine Oma ausgemacht. Sie hat kein leichtes Leben gehabt. Als dann auch noch ihr Sohn und die Schwiegertochter unter die Lawine gekommen sind und du noch so ein kleiner Wurm warst, war es ganz furchtbar für sie. Es gibt sicher nichts Schlimmeres für eine Mutter, als ihr einziges Kind zu verlieren. Sogar mir als Pfarrer und gläubigem Menschen ist es schwergefallen, Worte des Trostes zu finden. Da kommt ein Mensch schon ins Hadern. Aber auch da hat sie sich nicht in ihren Schmerz fallen lassen, sondern die Ärmel hochgekrempelt und ihre Enkelin zu einem guten Menschen großgezogen."

Er sah Amalia bekümmert an.

„Dieser ganze Kummer ist nicht spurlos an Zille vorübergegangen. Sie ist ernster geworden, hat die Leichtigkeit ihrer Jugend verloren, hat einige schwere Entscheidungen treffen müssen und oft ihr eigenes Wohl dem ihrer Lieben untergeordnet. Das verändert einen Menschen. Aber die Oma, die du kanntest, die dich großgezogen hat, das ist die Frau, die das Leben aus ihr gemacht hat. Amalia, ich glaube, jeder Mensch ist die Summe seiner Erfahrungen. Gut und schlecht. Von daher hast du meiner Meinung nach die ganze Zille gekannt."

Amalia musste mit den Tränen kämpfen. Die Worte des Pfarrers hatten sie tief berührt. Er hatte recht, es gab keinen Grund, an Zille zu zweifeln. Sie hatte ihr ihr ganzes Leben lang gezeigt, wer sie war. Wenn sie einige Geheimnisse gehabt hatte, dann war das ihre Sache und änderte nichts an der Liebe, die Amalia ihre ganze Kindheit über erfahren hatte. Amalia lächelte unter Tränen.

„Danke", sagte sie leise.

„Oje", sagte der Pfarrer, sichtlich um einen unverfänglicheren Gesprächston bemüht, „du kommst, um mir Fragen zu stellen, und ich halte Monologe. Alte Berufskrankheit." Er lächelte selbstironisch.

Amalia fing sich wieder und schenkte ihm ein noch etwas wackliges Lächeln.

„Also, was wolltest du mich fragen?"

„Pfarrer, du wirkst, als wäre das alles spurlos an dir vorübergegangen. Hat dir die Zeit im Gefängnis gar nichts ausgemacht?", fragte Amalia unverblümt.

„Natürlich war es schlimm. Keine Sonne, Enge, Langeweile und vergeudete Lebenszeit. Und die Warterei ... die Ungewissheit, was mit uns wird. Es hat Gerüchte gegeben, dass sie uns wegen Hochverrats anklagen würden, und darauf hätte lebenslänglich gestanden. Das hat uns allen Mut geraubt. Stell dir vor: Erwischt haben sie uns im Juni 1961 und der Prozess hat erst im Dezember 1963 begonnen. Zweieinhalb Jahre nach unserer Verhaftung. Manchmal habe ich schon geglaubt, die Welt hat uns vergessen und lässt uns im Gefängnis verrotten. Zu Prozessbeginn haben sie uns mit Handschellen und mit Ketten aneinandergefesselt ins Gericht in Mailand gebracht. Das war schon erbärmlich. So hat mich meine Mutter sehen müssen. Die arme Frau hat nach meiner Festnahme lange Zeit nicht gewusst, wo ich bin. Als wir noch in den verschiedenen *Carabinieri*-Kasernen eingesperrt waren, hat man die Angehörigen oft nicht informiert. Sieben Monate hat dann der Prozess gedauert, aber wir hatten Glück im Unglück. Der Richter hat uns ‚nur' zur Hälfte der von der Staatsanwaltschaft geforderten Strafe verurteilt. Die Anklagepunkte ‚Anschlag auf die Einheit des Staates' und ‚Anschlag auf die Verfassung', worauf lebenslänglich gestanden hätte, sind fallen gelassen worden. Stattdessen wurden wir wegen unerlaubten Besitzes von Sprengstoff und wegen der Sachschäden verurteilt. Ich denke mir, die öffentliche Stimmung hat sich in dieser Zeit gedreht und wir hatten Gott sei Dank viele Fürsprecher, auch aus dem Ausland. Am Anfang sind wir noch richtig schikaniert worden. Dieses Ausgeliefertsein ist etwas Furchtbares. Außerdem bin ich kein mutiger Mensch. Ich habe Angst vor körperlichen Schmerzen. Mich haben sie nicht gefoltert, aber ich hatte ständig Panik davor, mit einem anderen Insassen aneinanderzugeraten und Prügel zu beziehen. Zum Glück haben sie mich ziemlich in Ruhe gelassen. Wahrscheinlich wirke ich nicht besonders provozierend." Er lächelte schief.

„Es wurde erst besser, als ich nach einem Jahr in das Gefängnis von Bozen gekommen bin. Dort haben wir dann mitgekriegt, wie sich die Menschen draußen für uns eingesetzt haben. Einige Bauern aus Sigmundskron haben für uns Lebensmittel organisiert. Die Menschen waren unglaublich großzügig mit Spenden für uns Häftlinge. Das war für uns ein dringend notwendiger Lichtblick, weil wir dadurch wussten, dass wir nicht vergessen waren."

Ein gedankenverlorenes Lächeln spielte um die Mundwinkel des alten Pfarrers.

„Ein Landwirt hat sogar jede Woche sechzig Liter Wein für uns gebracht und oft noch Würste und Kraut. Alles unter den Augen der Wärter. Wenn ich ehrlich bin, solange ich etwas Ordentliches zum Essen und zum Trinken bekomme, könnte ich es überall aushalten." Wieder dieses selbstironische Lächeln.

„Nach dem Prozess sind wir nach Trient gekommen. Dort ist es uns auch nicht schlecht gegangen. Aber dir ist natürlich jeden Tag bewusst, wie die Zeit verrinnt und du sie hinter Gefängnismauern vergeudest, während draußen das Leben weitergeht – ohne dich. Der Gefängnisdirektor von Trient mochte uns Südtiroler. Es gab sogar eine ‚Südtiroler-Stube', wir konnten ein Handwerk lernen, hatten Zugang zum Gewächshaus und ein paar von unseren Tüftlern haben unter den Augen des Direktors eine Schnapsbrennerei eingerichtet. Trotzdem gab es auch viel Verzweiflung hinter den Mauern. Viele von uns hatten Kinder, die ohne Väter groß wurden. Frauen mussten Höfe alleine führen. Väter und Mütter starben, ohne dass man Abschied nehmen konnte. Es hat oft wehgetan." Der Pfarrer legte seine Hand auf sein Herz.

Amalia hörte atemlos zu.

„Andererseits wäre ich ohne den Gefängnisaufenthalt niemals Priester geworden. Ich habe meinen Frieden gefunden und erkannt, dass ich mein Glück in der geistlichen Welt finde. Ich habe alles gelesen, was ich in die Finger bekam, und mich mit dem Gefängnisseelsorger angefreundet. Er hat mich mit Schulbüchern von Oberschulen versorgt. Ich habe ja schon mit vierzehn die Schule verlassen müssen. Jeden Morgen, bevor die anderen aufgestanden sind und als noch alles ruhig war, habe ich zwei Stunden gelernt und oft abends noch einmal zwei Stunden. Bis ich rauskam, war der Weg für mich klar. Sonst wäre ich wahrscheinlich immer noch ein *Hydrauliker*. Damals hat man nicht lange hinterfragt, ob einem die Arbeit die große Erfüllung bringt. Man ist in der Früh aufgestanden, zur Arbeit gegangen und fertig. Ohne diese Zeit, in der einem fast nichts anderes übrig blieb, als über sich und sein Leben nachzudenken, hätte ich sicher nie den Mut gehabt, noch einmal ganz von vorne anzufangen. Aber so habe ich, wie ich wieder draußen war, die Matura gemacht und dann das Priesterseminar besucht. Ich bin glücklich geworden und hadere schon lange nicht mehr mit meinem Schicksal."

Amalia glaubte ihm. Er war sicher mit Leib und Seele Pfarrer und hatte seine Bestimmung gefunden. Diese innere Ruhe und Gelassenheit, die er ausstrahlte, konnte man nicht vortäuschen. Trotzdem ... „Aber Pfarrer, hasst du denjenigen nicht, der euch damals verraten hat?", hakte sie nach.

Der Pfarrer runzelte die Stirn. „Wie meinst du das?", fragte er vorsichtig.

„Die Hilda hat mir erzählt, dass es in eurer Gruppe einen Verräter gegeben hat, der euch bei den *Carabinieri* verpfiffen hat."

Die Augen des Pfarrers verengten sich. „Das hat die Hilda gesagt?", fragte er fast ungläubig.

„Ja und dass ihr alle die Oma für die Verräterin gehalten habt", antwortete Amalia herausfordernd.

„Also, ich habe deine Oma nie für eine Verräterin gehalten", sagte Pfarrer Auer entschieden. „Nicht eine Sekunde lang! Wie kommt denn die Hilda darauf, dir so etwas zu erzählen?", fragte er, und Amalia konnte in seinen Augen eine Mischung aus Zorn und Unsicherheit erkennen.

„Ja, sie hat gesagt, dass die Oma verdächtig sei, weil der Mann, den sie geliebt hat, als Einziger der Verhaftung entkommen ist."

„Der Mann, den sie geliebt hat ...", wiederholte der Pfarrer gedankenverloren, dann schwieg er. „Du meinst deinen Opa, nicht wahr?", hakte er dann noch einmal nach.

Amalia wunderte sich, dass der sonst so redegewandte Pfarrer plötzlich so vage wurde. Konnte er sich nicht mehr genau erinnern? Hatte er diese Zeit verdrängt oder war es das Alter?

„Amalia", begann er schließlich und sah sie ernst an. „Ich weiß nicht, warum Hilda dir das erzählt hat, aber es ist schlicht und ergreifend nicht wahr. Ich finde, es ist jetzt, wo sich deine Oma nicht mehr selbst verteidigen kann, wichtig, dass keine Unwahrheiten über sie verbreitet werden. Dass dein Opa bei der Sprengung nicht verhaftet wurde, ist kein Argument für die Schuld deiner Oma. Dein Opa, der Meinrad, war nicht der Mann, den deine Oma damals geliebt hat. Geliebt hat sie nämlich den Ludwig Raffeiner, den *Riegla Soggila,* und der Mann von der Hilda wurde sehr wohl verhaftet."

Amalia blieb wie erstarrt sitzen, die Farbe wich aus ihren Wangen, und ihre Hände begannen zu zittern. „Wie bitte?", fragte sie krächzend.

„Deine Oma war zur Zeit der Sprengungen mit dem Ludwig zusammen", wiederholte der Pfarrer geduldig. „Das haben wir alle gewusst. Die Blicke, die sie sich zugeworfen haben, waren nicht zu übersehen, und oft sind sie zu zweit für Stunden verschwunden. Man konnte einfach spüren, dass es zwischen ihnen geknistert hat, und wenn sogar ich das mitbekommen habe, dann gibt es daran keinen Zweifel", sagte er mit leichtem Sarkasmus.

„Ja, aber dann hat Hilda mich angelogen!" Amalia hatte das Gefühl, dass ihre Welt schief in den Angeln hing. Oma und Ludwig Raffeiner, ihr Opa anscheinend nicht die erste Liebe ihrer Großmutter und eine Hilda, die log ... Alles, was die Grundfesten ihres Lebens bisher ausgemacht hatte, schien plötzlich bröckelig und porös.

„Danke, Pfarrer, dass du mir das alles erzählt hast. Darf ich wiederkommen?", fragte Amalia und verließ, ohne eine Antwort des Pfarrers abzuwarten, fluchtartig das *Widen.*

Sie musste weg hier. Sie hatte das Gefühl, keine Luft mehr zu bekommen. Wie von selbst trugen sie ihre Füße über den Kirchplatz zum Friedhof und blieben erst vor dem frischen Grab ihrer Oma stehen. Die Sonne ließ das Gold auf den umliegenden Kreuzen funkeln. Das Tal Richtung Vintl lag saftig und grün vor ihr. Aber Ruhe konnte sie in dem friedlichen Anblick nicht finden. Die Kränze auf Omas Grab waren nicht mehr ganz frisch, und als Amalia ein besonders welkes Gesteck zur Seite legte, um es später zur Tonne zu bringen, entdeckte sie dahinter einen farbenfrohen, großen

Wiesenblumenstrauß. Er konnte nicht lange dort liegen, weil die Blumen noch nicht welk waren.

Amalia senkte den Kopf und gedachte der Frau, die hier begraben lag. Lange verharrte sie so. Erinnerungen überfluteten sie und die Traurigkeit drückte schwer auf ihr Gemüt. Was für eine Frau. Die Worte des Pfarrers hallten in ihr wieder. Wie viel Stärke musste Zille gehabt haben, um erst ihren Sohn Andreas allein großzuziehen und danach auch noch ihre Enkelin. Nie hatte sie gejammert und geklagt. Amalia gestand sich ein, dass sie sich nie viele Gedanken gemacht hatte, wie viel Kraft es Zille gekostet hatte, immer alle Verantwortung allein auf sich nehmen zu müssen. Es schmerzte Amalia, dass sie ihrer Oma nicht noch einmal Danke sagen konnte.

Amalia wusste nicht, wie viel Zeit vergangen war, als sie die Kirchenglocken aus ihren Gedanken rissen. Schon vier. Ihr Blick fiel wieder auf den fröhlichen Strauß aus Wiesenblumen. Wer mochte die wohl gepflückt haben? Hilda? Sie bekreuzigte sich und merkte, dass ihre Wangen feucht waren. Sie sagte eine leises „Pfiati" zur Oma und verließ den Friedhof. Müde, ausgelaugt und gleichzeitig aufgewühlt sehnte sich alles in ihr nach der Ruhe ihrer vier Wände und einer beruhigenden Tasse Kräutertee. Aber davor musste sie noch etwas erledigen. Sie musste unbedingt Hilda zur Rede stellen, denn dass diese sie angelogen hatte, lastete schwer auf Amalia.

16.

Je näher sie Hildas Haus kam, desto langsamer wurden Amalias Schritte. Wie sollte sie der Frau gegenübertreten, die ein so wichtiger Teil ihrer Kindheit und Jugend gewesen war, die sich ihr gegenüber aber gestern so unaufrichtig verhalten hatte. Bei dem Gedanken, Hilda mit der Erbitterung, die in ihr brodelte, zur Rede zu stellen, wurde ihr elend zumute. Diese Frau hatte ihr so viel Gutes getan, andererseits hatte sie Zille einen plausiblen Grund untergeschoben, ihre Kameraden zu verraten, und in Kauf genommen, dass Amalia Zweifel am Charakter ihrer Oma bekam. Und das eine Woche, nachdem Zille ermordet worden war. Wo diese sich nicht mehr verteidigen konnte und Amalia eh schon psychisch angeschlagen war. Das war schon bitterböse. Erneut flammte Zorn in Amalia auf, und sie ging schneller. Die letzten Meter rannte sie fast, ohne den Blumen in Hildas Garten auch nur einen Blick zu gönnen. Mit geröteten Wangen und wirren Haaren läutete sie Sturm.

Hilda lächelte freundlich, als sie die Tür öffnete und Amalia erkannte, aber ihr Gesichtsausdruck änderte sich schlagartig, als sie deren grimmige Miene erblickte. Hilda wurde blass und ihre Mundwinkel sanken nach unten.

„Willst reinkommen?“, fragte sie mit belegter Stimme.

Aber da war Amalia schon an ihr vorbei und ging zielstrebig in die Küche. Sobald Hilda sie eingeholt hatte, legte Amalia auch schon los.

„Wie konntest du nur? Wie konntest du mich so belügen? Du! Wo du immer Omas beste Freundin warst?“

Amalias Stimme überschlug sich vor Empörung. „Wie konntest du sagen, sie hätte als Einzige in der Gruppe ein Motiv, die Denunziantin zu sein, weil sie den Mann gerettet habe, den sie liebte? Aber sie hat Ludwig geliebt ... deinen Mann!"

Hildas rundliches Gesicht wurde noch eine Spur blasser. „Wer hat dir das gesagt?", fragte sie kaum hörbar.

„Der Pfarrer!", schleuderte ihr Amalia entgegen.

Man konnte direkt sehen, wie sich Hilda in die Enge getrieben fühlte. Ihr Blick sprang hektisch in der Küche hin und her, als könnte sie hier eine Erklärung finden, die Amalia besänftigen würde. Dann schien sie alle Kraft zu verlassen und sie sank auf einem Küchenstuhl nieder. Der Rücken rund, den Kopf in die Hände gestützt, wirkte sie plötzlich alt und trotz ihrer Leibesfülle zerbrechlich.

Amalia fühlte Mitleid in sich aufsteigen, als sie am Beben des Rückens erkannte, dass die alte Frau weinte. Sie setzte sich auf die Bank, bis diese sich gesammelt hatte, und fragte dann in ruhigerem Ton: „Wieso hast du mich angelogen, Hilda?"

Hilda schaute auf und sah sie mit tränennassen Wangen traurig an. „Ach, *Gitsche,* ich wollt doch nur, dass du aufhörst, in der Vergangenheit zu wühlen. Dabei konnte nichts Gutes herauskommen."

„Deswegen lügst du mich an?", fragte Amalia ungläubig. „Du malst ein Bild von einer Zille, die mit *Finanzern* flirtet und ihre Freunde verrät und nur ihren späteren Mann, meinen Opa, verschont? Warum? Das macht doch alles keinen Sinn", bohrte Amalia nach.

Hilda sah sie direkt an und ihre braunen Augen wirkten ungewohnt hart. „Ich wollte deine Oma schützen. Sie hat in ihrem Leben auf viel verzichtet, um ihre Geheimnisse zu wahren, und ich wollte nicht, dass nach ihrem Tod alles rauskommt.“

„Ja, was denn? Dass sie vor Opa mit einem anderen Mann zusammen war? Rede endlich! Schlimmer kannst du es auch nicht mehr machen“, drängte Amalia ungeduldig.

„Es stimmt, was der Pfarrer gesagt hat“, begann Hilda zögernd. „Der Ludwig und die Zille waren ein Paar“, brachte Hilda schließlich hervor und verstummte wieder. Man konnte ihre Unwilligkeit, weiterzusprechen, fast mit Händen greifen.

Aber Amalia wartete hartnäckig mit verschlossener Miene, bis die Freundin ihrer Oma endlich in kurzen, abgehackten Sätzen fortfuhr.

„Als der Ludwig verhaftet worden ist, hat die Zille gemerkt, dass sie schwanger ist. Damals waren die Zeiten noch anders. Es war noch eine Schande für ein Mädchen, unverheiratet ein Kind zu kriegen. Deine Großmutter war verzweifelt. Ihre eigene Mutter war krank und auf Zilles Einkommen angewiesen. Die Vorstellung, ein lediges Kind zu bekommen, dessen Vater im Gefängnis war, hat Zille das Herz gebrochen. Sie wusste weder ein noch aus. Um ihrer Mutter keinen Kummer zu machen, hat sie schon überlegt, das Dorf zu verlassen. Aber die Vorstellung, alleine mit einem vaterlosen Kind in der Fremde zu leben, erschien ihr unerträglich. Sie sah nur noch einen Ausweg, nämlich sich das Leben zu nehmen. Gott sei Dank habe ich noch rechtzeitig ihren Abschiedsbrief gefunden und verhindert, dass sie sich in die Schlucht stürzt. Es war furchtbar, sie so zu sehen.“

Amalia lauschte fassungslos. Hilda wischte ein paar Tränen weg, die erneut zu fließen begonnen hatten. Ihr sonst so akkurater Bob war zerzaust.

„Ich habe gewusst, dass der Meinrad in sie verliebt gewesen ist. Ein Blinder hätte es gesehen. Nur die Zille nicht, weil die nur Augen für den Ludwig gehabt hat. Ich habe ihn damals eingeweiht und er hat sich sofort erboten, sie zu heiraten. Zille hat lange gezögert. Sie wollte nicht, dass Meinrad eine Frau heiratete, die einen anderen liebte, von dem sie zu allem Überfluss auch noch ein Kind erwartete. Dafür hatte sie den Meinrad zu gern."

„Mein Gott", hörten die zwei überraschten Frauen einen erstickten Ausruf. Erschrocken blickten sie zur Küchentür, wo mit versteinerter Miene der *Soggila,* Ludwig Raffeiner, stand.

Hilda sprang auf und ging auf ihren Mann zu, aber ein Blick in sein Gesicht ließ sie wie erstarrt stehen bleiben.

„Der Andreas war mein Sohn?", fragte er, und Amalia hätte ob dem drohenden Unterton nicht in Hildas Haut stecken mögen. „Und du hast es mir nicht einmal nach Meinrads Tod gesagt?"

„Ach, Ludwig. Wann wäre denn der richtige Zeitpunkt gewesen?" Tiefer Schmerz lag in Hildas Worten. „Wie du aus dem Gefängnis gekommen bist und die Zille schon seit Jahren mit Meinrad verheiratet war? Oder später, als der Meinrad verunglückt ist? Oder nach dem Tod vom Andreas?"

„Frau, was hast du getan?" Der Zimmerer brüllte nun, und seine grünen Augen waren ganz dunkel vor Zorn. „Ich hatte einen Sohn! Einen Sohn mit Zille und erfahre es jetzt, nachdem der Andreas schon über zwanzig Jahre tot ist? Wo alles zu spät ist? Wo Zille tot ist!"

Er ging auf seine Frau zu, die ängstlich zurückwich. Aber er ging an ihr vorbei und ließ sich nun schwer auf den gleichen Stuhl fallen, auf dem zuvor Hilda gesessen war. Sein Blick war auf Amalia gerichtet, die sich unter der durchdringenden

Musterung unwohl fühlte und unruhig auf der Bank hin und her rutschte.

„Du bist meine Enkelin?“, fragte er rau. „Meine und Zilles Enkelin“, sagte er weicher und schüttelte ungläubig den Kopf.

Amalia wusste nicht, wie sie reagieren sollte. Auch sie hatte Hildas Offenbarung wie aus heiterem Himmel getroffen. Meinrad war also nicht ihr Opa gewesen, sondern der Mann, der Zille vor der „Schande“ eines unehelichen Kindes bewahrt hatte. Sie nickte zaghaft. Ludwig sah sie weiter an, und Amalia hatte das Gefühl, als könnten seine Augen bis in ihr Innerstes schauen.

„Wenn ich das gewusst hätte ...“, sagte er dann leise.

„Was dann?“, fragte Hilda scharf. „Hättest du mich dann verlassen? War ich all die Jahre nur die Notlösung, weil du Zille nicht gekriegt hast?“ Bitterkeit schwang in Hildas Ton mit.

Amalia wäre am liebsten im Erdboden versunken. Bei solch einem privaten Gespräch dabei zu sein, war ihr hochnotpeinlich. Dass es noch dazu um ihre Oma und im weiteren Sinne um ihren Vater Andreas ging, machte die Sache noch schlimmer.

Nun schien der Zimmerer um eine Antwort verlegen.

Das brachte Hilda nur noch mehr auf. „Ich weiß, dass du die Zille geliebt hast und es dir das Herz gebrochen hat, dass sie den Meinrad geheiratet hat. Aber wer war da, als du aus dem Gefängnis entlassen worden bist? Verbittert und ohne eine Lira? Ich war da! Ich habe dich getröstet, dich versorgt und ein gutes Wort beim Bürgermeister eingelegt, damit du deinen ersten Auftrag bekommen hast. Ich habe Tag und Nacht gebuckelt, um dir beizustehen. All mein Erspartes habe ich in deinen Betrieb gesteckt. Nächtelang bin ich mit dir wach gelegen, wenn wir nicht schlafen konnten, weil du dich so hoch verschuldet hast, um eine Maschine zu kaufen." Ein trockener Schluchzer entkam Hilda. „Dabei habe ich die ganze Zeit gewusst, dass du eigentlich die Zille willst."

Nun schaute Ludwig schuldbewusst auf die Tischplatte.

„Obwohl du sie für die Verräterin hieltest, die dich ins Gefängnis gebracht hat, hast du sie gewollt."

Aus den letzten Worten konnte Amalia eine tiefe Verbitterung hören, die jahrelang an Hilda gefressen haben musste.

„Sie hat mir nie mehr in die Augen schauen können, die Zille", sagte Ludwig Raffeiner leise. „Ich hab immer gedacht, dass es ist, weil sie uns verraten hat und weil sie so schnell einen anderen gehabt hat. Stattdessen war es, weil sie mir meinen Sohn vorenthalten hat."

Hilda griff nach der Hand ihres Mannes. Aber der wich mit einem verstörten Gesichtsausdruck zurück. Wieder schüttelte er wie betäubt den Kopf.

„Zille und ich wollten nur ...", fing sie an, brach ab und lauschte.

Auch Amalia hörte, wie sich ein Schlüssel im Haustürschloss drehte und sich die Tür öffnete. „Hallo, jemand daheim?", hörten sie Hannes rufen.

„In der Küche", krächzte Hilda.

Hannes betrat schwungvoll die Küche. „Hallo, Amalia", sagte er freundlich. „Und du bist auch schon da", wandte er sich an seinen Vater. „Ich dachte, alle sind ausgeflogen, weil es so ruhig war."

Stille breitete sich unangenehm in der Küche aus. Hannes schien mit einem Blick, zuerst auf seine verheulte Mutter und dann auf seinen bestürzten Vater, zu merken, dass etwas ganz und gar nicht in Ordnung war. Unsicher blickte er von einem zum anderen.

„Ist was passiert? Ihr schaut ja alle drein, als hättet ihr ein Gespenst gesehen“, versuchte er sich in Humor, was aber kläglich misslang.

Amalia stand eilig auf. „Ich wollte gerade gehen.“ Sie legte Hannes für einen kurzen Moment die Hand auf die Schulter und verließ hastig das Haus. Dieses Gespräch musste die Familie Raffeiner ohne Zeugen führen.

Vor Zilles Haus blieb sie wie ausgelaugt stehen. Sie fühlte sich, als wäre sie einen Marathon gelaufen. Völlig kraftlos und innerlich leer. Der *Riegla Soggila* war ihr Großvater. Alles, was sie bisher geglaubt hatte, war eine Lüge. Oma und Hilda hatten all die Jahre dieses Geheimnis bewahrt. Sie wollte gar nicht wissen, was gerade in Hildas Küche los war. Wie wohl Hannes auf die Enthüllungen reagieren würde? Amalia horchte in sich hinein. Das Bild ihrer Vergangenheit war zerbrochen wie feines Glas. Meinrad war nicht ihr Opa gewesen. Die ganzen Geschichten, die sie über ihn gehört hatte, hatten eigentlich mit ihrer Person gar nichts zu tun. Da sie Meinrad nie kennengelernt hatte, war es für sie gefühlsmäßig nicht so schlimm, dass er nicht ihr leiblicher Opa war, vielmehr schmerzte es hingegen, dass die beiden wichtigsten Frauen in ihrem Leben sie konsequent und jahrelang angelogen hatten. Andererseits fand sie ein wenig Trost in der Tatsache, dass sie doch noch lebende Verwandte hatte. Zwar hatte Ludwig in ihrem Leben nie eine Rolle gespielt, aber Hannes, der ihr von klein auf viel bedeutet hatte, war mit ihr blutsverwandt. Sie war wenigstens nicht völlig allein auf der Welt. Eigentlich eine schöne Vorstellung, mit Hannes verwandt zu sein. Über die Bedeutung der Verwandtschaft zum *Riegla Soggila* war sie weniger sicher. Dass sie mit dem bärbeißigen Zimmerer viel anfangen konnte, konnte sie sich kaum vorstellen. Andererseits, jetzt, wo sie seine Geschichte kannte, verstand sie besser, warum er sich ihr und ihrer Oma gegenüber immer so schroff verhalten hatte.

Ihre Gedanken flogen wieder zu den aktuellen Geschehnissen. Wenn sie davon ausging, dass das Mordmotiv in der alten Geschichte lag, wer kam infrage? Am meisten Sinn machte derjenige, der die Gruppe verraten hatte. Ihre Oma fiel weg, da der Mann, den sie geliebt hatte, verhaftet worden war. Der Pfarrer, der Sepp und der Ludwig waren ins Gefängnis gekommen, also kamen sie nicht infrage, blieb nur noch Hilda und ihr Opa. Nein, verbesserte sich Amalia innerlich. Nicht mein Opa, sondern Omas Mann. Meinrad hatte sicher ein Motiv gehabt, die Burschen der Gruppe zu denunzieren: Er war im Begriff gestanden, Zille an Ludwig zu verlieren. So, wie der Pfarrer geredet hatte, war es allen in der Gruppe klar gewesen, dass Zille und Ludwig ein Paar gewesen waren. Was allerdings für Meinrad sprach, war, dass er seit siebenundvierzig Jahren tot ist, dachte Amalia zynisch. Er hatte also sicher nicht auf die Oma geschossen und versucht, Amalia mit dem Auto zu überfahren.

Blieb also nur noch Hilda. Schon der Gedanke tat weh. Hatte Hilda die Gruppe damals an die Polizei ausgeliefert und jetzt befürchtet überführt zu werden? War ihr ihr Ansehen im Dorf so wichtig, dass sie bereit war, Zille und Amalia dafür zu töten? War das zeitlich und praktisch überhaupt möglich? Amalia dachte daran, dass Felix ihr erzählt hatte, dass Hilda alleine zurückgegangen war, um etwas zu holen. Sie hätte also die Möglichkeit gehabt, sich zu verstecken und auf die Oma zu warten. Dass sie schießen konnte, hatte sie Amalia selbst erzählt. Und die Sache mit dem Auto? Hilda ging im Dorf oft zu Fuß. Aber sie hatte einen Führerschein und besaß einen roten Golf. Das große dunkle Auto, das in jener Nacht auf Amalia zugerast war, hätte aber ohne Weiteres der Porsche Cayenne von Hildas Mann sein können. Alles in Amalia sträubte sich zu glauben, dass Hilda Zille umgebracht hatte und nun sie aus dem Weg haben wollte. Andererseits war heute nur allzu deutlich klar geworden, dass Hilda in der Lage war, Geheimnisse zu bewahren und auch ihre engsten Familienangehörigen nur sehen zu lassen, was sie wollte.

17.

August 1961

Zille hatte alles vorbereitet. Sie stand in ihrer kleinen *Kammer* und blickte umher. Das Bett war frisch mit weißer Bettwäsche bezogen, alles war ordentlich geputzt, und ihr Sonntagsdirndl hing gewaschen und gebügelt in ihrem Kleiderschrank. Ihr Tagebuch mit ihren persönlichen Gedanken, das sie seit ein paar Jahren regelmäßig schrieb, hatte sie gestern verbrannt. Keiner sollte nach ihrem Tod darin lesen. Der Brief für ihre Freundin Hilda lag auf ihrem kleinen wackeligen Holztisch neben dem an ihre Mutter. Den beiden hatte sie alles erklärt und sich dafür entschuldigt, dass sie ihnen so viel Kummer bereiten musste. Sie blickte sich ein letztes Mal in ihrem Zimmer um und holte noch schnell den selbst gestrickten Wollpullover aus dem Schrank. Sie trug heute die Kleidung, die sie sonst für ihre Schmugglertouren getragen hatte, kam es ihr traurig in den Sinn. Wenn sie daran dachte, wie sie sich damals mit Freude und Aufregung zurechtgemacht hatte – voller Vorfreude, bald Ludwig zu sehen. War das wirklich erst wenige Wochen her? Immer wieder hatte sie sich in den letzten Tagen das Hirn zermartert, ob es eine andere Lösung gab. Nächtelang hatte sie wach im Bett gelegen. Zuerst hatte sie sich überlegt, ob sie Hilda ins Vertrauen ziehen sollte, sich dann aber dagegen entschieden. Sie wollte ihre beste Freundin nicht mit hineinziehen in diesen unheilvollen Strudel, der ihr Leben seit Kurzem bestimmte.

Zille zog ihre Bergstiefel an und schloss leise die Tür. Sie hatte erledigt, was es noch zu tun gab. So konnte sie alles verlassen.

Mit zügigem Schritt ließ sie Pfunders bald hinter sich, ohne einen Blick für die vertraute Landschaft um sie herum. Rasch stieg sie den Weg hinauf in den *Stoanla Berg*. Obwohl es noch früher Morgen war, wurde es bereits warm, und sie zog ihren Pullover aus. Sie wollte die Stelle erreichen, an der sie sich in den Abgrund stürzen konnte, um es endlich hinter sich zu bringen. In den letzten Tagen hatte sie sich überlegt, wo im Berg sie am sichersten den Tod finden könnte. Keinesfalls wollte sie springen und dann schwer verletzt überleben. Mit Entschiedenheit ging sie die letzten Schritte auf den *Plotta Fodn*. Vor ihr ging es kerzengerade in den Abgrund hinunter. An der Kante zum Abhang blickte sie hinunter in die tiefe graue Felsschlucht. Unten konnte sie den Boden nur erahnen. Ein kühler Lufthauch kam aus der Tiefe und ließ sie am ganzen Körper frösteln. Jetzt war es so weit. Zille musste sich nur noch fallen lassen, und ihr Leib würde entlang der schroffen Steilwand hinunterstürzen und unten aufschlagen. Dann waren all ihre Probleme gelöst. Entschlossen ging sie noch einen Schritt weiter auf die Kante zu.

Später am Nachmittag war sie mit Hilda verabredet. Wenn sie nicht am Treffpunkt erschien, würde ihre Freundin sicherlich bei ihr zu Hause in ihrem Zimmer vorbeischauen und den Brief finden, in dem sie alles erklärt hatte, auch wo sie ihre Leiche finden konnten. Das bisschen Geld, das sie gespart hatte, sollte Hilda für die Beerdigung und das *Malile* verwenden. Sie hatte Hilda auch gebeten, sich um ihre Mutter zu kümmern, die immer wieder kränkelte.

Heute beim Frühstück hatte sie ihre Mutter noch einmal ganz genau angeschaut und sich jede Einzelheit ihres lieben, müden Gesichtes eingeprägt, in der Gewissheit, dass sie es das letzte Mal gesehen hatte. Ihre *Mamme* alleine zu lassen und ihr mit ihrem Selbstmord so wehtun zu müssen, lastete am schwersten auf ihrer Seele. Schnell schob sie den Gedanken zur Seite.

Zille starrte in den steilen Abgrund hinunter. Die Tiefe zog sie magisch an. Doch dann zwang sie sich, ihren Blick in die Ferne zu richten. Die Pfundrer Kirche konnte sie von hier aus sehen. Sie hatte immer gedacht, dass sie dort Ludwig einmal heiraten würde. Aber stattdessen war sie von ihm schwanger, und er saß im Gefängnis – wahrscheinlich lebenslänglich.

Als die Männer in jener verhängnisvollen Juninacht vor zwei Monaten aufgebrochen waren, um den zweiten Sprengstoffanschlag durchzuführen, hatten Hilda und Zille in „ihrer" Höhle gewartet. Aufgeregt hatten sie begonnen, Wein und eine *Marende* herzurichten, um diesen Erfolg genauso ausgelassen zu feiern wie den ersten. Zille bekam immer noch Gänsehaut, wenn sie an diese magische Nacht nach der ersten gelungenen Sprengung zurückdachte. Nicht nur, weil die Stimmung in der Gruppe so ausgelassen gewesen war, als würde ihnen die ganze Welt gehören, sondern auch, weil sie in dieser Nacht erstmals mit Ludwig geschlafen hatte. Sie bereute nichts, auch jetzt noch hielt sie es für richtig. So hatten sie wenigstens diese eine Nacht zusammen gehabt, in der die Welt voller Versprechungen und die Zukunft voller Möglichkeiten schien.

Als Hilda und sie alles fertig gehabt hatten, hatten sie ungeduldig und zunehmend ängstlich gewartet. Immer wieder hatte Zille auf die Uhr geschaut. Die Stunden vergingen, doch keiner von den Burschen war zurückgekehrt. Zuerst dachten sie, dass sich die Männer nach der Sprengung irgendwo verstecken mussten und nicht gleich zurückkehren konnten. Nervös waren sie immer wieder hinausgegangen und hatten in die finstere Nacht hinausgelauscht, aber es waren keine Schritte, kein Lachen zu hören, nur die Geräusche der Natur. Irgendwann war ihnen klar geworden, dass etwas schiefgegangen war. Im Morgengrauen waren die Mädchen völlig aufgelöst nach Hause zurückgekehrt.

Am nächsten Tag gab es die ersten Gerüchte: Sie hatten gehört, dass viele Südtiroler bei verschiedenen Aktionen verhaftet worden waren. Zuerst hatte Zille gedacht, dass die Italiener Ludwig nicht ewig festhalten konnten. Mit jedem Tag, der verging, schwand Zilles Hoffnung auf eine baldige Freilassung. Hinzu kam die tägliche Angst, dass irgendeiner aus ihrer Gruppe Hilda und sie unter dem Druck des Verhörs an die *Carabinieri* verraten würde. Schließlich hatten sie einige Monate zuvor die Zündschnüre und Zünder aus Österreich herübergeschmuggelt.

Die Sorge um Ludwig hatte sie schier in den Wahnsinn getrieben. Immer wieder hörte man, dass die *Carabinieri* nicht zimperlich mit den Gefangenen umgingen. Zille hatte keinen Appetit mehr gehabt, einige Pfund abgenommen und sich manches Mal übergeben müssen. Zuerst hatte sie es auf den Kummer und die ständige Anspannung und Angst, unter der sie litt, geschoben.

Doch dann hatte ihre Mutter sie am letzten Sonntag nach dem Kirchgang besorgt gefragt, ob sie krank sei, weil sie so blass wie eine Leiche war. „*Gitsche,* du schaust ja aus, als hättest du die Schwindsucht“, hatte die *Mamme* besorgt gesagt.

Die Worte ihrer Mutter hatten Zille aus ihrer Lethargie gerissen und sie hatte sich vorgenommen, darauf zu achten, dass sie trotz allem genug aß und trank. Am Abend hatte sie sich eine Haferschleimsuppe gemacht, um ihren Magen zu schonen. Am nächsten Morgen aber hatte sie sich trotzdem erbrechen müssen. Da war Zille das erste Mal aufgefallen, dass ihre Periode schon längst überfällig war. Als sie nachrechnete, war sie vor Schreck erstarrt. Schon zweimal war die Blutung ausgeblieben. War das der Grund für ihre Übelkeit? Das konnte doch nicht sein! Sie hatte doch nur das eine Mal mit Ludwig geschlafen. Seit sie die Erkenntnis, dass sie schwanger war, wie ein Blitz getroffen hatte, war sie unzählige Male während grauer, hoffnungsloser Stunden ihre Möglichkeiten durchgegangen. Es gab keine Lösung.

Den Abgrund vor Augen überdachte sie noch einmal ihre ausweglose Situation. Sie wusste, dass sie das Sterben hinauszögerte, aber sie wollte sich sicher sein, das Richtige zu tun. Sie bekam ein Kind von einem Mann, der im Gefängnis saß und sie nicht heiraten konnte. Ein lediges Kind! Ihre Mutter würde vor Scham vergehen, und die anderen Dorfbewohner würden sich das Maul über sie zerreißen. Aber mit alledem hätte sie umgehen können. Doch wie sollte sie das Kind, das in ihr heranwuchs, großziehen? Ihre Mutter war immer wieder krank und konnte sich nicht um ein kleines Kind kümmern. Zille müsste aber arbeiten gehen, um das Kind zu ernähren. Selbst dann wäre sie wohl noch auf Almosen von anderen angewiesen. Wenn sie nur eine kurze Zeit hätte überbrücken müssen, so lange, bis Ludwig wieder aus dem Gefängnis kam, das hätte sie sicher geschafft. Doch die Anklage der Staatsanwaltschaft lautete „Anschlag auf die Einheit des Staates und Anschlag auf die Verfassung", was für die Männer bei Verurteilung lebenslange Haft bedeutete.

Zille war sich sicher, dass Ludwig ihr beistehen wollte und entsetzlich darunter leiden würde, zum Nichtstun verdammt zu sein. Daher hatte sie niemanden ins Vertrauen gezogen, nicht einmal Hilda. Egal wie sie es drehte und wendete, es war besser zu sterben und ihr Kind mit sich zu nehmen, als in Armut, Schande und Einsamkeit zu leben. Sie strich sich noch einmal über ihren Bauch.

Was dachte man wohl, wenn man fiel? Wollte man alles am liebsten rückgängig machen oder betete man, bis man unten aufschlug und der Tod kam? Es waren höchstens ein paar Sekunden. Zille nahm sich vor, an Ludwig zu denken. Hoffentlich war der Tod gnädig und kam schnell. Tief einatmend schloss sie die Augen. Sie wusste, sie musste es jetzt tun, sonst hätte sie nicht mehr die Kraft dazu.

„Herrgott, vergib mir", murmelte sie leise und hoffte, dass sie durch ihren Selbstmord nicht in der Hölle schmoren musste.

Zille breitete die Arme aus, als wollte sie fliegen, aber ihre Füße weigerten sich, den entscheidenden Schritt in die Leere zu tun.

Wie lange hatte sie so gestanden? Unfähig zu springen, aber nicht bereit, von dem Abgrund, der ihr das Ende ihres Leides versprach, zurückzuweichen, als sie Hilda wild schreien hörte.

„Zille, Zille, nein!"

Hilda rannte, so schnell sie konnte, auf Zille zu, aber diese reagierte zuerst nicht. Erst als Hilda ein weiteres Mal schrie, ließ sie die Arme kraftlos sinken und drehte langsam den Kopf. Ihr war, als wäre sie aus einer Art Trance herausgerissen worden. Hilda packte sie und zog sie von der Schlucht weg.

„Bitte lass mich gehen. Es gibt keinen Ausweg", schluchzte Zille.

Die Freundin aber zog sie kraftvoll und entschieden zurück und ließ sich keuchend mit ihr auf den Boden fallen. Hilda setzte sich auf, während Zille neben ihr im Gras liegen blieb und durch Lärchenwipfel in die Wolken starrte. Tränen rannen ihr in Strömen übers Gesicht und auch Hilda weinte. Sie drückte ihre Freundin fest an sich und strich ihr eine Strähne aus dem Gesicht.

„Warum hast du nichts gesagt? Ich habe deinen Brief gelesen. Du bist schwanger. Irgendetwas fällt uns ein und wenn nicht, dann kannst du immer noch springen", sagte Hilda mit schonungsloser Offenheit.

Zille beruhigte sich allmählich und begann mit ausdrucksloser Stimme zu sprechen. Sie schilderte die Situation sachlich, indem sie die Gedanken, die sie sich tausendmal in den letzten Tagen gemacht hatte, in Worte fasste. Immer wenn Zille ins Stocken geriet, streichelte Hilda ihr tröstend übers Gesicht. Als Zille geendet hatte, war es an Hilda zu schweigen, während sie überlegte, was zu tun war.

„Zille, du musst heiraten", sagte sie dann plötzlich.

Zille schaute sie entgeistert an. „Ludwig ist im Gefängnis. Lebenslang!"

„Natürlich nicht den Ludwig, einen anderen."

„Wie stellst du dir das vor? Wer aus dem Dorf würde mich denn heiraten? Ich bin schon im zweiten Monat. Das müsste schon ein Esel sein, wenn er das nicht merkt. Spätestens wenn das Kind viel zu früh kommt, würde er mich mit Schimpf und Schande davonschicken. Und dann? Nein, das funktioniert nicht", antwortete Zille kopfschüttelnd.

„Es muss einer sein, der dich liebt. Der dich schon die ganze Zeit im Verborgenen anhimmelt. Aber auch genau weiß, dass er nie eine Chance bei dir hat."

Zille überlegte. Ihr wurde klar, dass Hilda bereits an einen bestimmten Mann dachte.

„Einer, der weiß, wie du in die Situation gekommen bist. Dass du keine Schlampe bist, die mal mit dem einen und mal mit dem anderen zusammen ist. Einer, bei dem du mit offenen Karten spielen kannst. Eben einer, der zu uns gehört."

Zille starrte ihre Freundin an.

„Es sind alle verhaftet worden, bis auf den Meinrad", sagte sie dann zögernd.

„Genau! Du musst mit ihm reden, gleich heute Abend, Zille. Ich weiß, dass der Meinrad dich niemals hängen lässt. Außerdem hat er auch ein schlechtes Gewissen, dass er ausgerechnet bei dieser Aktion nicht dabei war, bei der alle verhaftet worden sind. Alle seine Freunde sind im Gefängnis. Nur er ist in Freiheit."

Zille zog die Stirn in Falten. „Dann mach ich doch sein Leben auch noch kaputt. Wenn er mich heiratet, dann wird er eine Frau an seiner Seite haben, die er nicht liebt."

Hilda schaute sie an. „Glaub mir, er wird die Frau heiraten, die er liebt. Das Problem ist eher, dass er immer wissen wird, dass du ihn nicht liebst und er für dich nur eine Notlösung war." Ihre Stimme wurde hart. „Aber Zille, wie viele Ehen werden geschlossen, weil Feld an Feld grenzt? Für Romantik ist nicht immer Platz im Leben." Hilda klang bitter.

„Ja, aber die Leute vom Dorf werden sofort wissen, dass nicht alles mit rechten Dingen zugegangen ist …“, gab Zille zu bedenken. „Du kennst doch die alten Weiber vom Dorf. Die rechnen sofort nach, dass zwischen Hochzeitsnacht und Geburt keine neun Monate liegen.“

„Ja und?“, wischte Hilda den Einwand beiseite. „Bloß wir sechs wissen, dass du mit dem Ludwig zusammen warst. Der Ludwig, der Georg und der Sepp sind im Gefängnis, die reden mit keinem. Ich und der Meinrad sowieso nicht. Die Leute werden einfach annehmen, dass du schon länger heimlich mit dem Meinrad zusammen warst. Sei doch mal ehrlich, ich trau mich fast zu wetten, dass viele Paare in Pfunders heiraten, weil sie müssen. Eine schwangere Braut ist sicher eher die Regel als die Ausnahme. Wenn es dir so wichtig ist, können wir ja danach erzählen, dass dein Kind eine Frühgeburt war. Hoffentlich bringst du kein Acht-Pfund-Baby auf die Welt.“

Hilda grinste unbekümmert. Anscheinend hatte sie alles genau durchdacht. In ihrem Inneren wusste Zille, dass Hilda auf ihre pragmatische Art recht hatte. Sie spürte plötzlich die Wärme der Sonne auf ihrer Haut, die bis jetzt trotz der sommerlichen Hitze kalt und klamm geblieben war. Sie hatte das Gefühl, dass diese Wärme sich tief in ihrem Inneren ausbreitete und die Kälte allmählich verschwand. Das erste Mal seit Tagen spürte sie Hoffnung in sich aufkeimen.

Am Abend ging sie zu Meinrad. Wie ein junges Schulmädchen stand sie stammelnd vor ihm und erklärte die Situation. Meinrad, groß und schlaksig, hörte ihr aufmerksam zu und ermutigte sie mit einem warmen Lächeln, wenn sie ins Stocken kam.

Als sie geendet hatte, schwieg er lange.

Zille ließ den Kopf hängen. Sie hätte gleich wissen müssen, dass das eine Schnapsidee war. Wie hatte sie nur so dumm sein können? Ihr stiegen die Tränen in die Augen und am liebsten wäre sie im Boden versunken. Sie musste weg von hier. Wäre sie doch nur gesprungen ...

Bevor sie die Tür erreichte, hielt Meinrad sie fest. „Einverstanden", sagte er mit fester, überzeugter Stimme. „Ich habe dich immer schon gerne mögen, Zille. Ich helfe dir, dein Kind aufzuziehen. Aber ich bin nicht reich. Wir werden zusammenhelfen müssen. Aber wenn wir gemeinsam hart arbeiten, dann können wir es schaffen." Leise fügte er hinzu: „Vielleicht kannst du mich mit der Zeit auch irgendwann lieben."

Er umarmte Zille ein wenig unbeholfen. Sie wusste nicht, was sie darauf sagen sollte. Jemand anderen als Ludwig zu lieben, schien ihr undenkbar und doch wollte sie Meinrad, der ihr sein Herz so unverstellt zu Füßen legte, nicht verletzen. Also schwieg sie, aber erwiderte seine Umarmung.

Am nächsten Tag hielt Meinrad bei ihrer Mutter um ihre Hand an und steckte ihr einen schmalen silbernen Ring, den er von seinem ersten Auftrag als Fotograf gekauft hatte, an den Finger. Zille nahm sich fest vor, Meinrad immer eine gute Ehefrau zu sein, ihn immer zu respektieren und nie zu vergessen, was er für sie und das Ungeborene getan hatte. Meinrad hatte ihr und dem Kind eine Perspektive im Leben gegeben. Vielleicht konnte sie ihn eines Tages wirklich lieben, bis dahin mussten Freundschaft und aufrichtige Zuneigung genug sein.

18.

Über die Schulter sah Amalia zurück auf Hildas Haus, das ihr früher immer Zuflucht und sicherer Hafen gewesen war. Sie wollte, nein, sie konnte einfach nicht glauben, dass Hilda eine eiskalte Mörderin war. Amalia fasste sich mit ihren Händen an die Stirn. Ihr war heiß und sie hatte das Gefühl, ihr Kopf würde unter dem Ansturm der unendlich vielen verschiedensten Gedanken zerbersten. Hilda war für sie verloren. Das war ein Verlust, der tief schmerzte. Am schlimmsten traf Amalia, dass diese Frau, für sie bisher die Güte und Aufrichtigkeit in Person, zu Lügen und Verrat fähig gewesen war. Aber auch zu Mord? Hatte Hilda nach dem Streit im *Dorftreff* Angst bekommen, dass Zille mit der Wahrheit herausrücken würde? Nun machte der Streit mit dem Stocka Sinn. Und wo sie gerade dabei war: Wie ließ diese Geschichte ihre Oma dastehen, die ja ihrem Sohn und ihrer Enkelin deren wahre Herkunft vorenthalten hatte?

Amalia stieß einen Laut aus, der fast wie ein Knurren klang. Das waren zu viele Fragen auf einmal. Über die moralischen und persönlichen Auswirkungen ihrer Entdeckungen konnte sie philosophieren, wenn der Mörder hinter Gitter war, dachte sie selbstironisch. Das Einzige, was jetzt Sinn machte, war, zur Polizei zu gehen und alles zu erzählen, was sie herausgefunden hatte. Für den Fall, dass Hilda für Omas Tod und den Mordanschlag auf sie verantwortlich war, brauchte sie Hilfe. Jemand Unparteiisches sollte anhand der Fakten prüfen, ob Hilda als Täterin infrage kam. Dieses Mal würde sie gleich Nägel mit Köpfen machen und direkt mit

Commissario Frattini sprechen. Amalia machte sich schnellen Schrittes auf den Heimweg, um ihr Auto zu holen.

In ihr tobten immer noch die verschiedensten Gefühle, als sie wieder vor Zilles Haus stand. Enttäuschung, Wut, Angst und Zweifel, ob sie nicht doch falsche Schlüsse gezogen hatte. Ohne ins Haus zu gehen, setzte sie sich in ihren Mini. Ihre Hände zitterten so, dass sie Probleme hatte, den Schlüssel ins Zündschloss zu bringen. Jetzt, wo sie eine Entscheidung getroffen hatte, konnte sie es gar nicht mehr abwarten, mit den Beamten von der Staatspolizei in Bozen zu sprechen. Sie konnte damit die Verantwortung in andere Hände legen und darauf vertrauen, dass die Polizisten mit wissenschaftlichen Hilfsmitteln und gefühlsmäßigem Abstand die Sachlage besser einschätzen konnten als sie selbst. An der Ortsgrenze von Pfunders gab sie richtig Gas. Mit einem Blick auf die Straße kramte sie in ihrer Handtasche und suchte nach der Visitenkarte von Commissario Frattini. Es war vielleicht besser, ihren Besuch anzukündigen, damit sie ihn auch antraf und die Fahrt nicht umsonst war.

Sie wollte gerade die Nummer eintippen, als eine starke Linkskurve kam. Schnell trat sie auf die Bremse ... aber nichts geschah. Das Auto fuhr mit unverminderter Geschwindigkeit in die Kurve. Mit beiden Händen griff Amalia das Lenkrad und versuchte, die Spur zu halten. Erneut drückte sie auf die Bremse. Fast ohne Widerstand ließ sich das Bremspedal durchtreten. Oh mein Gott! Die Bremse funktionierte nicht. Kalter Schweiß brach Amalia aus. Die Straße nach Vintl ging immer nur bergab. Sollte sie die Handbremse ziehen? Das traute sie sich aber auch nicht. Oh, nein! Schon die nächste Kurve ... Amalia umklammerte das Lenkrad noch fester. Sie hatte das Gefühl, dass der Mini auf nur noch zwei Rädern um die Kurve flog. Sie hatte ihn überhaupt nicht mehr unter Kontrolle.

Ihr Atem ging nur noch stoßweise. War es das gewesen? Waren das ihre letzten Augenblicke auf Erden? Sie musste runter von der Straße. Da vorne ging links die Abzweigung nach *Schaldern* weg. Da ging es bergauf und sie konnte ihr Auto abbremsen. Aber die Erleichterung währte nur kurz. Heilige Maria Muttergottes ... es kam ein weißer PKW entgegen. Sie konnte jetzt nicht die Gegenfahrbahn überqueren, ohne einen Zusammenstoß zu riskieren. Der Wagen fuhr inzwischen 100 Stundenkilometer. Für die nächste Kurve viel zu schnell ... Sie würde im Bach landen. Amalias Hände am Lenkrad schwitzten, aber sie hielt es mit aller Gewalt fest. Geschafft. Die Kurve war gemeistert, ohne dass sie mit der Leitplanke in Berührung gekommen war. Da vorne war die Abzweigung nach *Kammerschin*. Aber von ihrer Richtung aus war die Einfahrt im spitzen Winkel. *Madoia* ... schon wieder Gegenverkehr! Aber das konnte sich knapp ausgehen. Beherzt riss Amalia das Steuer nach links. Sie konnte die entsetzten Augen einer Frau in einem schwarzen Auto erkennen, als sie wenige Meter vor ihr über deren Straßenseite schoss, aber da war sie schon vorbei. Ganz hatte sie die Kurve nicht erwischt, der Mini schleuderte und touchierte links die Leitplanke der kleinen Fahrstraße nach *Kammerschin*. Hektisch lenkte sie gegen und konnte spüren, dass sie langsamer wurde. Der Wagen rumpelte jetzt aufwärts.

Als das Auto einige Sekunden später am Fahrbahnrand ausrollte und zum Stehen kam, hatte sie endlich das Gefühl, wieder Luft zu bekommen. Sie zog die Handbremse und ließ sich schweißgebadet in den Fahrersitz sinken.

Da klopfte es an ihrem Fenster. Die Frau, die sie unten auf der Hauptstraße fast gerammt hätte, beugte sich zu ihr herunter. Amalia drückte auf den Knopf, um die Scheibe zu öffnen.

„Um Himmels willen, was ist denn mit Ihnen passiert?", fragte die blonde Frau, die kalkweiß im Gesicht war. „Ich habe zuerst gedacht, Sie hätten einen Schlaganfall oder Herzinfarkt, wie Sie in einem Höllentempo auf mich zugefahren sind."

„Die Bremsen haben nicht funktioniert", stöhnte Amalia.

Tausend Bilder stürmten auf sie ein. Verbeultes, ineinander verkeiltes Metall, Menschen, die leblos aus Autowracks gezogen wurden ... Was alles hätte passieren können! Sie war mit knapper Not einem Unglück entkommen.

„Ich ruf sofort die *Rettung!* Bleiben Sie einfach nur sitzen", sagte die Frau bestimmt.

„Nein, nein! Mir ist nichts passiert", versuchte Amalia die Fremde zu beruhigen.

Mit zitternden Händen hob sie die Visitenkarte auf, die während ihrer Schussfahrt auf den Boden gefallen war. Nach kurzer Suche fand sie auch ihr Handy im Fußraum. Sobald Frattini abhob, begann sie zu sprechen:

„Man versucht, mich umzubringen: Vorgestern ist ein Auto frontal auf mich zugefahren, und heute hat jemand meine Bremsen manipuliert. Sie müssen sofort kommen."

„Wer spricht denn?", fragte Commissario Frattini ruhig.

„Amalia Engl. Aus Pfunders."

„Frau Engl, beruhigen Sie sich. Ganz der Reihe nach!"

„Beruhigen? Ich soll mich beruhigen? Ich wäre vor drei Minuten fast gestorben! Da würde ich gern sehen, ob Sie da noch ruhig wären."

Amalia tat es gut, die aufgestaute Angst an dem Polizisten abzureagieren. Anscheinend erfasste er die ausufernde Panik in ihrer Stimme, denn er ließ sie nun, ohne sie noch einmal zu unterbrechen, ausreden. Dann schwieg er lange. Als Amalia schon befürchtete, dass er ihr nicht glaubte und sie mit ein paar höflichen Floskeln abwimmeln würde, hörte sie ihn in ruhigem Tonfall versprechen, sofort zu kommen und ihre Aussage aufzunehmen. Außerdem teilte er ihr mit, dass er das Auto von der Spurensicherung abholen lassen würde.

Die Frau, die interessiert ihrem Telefongespräch gelauscht hatte, bot sich an, Amalia heimzufahren. Dankbar folgte Amalia der zierlichen Frau, die wahrscheinlich nur wenige Jahre älter war als sie, zu deren schwarzem Kombi.

„Ich bin Andrea Unterkofler. Meinen Sie wirklich, dass jemand absichtlich an Ihrem Auto etwas manipuliert hat, damit Sie einen Unfall bauen?", fragte sie ein wenig sensationslüstern.

Amalia hatte keinen Nerv, einer Fremden die verworrene Geschichte der letzten Tage zu erzählen. Sie kauerte sich in ihrem Sitz zusammen und schwieg. Ihre Samariterin schien ihr das nicht weiter übel zu nehmen und sprach ungerührt und ohne Pause weiter.

„Ach herrje, die ganze linke Seite von Ihrem süßen Mini hat einen fetten Kratzer abgekriegt und eine riesige Beule. Wissen Sie was, ich geh mit zu Ihnen und mache Ihnen eine schöne Tasse Tee. Sie müssen ja einen Schock erlitten haben. Wo wohnen Sie genau?"

„Vielen Dank für Ihre Hilfe", zwang sich Amalia zu sagen, „aber ich rufe jetzt meine Freundin an. Die kommt sicher gleich."

Ohne sich um den verletzten Gesichtsausdruck der Fahrerin zu kümmern, griff sie nach dem Handy und rief Evi an. Diese versprach auch sofort zu kommen. Dann gab sie der hilfsbereiten Frau Unterkofler Richtungsanweisungen zu Zilles Haus und war froh, als sie endlich aussteigen konnte.

„Das glaub ich alles nicht“, sagte Evi und strich sich eine blonde Strähne aus dem Gesicht, als Amalia mit den Enthüllungen der letzten Tage geendet hatte.

Evi war wie ein Wirbelwind über die apathisch dasitzende Amalia hereingebrochen. Ohne Widerrede zu dulden, hatte sie Amalia in mehrere Decken eingewickelt und ihr zuckersüßen Tee eingeflößt.

„Du stehst unter Schock“, hatte sie bestimmt gesagt, und Amalia, die nicht mehr aufhören konnte zu zittern und entsetzlich fror, gab ihr innerlich recht.

Erst als Evi einen ordentlichen Schuss Rum in den Tee gegossen hatte, war das Zittern weniger geworden, und Amalia hatte sich in der Lage gesehen, zusammenhängend von ihren Erlebnissen und Gesprächen mit dem Pfarrer und den Raffeiners zu erzählen. Nachdem sie geendet hatte, starrte Evi sie sprachlos aus großen blauen Augen an.

„Der Raffeiner ... dein Opa ... *Spinsche* ...“, brachte sie schließlich hervor, „ ... und ein Mörder, der es auf dich abgesehen hat. Ich fass es nicht. Das ist mir zu viel!“ Evis Augen huschten unruhig im Zimmer hin und her, als würde sie in jeder Ecke einen Eindringling erwarten.

Amalia, die sich durch Decken und Rum innerlich und äußerlich gewärmt fühlte, spürte eine bleierne Müdigkeit auf sich herabsinken. Sie kuschelte sich noch tiefer in die warmen Wolldecken. Sie merkte, wie ihr die Augenlider zufielen. Als sie gerade wegdämmerte, läutete die Türglocke. Erschrocken riss sie die Augen wieder auf.

Evi griff beruhigend nach ihrer Hand. „Bleib liegen. Ich mach auf“, sagte sie und kam kurze Zeit später mit Commissario Frattini und Assistente Ponti zurück.

Amalia erhob sich und zog dabei eine Decke an sich.

„Bleiben Sie sitzen, Signora Engl.“ Frattini ließ sich ihr gegenüber in einen Sessel sinken. „Wie geht es Ihnen? Sind Sie in der Lage, eine Zeugenaussage zu machen?“

Amalia fiel auf, dass er viel höflicher und behutsamer mit ihr umging als bei ihrer letzten Begegnung.

Ponti reichte ihr ebenfalls die Hand und lächelte sein strahlendes Zahnpastalächeln, bevor auch er sich setzte.

„Möchten Sie vielleicht eine Tasse Kaffee?“, fragte Evi und errötete, als auch sie in den Genuss eines Lächelns von Ponti kam.

Amalia versuchte sich zu sammeln. Es war jetzt wichtig, dass sie alle Einzelheiten so genau und schlüssig als möglich wiedergab. Sie erzählte zuerst, wie das Auto sie auf dem Heimweg von der Bar fast überfahren hatte, und fuhr dann mit dem Bericht über ihre heutige Horrorfahrt fort. Hoffentlich glaubten ihr diese zwei Beamten und hielten sie nicht für überspannt und paranoid.

Als sie geendet hatte, fuhr sich Frattini mit der Hand über den kahl rasierten Schädel und sagte nachdenklich: „Bevor wir hierher gefahren sind, sind wir kurz an Ihrem Auto vorbeigefahren. Natürlich müssen wir den Bericht der Spurensicherung abwarten, aber Assistente Ponti“, er deutete auf seinen Kollegen, „ist ein begeisterter Autotüftler und kennt sich daher aus. Auch er ist der Meinung, dass jemand das Bremskabel angeschnitten hat. Wo haben Sie das Auto die letzten Tage gehabt?“

Amalia überlegte. Gestern war sie nach Vintl gefahren und alles hatte reibungslos funktioniert. Also musste sich jemand heute daran zu schaffen gemacht haben. „Heute habe ich den ganzen Vormittag im Fotoatelier gearbeitet, da stand das Auto vor dem Haus. Dann bin ich zu Fuß gegangen, zuerst zum Pfarrer und dann zu Hilda Raffeiner."

„Also war es heute den ganzen Tag über unbeaufsichtigt? Wo haben Sie denn geparkt? Damit wir überprüfen können, ob und wie viel Bremsflüssigkeit ausgelaufen ist."

Amalia erklärte es, und Assistente Ponti verließ den Raum, gerade als Evi mit dem Kaffee zurückkam. Sie stellte die Tassen und die Kanne auf den Tisch und blieb dann unschlüssig stehen.

„Sie haben ja bei unserem letzten Treffen immer wieder betont, dass niemand einen Grund hatte, Ihrer Oma etwas anzutun. Haben Sie Ihre Meinung inzwischen geändert?" Frattini warf Evi einen bedeutsamen Blick zu, bevor er nachdrücklich hinzufügte: „Das ist sicher ein sehr schwieriges, sehr privates Thema für Sie, welches man besser nur im kleinsten Kreis bespricht."

Evi verstand den Wink mit dem Zaunpfahl, verließ eilig den Raum und schloss energisch die Tür hinter sich.

Amalia lächelte in sich hinein. Da war der gute Commissario ihrer Freundin aber auf die Füße getreten. Bevor sie beginnen konnte, kehrte der Assistente zurück und setzte sich, ohne ein Wort zu sagen.

Stockend, aber dann immer fließender und sicherer begann Amalia zu erzählen, was sie die letzten Tage in Erfahrung gebracht hatte. Assistente Ponti machte eifrig Notizen, während Frattini sie genau beobachtete. Amalia hatte den Eindruck, dass diesem Mann kaum etwas entging und er jede ihrer Gefühlsregungen speicherte. Dem möchte ich nicht als Verdächtige gegenübersitzen, dachte sie. Schon als Zeugin fühlte sie sich unter diesem durchdringenden Blick unwohl und schuldbewusst.

„Warum haben Sie sich nicht früher bei uns gemeldet? Wollten Sie Privatdetektivin spielen? Das finde ich, nachdem schon ein Mordanschlag auf Sie verübt worden war, sehr leichtsinnig", rügte Frattini, als sie geendet hatte.

„Ich war gestern bei den *Carabinieri* in Vintl. Aber die haben mir nicht geglaubt", verteidigte Amalia sich empört. Sie hatte dem Commissario eine Geschichte mit einem guten Motiv geliefert, und das Einzige, was diesem Deppen einfiel, war, ihr die Schuld am zweiten Mordversuch zuzuschieben. Ihre Wangen glühten und ihre grünen Augen funkelten.

Ponti ergriff zum ersten Mal das Wort. „Dann haben also diese Hilda und ihre Sohn ein Motiv", fasste er in gebrochenem Deutsch zusammen, wahrscheinlich um zu verhindern, dass sie und sein Chef aneinandergerieten.

„Hilda ja, aber wieso der Hannes?", fragte Amalia verblüfft.

„So wie Sie haben gerade gesagt, ist Ludwig Raffeiner ein wohlhabender Mann. Nachdem Sie seine Enkelin sind, Sie sind erbberechtigt. Vielleicht hat der Sohn das herausgefunden und wollte Sie haben aus dem Weg."

„Das ist doch kompletter Unsinn", brauste Amalia auf, „Dem Hannes ist wichtig, dass die Firma gut läuft, aber Geld und Luxus sind dem völlig egal. Außerdem könnte er keiner Fliege was zuleide tun", verteidigte sie ihren Freund.

„Haben Sie nicht gesagt, er sei Jäger?", antwortete Frattini und seine braunen Augen blitzten amüsiert auf. „Außerdem täuscht man sich oft, wie wichtig finanzielle Sicherheit und

Reichtum für eine Person sind. Überlassen Sie die Beurteilung der Sachlage am besten uns."

Amalia überlegte fieberhaft. Das Letzte, was sie wollte, war den Verdacht auf ihren Freund zu lenken. Was konnte sie nur sagen, um den Polizisten klarzumachen, wie absurd die Vorstellung war? Ach ja ... „Es gibt auch praktische Gründe, die gegen Hannes als Täter sprechen", begann sie hektisch. „Als auf dem Heimweg von der Bar der erste Anschlag auf mich verübt worden ist, kann es Hannes nicht gewesen sein. Der war nämlich unterwegs zur *Eggerseite*, um meine Freundin Evi Lorenz heimzufahren. Die können Sie gleich dazu befragen. Das wäre zeitlich gar nicht möglich gewesen, weil ..."

Frattini fiel ihr ungeduldig ins Wort: „Ruhen Sie sich aus und lassen Sie uns die Ermittlungen führen. Das ist für alle Beteiligten das Beste", sagte er herablassend.

Damit stand er auf und Ponti folgte seinem Beispiel, lächelte sie aber fast ein wenig entschuldigend an. Amalia nickte den beiden nur frostig zu und wickelte sich dann wieder in ihre Decke.

Kaum waren die Polizisten aus der Tür, kam Evi hereingestürmt. „So ein unsympathischer Typ. Ein sehr schwieriges, privates Thema ...", äffte sie ihn nach und ließ sich neben Amalia auf das Sofa plumpsen.

„Hoffentlich habe ich nicht Mist gebaut ...", unterbrach Amalia die Schimpftirade ihrer Freundin. „Ich glaube, ich habe den Verdacht aus Versehen auf Hannes gelenkt", sagte sie und erzählte ihrer Freundin von dem Gespräch.

„Ich sag's ja nur ungern, aber du musst jetzt unsere ‚Freunde' von der Polizei ihre Arbeit machen lassen. Jetzt ist die

Geschichte aus deinen Händen und das ist wahrscheinlich auch besser so“, sagte Evi, als Amalia geendet hatte.

Sie saßen noch ein wenig beieinander, bis Evi gehen musste, um ihre Buben bei der Schwiegermutter abzuholen.

Nun fühlte sich Amalia allein in dem Haus. Sie ging eine Runde durch alle Zimmer und überprüfte, ob alle Fenster richtig geschlossen und alle Türen verriegelt waren. Trotzdem fühlte sie sich einsam und zuckte bei jedem Geräusch zusammen. Amalia schaltete den Fernseher ein, zappte durch die Programme, fand aber nichts, das sie fesselte oder ablenkte, und an Schlaf war in ihrem momentanen Zustand überhaupt nicht zu denken. Als es leise am Fenster klopfte, schreckte Amalia hoch. Erst als sie Felix’ hochgewachsene Gestalt erkannte, begann die Panik, die sie bei jedem Geräusch ergriff, abzuebben. Sie stand mit wackligen Beinen auf und öffnete die Tür. Ängstlich schaute sie die Straße auf und ab, aber zum Glück war Felix die einzige Person, die sie erblickte. Amalia hielt ihm die Tür auf und schloss, kaum dass er drin war, hinter ihm ab.

Sie ging wieder zurück in die *Stube* und blieb abwartend stehen. Gestern und heute hatte sie so oft an Felix gedacht und sich gewünscht ihn zu sehen, aber jetzt, wo er da war, hatte sie keine Ahnung, wie sie mit ihm umgehen sollte. Erst hatte er mit ihr geschlafen, dann hatte er sich mit einer schnöden Nachricht davongeschlichen wie ein Dieb in der Nacht. Gestern, nachdem er sich den ganzen Tag nicht gemeldet hatte, hatte sie ihn aus verletztem Stolz abblitzen lassen. Heute hätte sie ihn gebraucht, hatte aber nicht die Worte gefunden, sich bei ihm zu melden. Jetzt war sie erleichtert, dass er da war, fühlte sich aber unsicher, wo sie beide standen. Waren sie Jugendfreunde, die in einer alkoholgeschwängerten Nacht aus einer Laune heraus miteinander im Bett gelandet waren? Oder war es mehr? Seit ihrer gemeinsamen Bergtour hatte Amalia angefangen, Gefühle für Felix zu entwickeln. Das machte sie verlegen. Sie wollte nicht als das anhängliche Mädchen dastehen, das in einen One-Night-Stand zu viel hineininterpretierte. Aber heimlich war sie heilfroh, dass Felix jetzt da war. Einladend deutete sie auf einen Sessel.

Aber Felix nahm sie in den Arm. „Mensch, Amalia. Was machst du für Sachen?", flüsterte er rau und zog sie noch enger an sich.

Einen Moment widerstand Amalia der Umarmung. Der machte es sich schon leicht, dachte sie ärgerlich. Sich erst nicht zu melden und dann hier hereinzuspazieren, als wäre es das Selbstverständlichste der Welt. Aber dann schmiegte sie sich an ihn. Sie spürte seine Arme um sich, und für diesen einen Moment fühlte sie sich vollkommen sicher.

Felix legte einen Finger unter ihr Kinn und hob ihren Kopf. Vorsichtig blickte sie unter den wirren Haarsträhnen, die ihr ins Gesicht gefallen waren, auf und sah wilden Zorn in seinem Blick.

„Wer war das? Wer will dir was antun? Wenn ich den erwische ..." Er brach ab und schien verlegen ob seines Gefühlsausbruches.

„Ich weiß es nicht. Aber das alles ...", Amalia machte eine umfassende Handbewegung, „macht mir furchtbare Angst. Ich weiß nicht mehr, wem ich trauen kann. Ich habe heute einiges erfahren, mit dem ich nur schwer klarkomme, und ich sehe in allen Ecken Gespenster."

Felix zog sie wieder an sich und strich ihr die Haare mit großer Zärtlichkeit aus dem Gesicht. „Es wäre schrecklich, wenn dir was passieren würde", sagte er mit belegter Stimme. „Ich konnte es nicht fassen, wie mir meine *Mamme* erzählt hat, dass jemand die Bremsleitung von deinem Auto manipuliert hat."

Woher wusste die Nanne das schon wieder, fragte sich Amalia, bevor sie sich wieder auf die Worte von Felix konzentrierte.

„Die *Carpf* haben sie befragt, ob sie jemanden gesehen hat, der sich an deinem Auto zu schaffen gemacht hat. Aber sie hat nichts mitgekriegt ... was sie entsetzlich ärgert", sagte Felix mit dem Anflug eines Lächelns.

„Das kann ich mir vorstellen", grinste Amalia. Dass sie plötzlich wieder zu Heiterkeit fähig war, wertete sie als gutes Zeichen.

Felix küsste sie sanft und sagte dann entschieden: „Jetzt mache ich dir zuerst einmal was zu essen, und dann erzählst du mir der Reihe nach, was passiert ist."

Amalia setzte sich wieder auf das Sofa und kuschelte sich in ihre Decke. Es war beruhigend, Felix in der Küche hantieren zu hören. Bald schon zog ein köstlicher Duft durch das ganze Haus, und Amalia wurde zum ersten Mal bewusst, dass sie richtig Hunger hatte.

„Es ist angerichtet", hörte sie Felix nach einiger Zeit rufen.

Bevor sie in die Küche ging, huschte sie noch schnell ins Bad, putzte sich die Zähne und kämmte sich ihre braunen lockigen Haare.

Das Essen war ausgezeichnet. Bratkartoffeln mit einem Salat mit frischen Tomaten aus dem Garten, dazu einen *Bärentrunk,* den einzigen Wein, den ihre Oma je im Haus gehabt hatte. Manchmal sind die einfachsten Gerichte die besten, dachte sich Amalia, als sie einen Berg von den duftenden vor

Butterschmalz glänzenden Kartoffeln in den Mund schob. Als der erste Hunger gestillt war, begann sie zu erzählen, dass Ludwig ihr Opa war, dass sie Hilda verdächtigte, aber sich nicht vorstellen konnte, dass Hannes etwas damit zu tun hatte.

Felix schwieg lange, als sie geendet hatte. „Ich bin mir auch ganz sicher, dass Hannes dich nicht wegen seines Erbes aus dem Weg haben will, aber ich kann mir genauso wenig vorstellen, dass die Hilda etwas mit dem Ganzen zu tun hat. Sie hat deine Oma aufrichtig gern gehabt. Solange ich denken kann, waren die beiden unzertrennlich."

„Das stimmt schon, aber mir fällt einfach niemand sonst ein, der von Omas Tod profitieren würde."

Felix schien nicht überzeugt und argumentierte für den Stocka als Täter, bis Amalia, die die Augen kaum noch offenhalten konnte, herzhaft gähnte.

„Du gehörst ins Bett", sagte Felix, und als ob er ihre Unsicherheit spüren konnte, fügte er gleich hinzu: „Ich geh dann jetzt."

Amalia fühlte Enttäuschung in sich aufsteigen. Einerseits war es einfacher, wenn Felix ging und sie jetzt nicht auch noch Entscheidungen über ihre Beziehung zueinander treffen musste. Dafür hatte sie nach dem Tag, der hinter ihr lag, einfach keine Kraft und Energie mehr. Andererseits graute ihr davor, wieder allein mit ihren Ängsten zurückzubleiben. Sie nickte verzagt.

„Danke für das gute Essen", sagte sie höflich und stand auf, um ihn hinauszubegleiten. Als Felix gerade die Tür öffnen wollte, sagte sie leise: „Bleib!"

Überrascht blieb Felix stehen, und Amalia konnte aufrichtige Freude in seinen blauen Augen erkennen.

„Nur als Wachhund, damit dir sicher nichts passiert?“, fragte er mit einem schiefen Grinsen.

Amalia lächelte dankbar.

Mit zwei großen Schritten war er bei ihr, zog sie eng an sich und küsste sie mit einer Sinnlichkeit, dass ihr jeder klare Gedanke verging. „Das wollte ich heute schon den ganzen Abend“, sagte er heiser.

„Ich auch“, flüsterte Amalia und meinte es auch so.

Sie zog seinen Kopf zu sich, um ihn erneut zu küssen. Die Küsse wurden immer leidenschaftlicher und Amalia nahm seine Hand und führte ihn zurück zum Sofa in der *Stube*. Eng umschlungen setzten sie sich. Sie merkte, dass sich seine Hände einen Weg unter ihren Pullover suchten. Seine Berührungen ließen sie erschauern und sie genoss jede Sekunde. Plötzlich ließ sie ein klirrendes Geräusch zusammenzucken. War jemand im Haus? Sie sprang auf und begann sofort unkontrolliert zu zittern.

Felix rannte in die Küche, von wo das Krachen gekommen war. „Keine Sorge, es ist nur ein Teller im Abtropfgitter umgekippt“, sagte er beschwichtigend.

Amalia hatte sich auf der Couch zusammengekauert und machte sich so klein, wie sie nur konnte. Felix war sofort bei ihr und nahm sie in den Arm. Beruhigend streichelte er ihr Haar und redete auf sie ein wie auf ein kleines Kind, aber Amalia hatte das Gefühl, dass ihr ganzer Körper nur noch aus Angst bestand.

„Hier kann dir nichts passieren. Ich bleib bei dir! Alles wird gut, das verspreche ich dir.“

Wieder und wieder flüsterte Felix besänftigende Worte, bis Amalia sich langsam entspannte und aufhörte zu zittern. Die Worte, deren Sinn sie kaum verstand, vertrieben langsam die wilde Furcht in ihr. Allmählich beruhigte sich ihr Herzschlag und sie schmiegte sich an ihn. Seine Nähe tat ihr unheimlich gut, und sie schloss die Augen.

Nur für einen kurzen Moment nahm sich Amalia vor, aber dann musste sie wohl eingeschlafen sein. Denn sie wachte erst auf, als draußen ein Gockel schrie. Verwirrt sah sie sich im Halbdunkel des Wohnzimmers um. Sie lag sorgsam zugedeckt an Felix gekuschelt, der tief und fest schlief. Unglaublich, dass man nach dem gestrigen Tag schlafen konnte, dachte sie. Erst Hildas Enthüllungen, dann der Mordanschlag auf sie ... Trotzdem hatte sie auf dem engen Sofa geschlafen wie ein Baby. Liebevoll strich sie Felix eine widerspenstige blonde Strähne aus dem Gesicht. Für einen Augenblick genoss sie noch seine Nähe und Wärme, dann sprang sie auf, um sich mit einem anständigen Frühstück zu revanchieren.

Amalia verschwand im Bad, kämmte sich die Haare und putzte sich die Zähne. Kurz überlegte sie, ob sie ein wenig Make-up auf ihr blasses Gesicht auflegen sollte, entschloss sich dann aber dagegen. Entweder gefiel sie Felix so oder er sollte es lassen, dachte sie mit einem Anflug von Trotz. Dennoch konnte sie nicht widerstehen, ihre grünen Augen mit etwas Wimperntusche zu betonen. Dann fasste sie ihre dunkelbraunen Locken zu einem lockeren Knoten zusammen, zog einen kurzen Jeansrock und ein einfarbiges rotes T-Shirt an und deckte den Tisch in der Küche. Als sie den Kühlschrank öffnete, erschrak sie. Sie hatte nur für sich eingekauft und alles, was sie fand, war Orangensaft, Milch und Diätmargarine. Mit Sicherheit nichts, was ein Mann wie Felix gerne zum Frühstück aß. Sie würde ihn heute unauffällig danach fragen, was er frühstückte, und später in den Dorfladen zum Einkaufen gehen. Eines von Omas Sprichwörtern kam ihr in den Sinn: „Liebe geht durch den Magen.“ Sie konnte nur hoffen, dass das bei Felix nicht zutraf, dachte Amalia schmunzelnd.

Vielleicht war noch etwas im Gefrierschrank. Zille hatte den Schrank damals gekauft, um Fleisch, das sie manchmal von befreundeten Jägern geschenkt bekam, besser einfrieren zu können. Amalia öffnete ihn und durchsuchte die einzelnen Schubladen. Fleisch, Eis, nichts, was man für ein Frühstück gebrauchen konnte. Mutlos öffnete sie die letzte Schublade. Ein Päckchen Croissants zum Aufbacken. Amalia kontrollierte vorsichtshalber das Verfallsdatum. Passt!

Sie heizte den Backofen vor und schob die fünf Croissants hinein, sobald die vorgeschriebenen 180 °C erreicht waren. Der Kaffee war bereits fertig, und der Duft strömte durchs Haus. Amalia lächelte, erst jetzt wurde ihr bewusst, wie sie sich darauf freute, gemeinsam mit jemandem zu frühstücken. Auch wenn sie zugeben musste, dass die kulinarische Auswahl verbesserungsfähig war.

Während ihrer Beziehung mit Ben war ein gemeinsames Frühstück die Ausnahme. Entweder musste sie früher weg oder er musste frühmorgens aus dem Haus. Wenn sie zusammen aßen, waren sie meistens in einem Hotel und holten sich die Speisen an einem Buffet. Ein heimeliges Gefühl kam dabei nie auf. Bei Maurice in Berlin war sie sonntags öfter zum Brunch eingeladen. „Meine Seele braucht Inspiration“, sagte Maurice gern und lud die halbe Kunstszene Berlins dazu ein. Er tischte zwar immer vorzügliches Essen auf, das er von verschiedenen Läden der Stadt anliefern ließ, aber mit Gemütlichkeit hatte das Ganze nicht viel zu tun. Geschäftlich brachte es Amalia dafür immer wieder den ein oder anderen lukrativen Auftrag ein.

Amalia sah auf. Felix stand in der Küchentür und sah einfach umwerfend aus. Er hatte seine Jeans an, der Oberkörper war nackt. Seine blonden Haare waren verwuschelt und standen wirr vom Kopf ab.

„Guten Morgen." Er ging auf sie zu, umarmte und küsste sie dann, dass ihr die Knie weich wurden. Gerade als sie die Arme um ihn schlang, klingelte es an der Haustür. Sie beachteten das Klingeln nicht weiter und küssten sich leidenschaftlich.

„Amalia, AA...mm...aa...ll...ii...a", rief eine ihr wohlbekannte Stimme an der Tür.

Felix hörte abrupt auf, sie zu küssen.

„Das ist ja die *Mamme*. Was will die denn vor sieben Uhr schon bei dir?", fragte Felix überrascht.

Der Ausdruck des Entsetzens auf seinem Gesicht war fast schon komisch.

Als es noch einmal klingelte, rief Amalia: „Moment!"

Da tauchte Nannes Gesicht auch schon am Küchenfenster auf, die Nase klebte an der Scheibe, und die Hand hielt sie sich wie ein Indianer auf Kriegspfad an die Stirn, um besser durchs Fenster sehen zu können. Felix verschwand in Sekundenschnelle Richtung Schlafzimmer.

Als Nanne Amalia, die wie festgewurzelt mitten in der Küche stand, entdeckte, winkte sie ungestüm. „Ist alles in Ordnung bei dir?"

Notgedrungen öffnete Amalia die Tür.

„*Hoila,* Nanne, was machst du denn schon so früh da?"

Ohne groß auf eine Aufforderung zu warten, marschierte sie gleich durch in Richtung Küche. „Erwartest du Besuch?", fragte sie gleich neugierig und ohne zu zögern.

„Warum?"

„Na ja, weil der Tisch da für zwei gedeckt ist."

Amalia wurde verlegen, schließlich war Nanne Felix' Mutter. Was würde sie wohl sagen, wenn sie ihn entdeckte. Vor allem war Amalia sich sicher, dass, bevor Nanne auch nur aus der Tür war, das ganze Pustertal von ihrer Affäre – ja wie sollte sie es eigentlich nennen? – wusste.

Amalia wechselte geschickt das Thema: „Warum bist du denn so früh da, Nanne? Ist etwas passiert?"

„Ja, also weißt ...", begann Nanne umständlich, wurde jedoch von Felix unterbrochen, der nun vollständig bekleidet in die Küche kam und sich wie selbstverständlich ein Croissant aus dem Brotkorb nahm und sich im Stehen einen Schluck Kaffee eingoss.

„Guten Morgen!"

Nanne blieb der Mund offen stehen, als ihr Sohn vor ihr stand. Amalia konnte sich ein Grinsen nicht verkneifen, als sie sah, dass ihre Wangen rot anliefen. So stumm hatte sie die Nachbarin noch nie erlebt.

„Ich muss los, Amalia." Er gab Amalia einen Kuss und verschwand mit einem zweiten Croissant in der Hand.

Amalia blickte ihm empört hinterher. Er ließ sie hier mit Nanne alleine zurück. Sie konnte sich vorstellen, dass diese sie jetzt hinsichtlich ihrer Beziehung zu ihrem einzigen Sohn ausquetschte.

Nanne hatte sich inzwischen wieder gefangen. Sie setzte sich wie selbstverständlich an den Frühstückstisch, nahm ein Croissant und einen Kaffee.

„Setz dich doch zu mir. Ich muss mit dir über etwas reden."

Amalia verdrehte hinter ihrem Rücken stehend die Augen, setzte sich aber brav. Jetzt begann das Verhör ...

Nanne schenkte ihr auch eine Tasse Kaffee ein, schwieg aber immer noch. „Du und der Felix ...", begann sie endlich zögerlich, wurde dann aber forscher, „... das hab ich eigentlich schon immer gewusst. Ihr seid ja so ein schönes Paar. Das hätt die Bildomocharin auch g'freut. Stell dir vor, wir alle verwandt."

Nanne strahlte Amalia an, die nicht wusste, was sie darauf erwidern sollte. Mit Nanne verwandt – eine anstrengende Vorstellung. Aber so weit waren sie zum Glück noch lange nicht.

„Also, *Gitsche,* warum ich eigentlich da bin, ist, na ja, also ich wollte dich bitten, ob du ein Foto für mich machen kannst", wechselte Nanne abrupt zu einem anderen Thema.

Amalia schnaufte erleichtert auf. „Ein Foto?", fragte sie lahm nach.

„Also ein Foto für mein Sterbebild", antwortete Nanne.

Amalia starrte sie ungläubig an. Auf den Beerdigungen wurden als Erinnerung immer kleine Bildchen vom Verstorbenen mit Geburts- und Todesdatum und einem Gebet verteilt. Erst jetzt fiel ihr auf, dass Nanne heute an einem normalen Werktag ihre Tracht trug und ihre Haare zu einem besonders schönen Kranz geflochten waren. Sie hatte den aufwendig gearbeiteten silbernen Trachtenschmuck und Ohrringe mit kleinen Rubinen angelegt.

„Ja, aber Nanne, du bist doch noch viel zu jung zum Sterben – gerade mal sechzig geworden."

„Ja schon, aber ich hab des jetzt bei der Zille gesehen, dass des auf einmal ganz schnell gehen kann. Dich hätte es gestern schließlich auch fast erwischt, und du bist noch viel jünger", fügte sie mit ihrem üblichen Taktgefühl hinzu.

Amalia schluckte. Natürlich konnte keiner wissen, wann das Leben zu Ende war. „Also gut. Komm mit nach oben ins Atelier", gab sie nach, weil sie ahnte, dass es keine andere Möglichkeit gab, Nanne wieder loszuwerden.

„Erst esse ich noch schnell das Croissant. Wär ja schad, wenn es kalt wird. Du kannst mir inzwischen ein paar Tipps geben, wie ich mich am besten hinstelle. Du machst das doch mit den richtigen Models auch. Ich mag halt nett so dick ausschauen. Schließlich sollen mich die Leut' doch so in Erinnerung behalten, wie ich bin." Genussvoll aß sie das Croissant.

Amalia nahm ihre Kamera mit nach oben und schaltete die Scheinwerfer ein. Nanne stellte sich in Position und Amalia begann zu fotografieren. Nanne wusste genau, was sie wollte. Ein Foto mit forschem Blick und eines, auf dem sie lächelte. Ein weiteres von der Seite, auf dem ihr üppiger Busen am besten zur Geltung kam, wie sie fand. Kritisch beäugte Nanne die Ergebnisse. Immer wieder schwankte sie zwischen dem einen, dem anderen und dem ganz anderen Foto. Auf einem sah sie krank und blass aus, auf dem anderen wirkte sie zu dick oder zu ernst.

Mit Nanne war es schwieriger als mit manch kapriziösem Model, das sie für die „Vogue" fotografiert hatte, dachte Amalia entnervt. Nach eineinhalb Stunden war endlich alles vorbei und Amalias momentan eh dünnes Nervenkostüm ausgereizt.

„Jetzt muss ich aber schnell heim und mich umziehen. Deshalb war ich ja auch so früh dran, dass mich keiner im *Sunntagiwond* sieht", erklärte sie an der Tür, drehte sich um und verschwand in ihrem Garten.

19.

Kaum hatte Nanne ihr Haus verlassen und Amalia sich einen starken Kaffee aufgegossen, da klopfte es schon wieder an der Haustür. „Bei mir geht's ja schlimmer zu als im Bienenstock“, brummelte sie mürrisch. Wahrscheinlich war Nanne etwas eingefallen, was sie ihr noch unbedingt erzählen wollte, oder wollte sie jetzt doch ein anderes Bild? Das war bisher der einzige Haken an Felix: seine Mutter.

Als sie schwungvoll die Tür öffnete, mit einer Ausrede auf den Lippen, um Nanne schnell wieder loszuwerden, erstarrte sie mitten in der Bewegung. Vor ihr stand nicht ihre Nachbarin, sondern Hilda. Amalias erster Reflex war es, die Tür sofort wieder zuzuknallen. Aber Hilda war schneller. Schon hatte sie den Fuß in der Tür. Amalia schluckte. Sollte sie die alte Frau wegschubsen?

„Ja, Amalia, was ist denn los? Du wirst doch nicht Angst vor mir haben?“, fragte Hilda, die Amalias Gesichtsausdruck anscheinend richtig zu deuten wusste.

Bevor sie sich zu einer Entscheidung durchringen konnte, wie sie sich verhalten sollte, drängte sich Hilda an ihr vorbei in Richtung Küche. Amalia war wie in einer Schockstarre. Zu viele Gedanken auf einmal. Sollte sie um Hilfe schreiend auf die Straße laufen? Oder war das komplett lächerlich? Es handelte sich schließlich um Hilda. Eine alte Frau. Andererseits, wenn Amalias Theorien zutrafen, um eine schießende, Bremskabel durchsägende alte Frau.

Jetzt im hellen Tageslicht kamen ihr ihre Verdächtigungen wesentlich haarsträubender vor als gestern Abend, als pures Adrenalin durch ihre Adern geflossen war. Unschlüssig, wie sie sich der Frau, der sie ein Leben lang nahegestanden war, nun aber nicht mehr traute, gegenüber verhalten sollte, folgte sie ihr.

Sie ging zur Seite mit dem Fenster, wo auch der Messerblock stand. Sicher war sicher. Völlig unvorbereitet wie nachts auf der Straße oder gestern in ihrem Auto würde sie sich nicht mehr erwischen lassen, schwor sie sich innerlich.

Hilda musterte Amalia genau. Ihre Schultern senkten sich. „Ach, *Gitsche,* du kannst mir ja nicht mal mehr in die Augen schauen. Es tut mir alles so leid“, sagte sie.

Amalia meinte aufrichtige Traurigkeit in Hildas Stimme zu hören und war um eine Antwort verlegen. In der bedrückenden Stille, die sich in der Küche ausbreitete, schrillte plötzlich das Telefon. Amalia war erleichtert, solange sie am Telefon war, würde Hilda ihr nichts tun können. Was wollte Hannes' Mutter überhaupt hier?

Mit einem schnellen Schritt war sie am Telefon und hob den grauen Hörer ab. „Engl“, meldete sie sich und sah aus dem Augenwinkel, dass sich Hilda erhob und auf sie zuging.

Für ihre 74 Jahre und ihre Leibesfülle bewegte sie sich schnell und leichtfüßig, dachte Amalia noch, bevor Hildas Finger die Gabel nach unten drückte und in ihrem Ohr nur noch ein Tuten erklang. Als Amalia den Hörer auflegte, zitterte ihre Hand. Sollte sie die rüstige Dame doch zur Seite schubsen und davonrennen? Sie hatte Angst, und wenn sich diese Angst wieder in eine ausgewachsene Panik steigerte, wie gestern Abend, wäre sie Hilda völlig wehrlos ausgeliefert.

„Wir müssen reden!“ Der Ton von Omas Weggefährtin ließ keinerlei Widerspruch zu.

Amalia nickte benommen. War jetzt der richtige Augenblick für eine Flucht? Oder sollte sie warten, bis Hilda am

Reden war und dadurch ein wenig abgelenkt? Amalia zögerte, als sie sah, dass deren Hand in der Handtasche verschwand. Oh Gott, Hilda hatte eine Waffe. Raus hier! Sie schob Hilda aus dem Weg und war mit einem Satz bei der Küchentür.

„Bleib stehen!", sagte Hilda in einem so scharfen Ton, wie ihn Amalia noch nie von ihr gehört hatte.

Wie unter Zwang drehte sie sich um und starrte mit angstgeweiteten Augen auf das Objekt, das Hilda aus ihrer Tasche zog. Aus ihrer Furcht wurde Verwunderung: Die alte Frau hielt keine Pistole, sondern ein gerahmtes Bild in den Händen.

Hilda ging auf Amalia zu, packte sie resolut bei den Schultern und führte sie zum Küchentisch. „Es bringt nichts, wegzulaufen. Wir müssen das ausreden. Wenn du wie ein aufgeschrecktes Huhn durch die Küche läufst, machst du mich auch noch ganz nervös."

Amalia ließ sich auf den Küchenstuhl fallen und sah sie abwartend an. Wenn sie so redete, klang sie wieder nach der vertrauten Hilda ihrer Kindheit: pragmatisch und direkt.

„Ich weiß, dass das, was du die letzten Tage erfahren hast, einschneidend und sicher zum Teil auch bestürzend für dich gewesen ist", begann die Freundin ihrer Oma und klang nun wieder sanfter. Sie ließ sich auf dem anderen Stuhl nieder. „Wir hätten dir viel früher die Wahrheit sagen sollen. Es ist eine alte Weisheit, dass ein Geheimnis das nächste nach sich zieht. Aber weglaufen nützt jetzt auch nichts mehr."

„Das sagst ausgerechnet du! Du hast die letzten fünfzig Jahre nichts anderes gemacht, als vor deiner Vergangenheit wegzulaufen", fiel ihr Amalia erbost ins Wort. Ihre Angst hatte sich in einen wilden, tosenden Zorn gewandelt.

„Und was hat es mir gebracht?“, fragte Hilda müde. „Mein Mann schaut mich mit Verachtung an, und die Welt meines Sohnes ist zusammengebrochen, und anders als deine Oma habe ich Schuld auf mich geladen. Ich habe damals meine Freunde verraten und meinen Mann, den Pfarrer und den Sepp für fünf Jahre ins Gefängnis gebracht. Meinst du, es gibt einen Tag in meinem Leben, an dem ich das nicht bereut habe? Nach meinem Sohn sind Ludwig und Zille die zwei wichtigsten Menschen in meinem Leben, und ich habe Unglück über sie gebracht.“

„Wie kannst du sagen, dass dir die beiden etwas bedeuten, wenn du, ohne etwas zu sagen, zugeschaut hast, wie sie unglücklich waren?“, fragte Amalia mit bitterem Vorwurf.

„Ach, *Gitsche,* rückblickend hätte ich sicher vieles anders machen müssen. Aber man hat halt gekämpft um sein kleines Glück. Du bist in den 1990ern groß geworden, und auch wenn die Zille sparen musste, hat es dir an nichts gefehlt. In meiner Kindheit und Jugend war das anders. Wir waren bettelarm. Seit ich sechs war habe ich jeden Sommer als Hüterin arbeiten müssen. Die Bäuerin hat gesagt, eine Hüterin muss gehen, wenn die Sonne aufgeht, und erst wieder zur Hütte zurückkommen, wenn es Nacht wird. Sechzehn Stunden waren wir damals täglich mit den Ziegen in den Bergen unterwegs. Und es gibt kein *bleders* Viech wie so a *Goaß!* Eine Kuh ist leichter zu haben und nicht so störrisch, aber eine Ziege tut dir alles zu Fleiß. Wie oft haben mich die Sauviecher zum Weinen gebracht ... Mit vierzehn haben mich meine Eltern dann ganz zum Arbeiten geschickt, und ich bin zu einem Bauern in Anstellung gekommen. Der Pius war ein böser, geiziger Mann. Wenn die Bäuerin nicht geschaut hat, hat er immer probiert, mir unter den Rock zu langen. Im Sommer 1961 habe ich neue

Schuhe gebraucht. Die haben damals mehr gekostet als mein Monatslohn, und der Pius hatte wieder nicht gezahlt. Heimgehen habe ich ja nicht können, wir waren vierzehn Kinder und ich war bloß ein Esser mehr, darum hätte ich nie mitten unterm Jahr die Stellung aufgeben können. Ich habe aber unbedingt Geld gebraucht. Einmal schmuggeln hat mehr gebracht als einen Monat arbeiten. Da bin ich allein übergegangen, ohne den anderen was zu sagen. Ich habe Speck und Wein nach Österreich getragen und *Zachrin* zurückgeschmuggelt. Auf dem Rückweg haben mich die *Finanzer* erwischt. Sie haben mir gedroht, sie würden mich einsperren und dafür sorgen, dass die Eltern ihren Pachthof verlieren. Ich war verzweifelt und hatte solche Angst. Sie hatten unsere Gruppe schon länger im Verdacht, haben uns aber nie erwischen können. Ich war so dumm und hab mir aus der Nase ziehen lassen, wo wir das nächste Mal sprengen wollten. Es gibt nichts in meinem Leben, was ich mehr bedaure."

Hilda wurde jetzt von Schluchzern regelrecht geschüttelt.

Für einen Moment flackerte Mitleid in Amalia auf, dann wurde sie wieder kalt und distanziert. „Und damit niemand was erfährt von deinem Verrat, hat die Oma sterben müssen", stieß sie hervor. Sie musste an sich halten, um die weinende Frau nicht zu schütteln. Dass sie damals aus einer Notlage heraus gehandelt hatte, konnte Amalia sogar irgendwie nachvollziehen, aber dass sie, um ihr Ansehen in der Familie und im Dorf zu erhalten, nicht vor Mord zurückgeschreckt hatte, war eine ganz andere Dimension von Verrat. „Hattest du Angst, dass die Zille jetzt nach all den Jahren mit der Wahrheit herausrücken wollte, weil sie die ewigen Vorwürfe vom Stocka nicht mehr ertragen hat?", schleuderte Amalia ihr wutentbrannt entgegen.

Hilda sah sie entsetzt an. „Du denkst, ich hätte Zille umgebracht? Amalia, wie kannst du so was denken? Du kennst mich doch dein Leben lang."

In Hildas Blick lagen so viel Verletztheit und Schmerz, dass Amalia den Blick senken musste.

„Mit dem Tod von deiner Oma habe ich nichts zu tun", beteuerte Hilda. „Die Polizei hat drei Jäger gefunden, die an dem Tag im *Weitenberg* unterwegs waren. Sie alle haben bezeugt, dass sie mich gesehen haben, wie ich zurückgegangen bin. Wie der Schuss auf die Zille gefallen ist, war ich knapp hundert Meter von ihr entfernt für jeden gut sichtbar auf dem Weg. Sogar die Polizei ist von meiner Unschuld überzeugt. Das mit der Zille war ich nachweislich nicht", beharrte Hilda noch einmal und starrte Amalia herausfordernd an.

Amalia ließ ihren Kopf auf die Tischplatte sinken. Was für ein Chaos. Hilda war es anscheinend nicht gewesen. Wer dann? Wie ein zartes Pflänzchen keimte Dankbarkeit und Erleichterung in Amalia auf, dass Hilda nicht für Omas Tod verantwortlich war. Auch wenn es nun wieder unendlich viele neue Fragen gab, auf die Amalia keine Antwort wusste, war sie froh, nicht damit leben zu müssen, dass Hilda eine Mörderin war.

„Gott sei Dank", sagte sie mit einem Stoßseufzer und sah Hilda heute zum ersten Mal wieder als Verbündete ihrer Kindheit anstatt als hinterlistige Mörderin. Allerdings hatte die Beziehung zwischen ihnen beiden einen tiefen Riss erhalten, und nur die Zeit würde zeigen, ob er zu flicken war. Die Lügen und Geheimnisse von Hilda und das Misstrauen von Amalia würden sie beide noch lange verfolgen. Da sie sich ihrer momentanen Gefühle Hilda gegenüber nicht sicher war, wechselte sie eilig das Thema.

„Wie konntest du nur die ganze Zeit mit so großen Geheimnissen leben?", fragte sie mit ehrlichem Interesse.

„Dass Andreas Ludwigs Sohn war, dieses Geheimnis habe ich wenigstens mit Zille teilen können. Was für mich viel schlimmer war, waren die Schuldgefühle wegen meines Verrates. Wie der Ludwig dann ins Gefängnis gekommen ist und die Zille mir erzählt hat, dass sie von ihm schwanger ist, wäre ich am liebsten gestorben. Wie sollte man mit dieser Bürde weiterleben? Ich habe seit diesem Tag an alles getan, was ich konnte, um meine Verfehlung wiedergutzumachen. Für den Sepp habe ich mich stets eingesetzt. Hab dafür gesorgt, dass er immer wieder Arbeit bekommen hat, und hab geholfen, dass er einen Stand auf dem Brunecker Christkindlmarkt erhalten hat, wo er seine Holzfiguren zu einem ordentlichen Preis verkaufen konnte. Um die Mutter vom Pfarrer Auer habe ich mich bis zu ihrem Tod gekümmert, aber die Gewissensbisse bin ich nie losgeworden. Als wir dann zunächst keine Kinder bekamen, habe ich das als Strafe Gottes empfunden. Ich habe jedes Mal versucht, Zille in den schweren Zeiten beizustehen, aber mir war natürlich bewusst, dass größtenteils ich an ihrem Leid schuld bin. Du musst mir glauben, dass ich deine Oma von Herzen gerngehabt hab. Ich habe wirklich nach bestem Gewissen gehandelt, als ich deiner Oma vorgeschlagen habe, den Meinrad zu heiraten."

„Aber damit war der Ludwig für dich frei", wendete Amalia bitter ein.

„Ach, *Gitsche,* damals habe ich ja nicht einmal gewusst, ob er nicht lebenslänglich ins Gefängnis muss. Aber geliebt habe ich ihn immer, das gebe ich gerne zu", sagte Hilda fast trotzig. „Er war der einzige Mann, der mir je gefallen hat. Für mich kam kein anderer infrage, also habe ich gewartet, bis er wieder rausgekommen ist, obwohl er mich bei jedem Besuch als Erstes nach deiner Großmutter gefragt hat. Das hat schon wehgetan. Manchmal bin ich mir vorgekommen wie eine Blume, die verwelkt ist, bevor sie je geblüht hat."

Hilda lächelte verschämt und bekam rote Flecken auf den Wangen.

„Ganz am Anfang, da habe ich gedacht, dass mich der Ludwig auch gernhat, aber dann hat er die Zille kennengelernt und nur noch Augen für sie gehabt."

„Die Oma hat dir den Mann ausgespannt?"

„Sie hat es nicht gewusst, und ich habe nie was gesagt." Hilda schaute wehmütig. „Mir war klar, dass er mich nie so angeschaut hat. Wie dann der Ludwig aus dem Gefängnis gekommen ist, hat er mich ziemlich schnell geheiratet, aber ich habe immer gespürt, dass er nur einen Menschen an seiner Seite braucht, statt in mich verliebt zu sein. Ich habe mir immer eingeredet, dass, wenn ich ihm eine gute Frau bin, die Liebe mit der Zeit wächst. Diese Unsicherheit, ob er bei mir ist, weil er die Zille nicht haben konnte, hat mich stets gequält."

Amalia wurde die Kehle eng. Jetzt tat sie ihr fast ein wenig leid.

Hilda blickte in Erinnerungen versunken für einen Moment aus dem Fenster, bevor sie weitersprach. „Aber dann, mit Zilles Tod, ist alles wieder aufgekommen. Das Schlimmste ist für mich die Angst, dich zu verlieren. Du warst für mich immer Teil der Familie."

Hilda legte ihre Hand auf Amalias.

„Ich weiß, dass du Zeit brauchst, alles zu verstehen, aber dass du denkst, ich könnte dir oder Zille etwas antun, schmerzt mich sehr. Für die Anschläge auf dich habe ich leider kein Alibi. Aber Amalia, du kannst doch nicht glauben, dass plötzlich zwei Mörder in Pfunders unterwegs sind."

Amalia nickte. Das machte wirklich keinen Sinn. Derjenige, der ihre Oma umgebracht hatte, war mit Sicherheit auch derjenige, der sie zweimal zu töten versucht hatte. Sie akzeptierte, dass Hilda mit den aktuellen Geschehnissen nichts zu tun hatte, aber wie sie mit deren Rolle in ihrer Familiengeschichte umgehen sollte, wusste sie beim besten Willen nicht.

Hilda wischte sich eine Träne von der Wange. „Manchmal kann nur die Zeit helfen", sagte sie leise. „Ich bin eigentlich gekommen, um dir das zu bringen", sagte sie und deutete auf das Foto, das Amalia, als sie es aus der Tasche gezogen hatte, in Todesangst versetzt hatte. „Es ist ein Bild von uns fünf. Der Sepp hat es aufgenommen. Ich denke, es ist Zeit, dass wir alle zu unserer Vergangenheit, die uns zu dem gemacht hat, was wir sind, stehen. Vielleicht magst du das Bild ja hier aufhängen?"

Amalia nahm das Bild. Fünf junge Menschen, die arglos in die Kamera blicken und zu diesem Zeitpunkt keine Ahnung hatten, was das Schicksal für sie bereithielt. Sie strich zärtlich über das Glas. Ja, dieses Bild sollte einen Ehrenplatz erhalten. Tränen liefen ihr über das Gesicht, als sie die jungen Menschen betrachtete und an Omas Gesicht hängen blieb.

Hilda stand leise auf, drückte ihre Schulter und verließ das Haus, ohne ein weiteres Wort zu sagen.

20.

Erschöpft von den Ereignissen des Morgens ließ sich Amalia auf die Küchenbank plumpsen. Hilda war es nicht gewesen. Zwei Mörder, die gleichzeitig in Pfunders ihr Unwesen trieben, das war wirklich haarsträubender Unsinn. Sie genoss das Gefühl der Erleichterung, das sie durchströmte. Gott sei Dank nicht die Hilda. Aber wer dann? Sie war sich eigentlich sicher, dass der Mord an der Oma mit den „alten Geschichten" zu tun hatte. Da blieb eigentlich nur der Sepp. Derjenige, der bis heute noch keinen Frieden mit damals gemacht hatte. Er hatte die Oma für die Polizei-Informantin gehalten und sie für alles Unglück in seinem Leben verantwortlich gemacht. Amalia konnte sich nicht ausmalen, welches Motiv infrage käme, wenn es nicht in der Vergangenheit begründet war. Jemand anderer fiel ihr nicht ein. Es musste etwas mit früher zu tun haben. Das sagte ihr ihr Bauchgefühl.

Sie beschloss, ihren Kaffee auszutrinken und dem Plankensteiner Sepp noch einmal auf den Zahn zu fühlen. Diesmal würde sie sich nicht einschüchtern lassen, nahm sie sich fest vor, und ein bisschen Bewegung konnte nach der ganzen Sitzerei nicht schaden.

Zwanzig Minuten später bedauerte sie allerdings, sich in ihrer Eile im Jeansrock und Ballerinas auf den Weg gemacht zu haben. Der kurze Rock rutschte bei jedem Schritt nach oben und sie würde sich sicher Blasen laufen. Ich muss endlich lernen, dass in den Bergen Zweckmäßigkeit vor Optik kommen sollte, dachte sie ärgerlich über sich selbst.

Idyllisch lag der Stockerhof in der spätnachmittäglichen Sonne. Vor dem Haus pickten die Hühner, und ein paar Graugänse kündigten Amalia bereits mit gereckten Hälsen laut schnatternd an. Die braune Henne Paula, die sie bereits von ihrem letzten Besuch her kannte, saß schlafend auf der Hausbank. Sepp konnte sie allerdings nirgends entdecken.

„*Hoila*", rief sie und ging um das Haus herum. Hinter dem Hof lag eine kleine, dunkelbraun gestrichene *Holzschupfe*. Die Tür stand offen. Amalia sah durchs Fenster Sepp im blauen *Firschta* mit konzentriertem Gesichtsausdruck an einer Werkbank sitzen. Er schnitzte an einem kleinen Hirten, der wohl für eine Weihnachtskrippe gedacht war. Fasziniert starrte Amalia auf die groben großen Hände, die fast liebevoll das Holz bearbeiteten und fein geschnittene Gesichtszüge erschufen.

Plötzlich blickte Plankensteiner auf, als hätte er gespürt, dass er beobachtet wurde. Sobald er Amalia erkannte, wurde sein Blick eiskalt. Hatte Amalia gerade noch einen Zweifel daran gehabt, dass dieser alte zufriedene Mann mit dem Schnitzmesser ein Mörder war, so verschwand dieser sofort. Behände stand der groß gewachsene Mann auf und kam mit hocherhobenem Schnitzmesser auf sie zu. Sie konnte die Wut, die in ihm aufstieg, förmlich greifen. Sie war sich sicher: Er hatte ihre Oma abgrundtief gehasst, und nun hasste er sie mit der gleichen Inbrunst.

„Du *schun* wieder! Schau, dass dich schleichst. Mir haben nichts miteinander zum Reden", schrie er mit hochrotem Kopf und ging drohend mit deutlichem Hinken auf sie zu.

„Oh doch. Wir haben was zu reden", entgegnete Amalia und war überrascht, wie ruhig ihre Stimme dabei blieb.

Sie wich trotz seiner Körpergröße nicht vor ihm zurück, achtete allerdings darauf, ein wenig Abstand zu halten, um sich bei einem Angriff rechtzeitig in Sicherheit bringen zu können.

„Du hast die Falsche umgebracht. Die Zille war nicht die Verräterin in eurer Gruppe. Aber statt dich mit ihr in all den Jahren auszusprechen, hast sie einfach *derschossen*."

Sepp starrte sie zornbebend an. Sein Gesicht verfärbte sich dunkelrot. „Blödsinn! Du bist die gleiche Lügnerin wie deine Oma. Ihr meint, ihr könnt mit ein paar schönen Worten das Unheil, das ihr über andere bringt, aus der Welt räumen. Der blöde Sepp wird es schon glauben. Aber nicht mit mir! Bis zu meinem letzten Atemzug werde ich die Bildomocharin verfluchen!"

Er hob drohend seine große Hand mit dem Messer.

Amalia wich vor der Macht seiner Wut und seines Hasses einen Schritt zurück. Dann nahm sie ihren ganzen Mut zusammen.

„Die Hilda war es. Sie hat es mir selber gesagt!", schleuderte sie ihm entgegen.

Sepps Augen weiteten sich.

„Die Hilda?"

Ungläubig ließ er die Hand sinken.

„Was sagst du? Die Zille war gar nicht diejenige, die uns an die *Carabinieri* verraten hat?"

Amalia schüttelte den Kopf. Sepps Miene verlor jeden Ausdruck. Gedankenversunken drehte er sich um und hinkte in Richtung Haus. Doch dieses Mal ließ Amalia ihn nicht entkommen. Sie wollte endlich ein Geständnis und damit die Sache zu Ende bringen. Mit ein paar schnellen Schritten hatte sie ihn eingeholt und stellte sich ihm in den Weg.

„Warum jetzt? Warum hast du Zille erst jetzt, nach all den Jahren, umgebracht? Hau nicht schon wieder ab. Red mit mir!“, fauchte sie und ihre Stimme klang ein wenig hysterisch.

Er schob sie ohne große Kraftanstrengung zur Seite und ließ sich auf die Hausbank neben Paula fallen, die dort saß, als hätte sie die ganze Zeit nur auf ihn gewartet.

Zornig stand Amalia vor ihm. „Jetzt red endlich“, drängte sie den alten Stocka.

Er hob den Kopf und sah ihr in die Augen. „Ja, es stimmt. Ich habe immer die Bildomocharin verdächtigt, uns verpfiffen zu haben. Sie hat alles gewusst. Wann und wo wir uns treffen. Den Meinrad, den sie später geheiratet hat, der war damals bei der zweiten Sprengung nicht dabei gewesen. Niemals habe ich ihr verziehen, was sie mir mit der Haft angetan hat. Aber umbracht habe ich sie nicht. Nie würde ich riskieren, noch einmal ins Gefängnis zu gehen.“

Seine Stimme bebte und seine Augen verdunkelten sich, als er an die Haft dachte.

„Ich kann es nicht fassen, dass es die Hilda war. Die Hilda? Die brave Hilda? Die immer jedem geholfen hat?“, fragte er tonlos.

„Ja, die Hilda. Aber ich glaub, die Umstände, warum sie es getan hat, soll sie dir selber erzählen. Das steht mir nicht zu“, sagte Amalia ernst.

Er überlegte. Seine Stirn zog sich in Falten.

„Die Hilda hat mich damals im Gefängnis besucht und gesagt, warum sie die Zille verdächtigt, nämlich weil der Meinrad, den die Zille geheiratet hat, der Einzige war, der nicht dabei war an dem Tag. Ich habe ihr geglaubt.“

„Der Pfarrer hat mir gesagt, dass meine Oma zu der Zeit mit dem Ludwig, dem *Soggila,* zusammen war, also warum hätte sie den Meinrad schützen sollen?", widersprach Amalia.

Er schwieg lange.

„Weißt, damals, da hab ich immer Musik gemacht. Meistens war ich ganz mit meiner Musik beschäftigt. Stimmt, das hätt mir auffallen können. Sie haben oft miteinander getanzt. Aber so was hat mich nicht interessiert."

Der alte Mann blickte abwesend in die Ferne. Seine Stimme klang traurig, als er fortfuhr: „Dann hab ich der Zille all die Jahre unrecht getan. So oft ist sie hier heraufgekommen und hat versucht mit mir zu reden, aber ich hab sie immer rausgeschmissen, ohne sie anzuhören. Da hat sie jetzt erst sterben und du hast kommen müssen."

Wieder eine lange Pause, in denen seine großen Hände zart die Henne neben sich streichelten.

„Du musst mir glauben, ich hab deine Oma nicht erschossen."

Amalia sah Tränen in den Augen des alten Mannes.

„Wo warst du zu der Zeit, als die Oma erschossen worden ist?"

Er überlegte kurz. „Die Lisbeth hat kalbt. Deswegen war ich die ganze Zeit da. Kannst die Lene, meine Schwägerin, fragen."

Der Sepp fasste in seine Hosentasche und gab Paula ein paar Körner.

Amalia konnte nicht anders. Eigentlich hatte der Stocka Sepp sie überzeugt, hauptsächlich durch seine panische Angst vor dem Gefängnis, die sicher nicht gespielt war, aber sie musste auf Nummer sicher gehen, also ging sie ins Haus, um Lene zu suchen. Sie fand sie in der Küche.

„*Hoila*, Lene, ich wollt wissen, wo der Sepp an dem Tag war, als meine Oma erschossen wurde“, begann Amalia, ohne sich mit Höflichkeiten aufzuhalten, aber die Neugier brannte in ihr wie eine heiße Flamme.

Lene nickte nur. „An dem Tag hat unsere Lisbeth kalbt. Jedes Mal hat sie Probleme beim Kalben. Deshalb ist mein Schwager den ganzen Tag da gewesen, damit er mir helfen konnte, wenn es so weit ist.“

„Danke. Tut mir leid, dass ich ihn verdächtigt habe.“

Amalia erzählte Lene, was sie in den letzten Tagen herausgefunden hatte.

Amalia wollte gerade gehen, als sie Musik hörte. Erstaunt sahen sich die beiden Frauen an. Leise gingen sie hinüber in die *Stube*. Sepp hatte seine Harmonika umgeschnallt und zu spielen begonnen. Zuerst hörte man, dass er lange nicht mehr gespielt hatte. Doch nach ein paar Minuten spielte er flüssig und völlig versunken ein Lied nach dem anderen, als hätte der alte Mann niemals damit aufgehört.

Lene strahlte. „Ich glaube, jetzt hat er damit endlich abschließen können und seinen Frieden gefunden. Es hat ihm immer so wehgetan, dass ihn ausgerechnet die Zille, die ihm von allen am liebsten war, verraten hat.“

Amalia hörte noch lange zu, bevor sie den Stockerhof verließ.

Während sie langsam die Serpentinen hinunterging, versuchte sie ihre Erkenntnisse zu sortieren und einen neuen Verdächtigen auszumachen. Aber sie fand keine Antwort auf die Frage, wer noch ein Motiv gehabt haben könnte.

Bereits von der Straße aus blickte Amalia immer wieder nervös zu Zilles Haus. Sie hatte zwar die Tür zweimal abgesperrt, bevor sie zum Stocka aufgebrochen war, aber je näher sie ihrem Heim kam, desto mehr erfasste sie die Furcht davor, das Haus zu betreten. Was, wenn der Mörder sie beobachtete? Was, wenn er die Gelegenheit genutzt hatte, in ihrer Abwesenheit ins Haus einzudringen, und sie jetzt erwartete? Sie blieb an der Straße stehen. Angestrengt schaute sie zu den Fenstern. Hatte sich da nicht ein Vorhang bewegt? War oben im Atelier nicht ein Schatten zu sehen? Amalia zog den Schlüssel aus der Handtasche und hielt ihn zitternd in der Hand. Sollte sie warten, bis Felix nach Hause kam, und mit ihm zusammen ins Haus gehen? Sie schaute auf die Uhr. Unmöglich: Sie konnte hier nicht stundenlang auf ihn warten. Sie blickte sich ängstlich um. Vielleicht legte der Mörder ja gerade ein Gewehr auf sie an. Wahrscheinlich war es im Haus sicherer als draußen. Amalia schluckte. Wurde sie allmählich paranoid? Doch ihr Verstand kam nicht gegen das Gefühl, eine Gejagte zu sein, an.

Langsam ging sie auf die Haustür zu. Immer bereit, sofort umzukehren, wenn etwas ungewöhnlich erschien. Ihre Atmung wurde immer hektischer. Das Herz klopfte ihr bis zum Hals, als sie den Schlüssel ins Schloss steckte. Ein seltsames Geräusch kam von der Hinterseite des Hauses. Panisch drehte sie sich um. Sie wollte weglaufen, aber ihre Beine bewegten sich nicht. Ein Schatten war an der Hausecke. Amalia dachte, ihre letzte Minute hätte geschlagen. Gleich würde der Mörder vor ihr auftauchen und sie stand wehrlos, wie angewurzelt, da. Ihre Beine versagten ihr jeden Dienst. Ein Schrei blieb in ihrer Kehle stecken.

„Amalia, du bist ja ganz blass. Ist dir nicht gut?“, fragte Nanne arglos und tauchte aus dem Schatten vor ihr auf.

Sie hatte ihre Kittelschürze an und einen Besen in der Hand.

„Ich hab dich weggehen sehen und mir gedacht, ich pass inzwischen auf das Haus auf, damit der Mörder nicht heimlich hineinkommt und dich dann überrascht. So, wie man es in den Krimis immer liest. Ich hab immer wieder unauffällig ums Haus herum gekehrt. Einem Mörder möchte man schließlich nicht ohne Waffe begegnen. Da kannst du dir sicher sein, *Gitsche,* den hätte ich mit dem Besen niedergestreckt. Der wäre mir nicht entkommen. Aber es hat keiner versucht“, fügte sie nach ihrer Erklärung mit bedauerndem Ton hinzu.

Amalias Atem beruhigte sich langsam. Erleichterung durchflutete sie. Durch das plötzliche Nachlassen der Anspannung spielten ihre Gefühle verrückt. Geschüttelt von einem Lachanfall traten ihr die Tränen in die Augen.

Nanne sah sie erst entrüstet an, bevor sich ihr Gesicht beleidigt verzog.

Amalia riss sich zusammen. „Danke, Nanne. Ich dachte nur, als du um die Ecke gebogen bist, dass der Mörder kommt. Danke, dass du aufgepasst hast.“

Normalerweise mochte Amalia keine neugierigen Menschen, die sich in ihr Leben einmischten, aber dieses Mal war sie froh und dankbar.

Nanne lächelte stolz und nahm Amalias Dank mit einem majestätischen Kopfnicken zur Kenntnis. „Dann kann ich ja jetzt wieder zu mir rübergehen.“

Sie stellte den Besen an die Wand und ging.

Erleichtert schloss Amalia die Tür auf. Dank ihrer resoluten Nachbarin war sie sicher, dass niemand im Haus auf sie wartete. Sie blickte auf ihr Handy und checkte ihre E-Mails.

Eine Nachricht von der Redakteurin von „Harper's Bazaar" mit der Bitte, die Bilder bis spätestens übermorgen an die Redaktion zu schicken. Amalia stöhnte. Aber vielleicht war diese Mail genau der Druck, den sie brauchte, um endlich intensiv arbeiten zu können.

Sie beschloss, sich gleich mit ihrem Laptop an den Küchentisch zu setzen und mit der Arbeit zu beginnen. Sie öffnete den Ordner. 850 Bilder, die sie noch sichten musste, um die besten auszusuchen. Das Bild mit dem Massai würde sie auf jeden Fall nutzen.

Drei Stunden später lehnte sie sich auf dem Küchenstuhl zurück und massierte ihren schmerzenden Nacken, speicherte die Bilder und beschloss, eine kurze Pause zu machen. Amalia machte sich einen Kaffee, um die Müdigkeit zu vertreiben. Sobald sie nicht mehr auf die Arbeit konzentriert war, kreisten die ewig gleichen Fragen durch ihren Kopf: Wer hatte ihre Oma ermordet und wer trachtete ihr nach dem Leben? Sie musste ihm ganz dicht auf den Fersen sein, sonst würde der Mörder doch nicht versuchen, jetzt auch sie umzubringen. Sie dachte an ihre Panikattacke, die sie gestern Abend gehabt hatte. Sollte sie ihr Leben lang Angst haben müssen? Wie lange würde die *Polizia di Stato* noch brauchen, um den Täter zu überführen? Musste sie während dieser ganzen Zeit ständig damit rechnen, umgebracht zu werden?

Es gab nur zwei Möglichkeiten: Die eine wäre, sofort nach Berlin zurückzukehren. Aber wollte sie das? Würde der Mörder sein Vorhaben aufgeben, wenn sie nicht mehr nach ihm suchte? Würde er das Ganze auf sich beruhen lassen, oder wäre sie jedes Mal, wenn sie nach Pfunders zu Besuch kam, in Gefahr? Dann war da auch noch Felix. Nein, sie wollte keinesfalls sofort zurück.

Sie dachte wieder an Hilda. Den Schmerz in den Augen der alten Frau. Wie sollten sie beide in Zukunft miteinander umgehen? Amalie wusste nicht, ob sie Hilda verzeihen konnte. Es stimmte, Hilda hatte ihr Leben lang versucht, ihre Schuld abzutragen. Sie war Ludwig eine gute Frau und ihrer Großmutter eine treue Freundin gewesen. Außerdem hat sie den Plankensteiner Sepp immer wieder Arbeit gegeben und für einen Stand auf dem Christkindlmarkt gesorgt. Aber konnte man solch eine Schuld sühnen? Sie musste mit einer Person sprechen, die die Vorkommnisse der damaligen Zeit miterlebt hatte, aber nicht so direkt in ihr eigenes Leben involviert war, so wie Hilda und Ludwig. Da ihr das letzte Mal die Worte von Pfarrer Auer Trost gebracht hatten, hoffte sie, dass er auch dieses Mal den Aufruhr in ihrem Inneren ein wenig beruhigen konnte.

21.

Aus Schaden klug geworden zog Amalia schnell Turnschuhe und ihre ausgewaschene Jeans an, nahm eine kleine schwarze Umhängetasche von der Garderobe und schloss die Haustür zweimal ab. Der Vorhang an Nannes Küchenfenster bewegte sich. Amalia schmunzelte. Wahrscheinlich würde es keine zwei Minuten dauern und Nanne würde erneut den Besen schwingen.

Amalia schluckte, bevor sie an die Tür des *Widens* klopfte. Pfarrer Auer öffnete und bat Amalia in sein Dienstzimmer. Ohne lange zu fragen, holte er Kaffee und Streuselkuchen aus der Küche.

„Hab gehört, was gestern passiert ist. Die Stoana Nanne war da", grinste er. „Mehr Details weißt wahrscheinlich nicht mal du über deinen Unfall."

Dann wurde er wieder ernst.

„Muss ein entsetzlicher Schreck gewesen sein."

„Ja, das war es. Aber deswegen bin ich gar nicht hier. Ich habe gestern erfahren, dass Ludwig Raffeiner mein Opa ist und nicht der Meinrad Engl. Außerdem ist aufgekommen, dass die Verräterin damals die Hilda war."

Amalia sah den Pfarrer abwartend an. Der nickte bedächtig ohne jegliche Überraschung.

„Du hast das alles gewusst?", fragte Amalia perplex. „Weißt du, wie mir das auf die Nerven geht? Diese ganze Geheimniskrämerei. Jeder weiß was, und keiner sagt was. Ich war doch gestern bei dir. Warum hast du mir nicht reinen Wein eingeschenkt?"

„Ich verstehe, dass du dich hintergangen fühlst. Dass die Hilda die Gruppe verpfiffen hat, hat sie mir einmal gebeichtet. Im wahrsten Sinne des Wortes und ich bin natürlich an das Beichtgeheimnis gebunden. Dass der Ludwig Andreas' Vater war, dir das zu erzählen, lag nicht in meiner Verantwortung. Auch nicht in Hildas. Zille hätte es dir meiner Meinung nach sagen müssen. Darüber haben wir manchen Abend hitzig diskutiert. Ich war mit Ludwig im Gefängnis von Trient in derselben Zelle. Ich habe gesehen, wie dieser Mann gelitten hat. Alle zwei Wochen durften wir Besuch empfangen. Jahrelang hat er gegen jede Vernunft gehofft, dass die Zille ihn besucht. Wenigstens einmal, um ihm zu erklären, warum sie so plötzlich einen anderen geheiratet hat. Aber sie ist nie gekommen, nur die Hilda war an jedem Besuchstag da. Er ist bitter geworden, der Ludwig. Die Nachricht, dass Zille und Meinrad ein Kind miteinander haben, ein Frühchen, das sich gut erholt hat, wie uns der Dorfklatsch zugetragen hat, hätte ihn fast zerbrochen. Er hat das Vertrauen in das Gute im Menschen verloren.

Als wir im September 1966 aus dem Gefängnis entlassen wurden, sind wir empfangen worden wie Helden. Die Musikkapelle hat gespielt, der Bürgermeister war da und ein paar wichtige Leute vom Landtag, aber der Ludwig hat sich nur die Augen nach der Zille aus dem Kopf geschaut. Das ganze Dorf war auf den Beinen. Die Einzige, die gefehlt hat, war die Bildomocharin. Das hat ihm einen weiteren quälenden Stich versetzt. Ich habe immer zur Zille gesagt, dass es Balsam für seine Seele wäre, zu erfahren, dass sie ihn nicht ins Gefängnis gebracht hat. Zu erfahren, dass sie ihn aufrichtig geliebt hat, dass sie sich nur aus der Not heraus gegen ihn entschieden hat und nicht, weil ihr ein anderer Mann plötzlich besser gefallen hat. Aber die Zille hat sich so geschämt. Nie hat sie verwunden, dass sie Ludwig seinen Sohn vorenthalten hat. Sie hat es fast nicht ertragen, mit ihm in einem Raum zu sein. Ich glaube, sie hat ihn bis zu ihrem letzten Tag geliebt. Aber sie war der Meinung, dass sie seiner Liebe und seiner Vergebung nicht würdig war. Natürlich hat sie gewusst, dass er sie für die Verräterin hielt, aber sie hat gesagt, wenn der Ludwig mich hasst, dann ist es für ihn leichter zu ertragen, dass ich einen anderen geheiratet habe. Und die Zille konnte stur sein. Mit Engelszungen habe ich auf sie eingeredet."

Amalia schüttelte benommen den Kopf. Was für ein Geflecht an Beziehungen: Hilda, Ludwig, Zille und Meinrad, sie alle waren unauslöschlich miteinander verbunden, aber alle durch Lügen und Unwissen voneinander getrennt. Sie fühlte Mitleid mit dem *Soggila* in sich aufsteigen. Die beiden Frauen in seinem Leben hatten ihm böse mitgespielt. Vielleicht hatten sie das Richtige tun wollen, aber mit ihren Entscheidungen hatten sie viele Menschen verletzt.

„Warum hat Zille nichts gesagt, wie der Ludwig aus dem Gefängnis gekommen ist oder später, als der Meinrad verunglückt ist?"

„Als der Ludwig aus dem Gefängnis gekommen ist, hat Zille gemeint, bei Meinrad bleiben zu müssen. Meinrad war ein anständiger Mann. Er hat sie immer gut behandelt, gearbeitet bis zum Umfallen, um ihr einen bescheidenen Wohlstand bieten zu können. Dem Andreas ist er ein guter Vater gewesen. Damals habe ich die Bildermacherin sogar verstanden. Hätte sie diesen rechtschaffenen Mann verlassen sollen, nur weil er ihr Herz nicht so zum Klopfen gebracht hat wie der Ludwig? Hätte sie für ihr eigenes Lebensglück ihrem Sohn den Vater nehmen sollen?"

Amalia dachte nach. Wirklich eine verzwickte Situation. Wahrscheinlich musste man selbst in so einer Lage sein, um wissen zu können, wie man sich verhalten würde.

„Aber später? Nach dem Tod Meinrads?“, beharrte sie.

„Meiner Meinung nach wäre das der richtige Zeitpunkt gewesen“, gab ihr Pfarrer Auer recht. „Ludwig war oft bei mir. Er hat damit gehadert, Zille und Meinrad glücklich im Dorf zu sehen. Jedes Mal hat es ihm wieder das Herz gebrochen, wenn er sie zufällig irgendwo getroffen hat. Für einen so stolzen Mann wie Ludwig war es sicher sehr schwer, sich diese Verletzlichkeit einzugestehen. Ich denke, es war Trotz, dass er schon im Jahr nach seiner Entlassung Hilda geheiratet hat. Er wollte Zille zeigen, dass er ihr nicht mehr nachtrauerte. Groß musste die Hochzeit sein, obwohl er fast kein Geld hatte, nur damit die Zille sah, was sie verpasst hat. Da war er ein unbelehrbarer Kindskopf. Und es hat funktioniert. Zille hat sich bei mir die Augen ausgeweint, als sie von der Verlobung von Hilda und Ludwig erfahren hat. Diese beiden standen sich in Stolz und Sturheit in nichts nach, wahrscheinlich haben sie sich deswegen so geliebt“. Dabei schüttelte der Pfarrer den Kopf, und tiefes Bedauern schwang in seiner Stimme mit.

Leise fuhr er fort: „Diese beiden haben sich gegenseitig das Leben so schwer gemacht ... nach dem Tod Meinrads war Ludwig schon mit Hilda verheiratet und Zille wollte sich ihrer Freundin gegenüber fair verhalten. Außerdem hat sie sich gesagt, wenn Ludwig so schnell eine andere heiratet, können seine Gefühle für sie ja nicht so groß gewesen sein. Verletzter Stolz und Eitelkeit“, schimpfte der Pfarrer. „Ich habe auf sie eingeredet wie auf ein krankes Kalb, aber sie hat ihre Entscheidung getroffen, Andreas allein großzuziehen,

Ludwig nichts von seiner Vaterschaft zu erzählen und alles beim Status quo zu belassen. Keine zehn Pferde konnten sie davon abbringen und ich auch nicht."

Der Pfarrer sah traurig drein und erinnerte Amalia mit seinen hängenden Wangen und seinem seelenvollen Blick an eine alte Bulldogge. Er schwieg und fuhr erst nach einer Weile fort: „Ich denke, Hilda hätte damals jede Entscheidung akzeptiert, war aber sehr froh und dankbar, dass Zille keinen Versuch unternahm, Ludwig zurückzugewinnen. Aber das Wissen, dass ein Wort ihrer Freundin ihr ganzes Leben zum Einsturz bringen konnte, hat Hilda immer gequält."

„Eine feine Freundin war Hilda. All diese Lügen und Geheimnisse. Mein Vater hat nie gewusst, wer sein Vater war, und Meinrad hat eine Frau geheiratet, die einen anderen liebte. So viele Leben sind durch den Verrat Hildas durcheinandergeraten. Ich weiß nicht, ob ich ihr das verzeihen kann", empörte sich Amalia erneut.

Der Pfarrer sah sie streng an.

„Amalia, ich kann verstehen, dass du ein Ventil für deine Wut brauchst. Du bist dein ganzes Leben lang über deine Herkunft belogen worden, und deine Oma ist nicht mehr da. Aber was, bitte, hast du Hilda zu verzeihen?"

Wieder sah er sie durchdringend an.

„Wenn ich mich richtig erinnere, war Hilda für dich und deine Oma immer da, oder?"

Amalia senkte unter dem unerbittlichen Blick des Pfarrers schuldbewusst die Augen.

„Dass Hilda uns damals verraten hat, damit müssen sich Sepp, Ludwig und ich uns auseinandersetzen. Da hast du nichts zu verzeihen. Es stimmt, Ludwigs und Zilles Leben und damit auch deines wäre komplett anders verlaufen, wenn Ludwig nicht ins Gefängnis gekommen wäre, aber ich glaube, auch hier waren die Leidtragenden der Ludwig und die Zille, und Zille hat Hilda schon lange verziehen."

„Die Oma hat gewusst, dass Hilda euch bei den *Finanzern* verpfiffen hat?", fragte Amalia betroffen.

„Ja. Sie war es nicht, und meiner Meinung nach hat sie auch den Meinrad nie verdächtigt, sonst hätte deine Oma ihn niemals geheiratet. Also, wer blieb? Nur Hilda."

Amalia schwieg lange und kaute an den Worten des Pfarrers.

„Wie kann eine Freundschaft so etwas überstehen? Die eine weiß, dass die andere die große Liebe ihres Mannes ist, die andere weiß, dass durch Verrat der anderen ihr Leben aus den Fugen geraten ist, und trotzdem waren sie all die Jahre so vertraut und eng miteinander."

Ratlos schaute Amalia den alten Geistlichen an.

„Weißt du, die beiden kannten sich von frühester Kindheit an. Zille hat gewusst, dass Hilda kein schlechter Mensch ist und sie nur unter größter Not die Gruppe verraten hat, und Hilda hat nie daran gezweifelt, dass Zille keine Ahnung davon gehabt hat, dass auch Hilda Gefühle für Ludwig hatte. Aber es kann nicht immer einfach gewesen sein."

„Und Hannes?", entfuhr es Amalia. „Für den muss es ja auch ein riesiger Schock gewesen sein. Zu erfahren, dass sein Vater noch ein anderes Kind hatte und einmal mit der besten Freundin seiner Mutter zusammen war."

Amalia schüttelte den Kopf. Sie war so mit ihrem eigenen Gefühlswirrwarr beschäftigt gewesen, dass sie überhaupt nicht die Auswirkungen auf ihren Freund bedacht hatte.

„Der hat es eigentlich ganz gut aufgefasst", sagte Pfarrer Auer beruhigend.

„Er war auch bei dir?“, fragte Amalia überrascht.

„Nein, das hat mir die Hilda erzählt. Schließlich hatte er ja jetzt auch Zeit, sich damit auseinanderzusetzen und ...“

„Wie? Er hatte Zeit?“, unterbrach Amalia ungeduldig. „Der arme Kerl kam gestern in die Küche und ist in meinen Streit mit Hilda hineingeplatzt. Ich muss unbedingt mit ihm reden. Der ist sicherlich auch völlig durcheinander. Wie ist Hannes eigentlich mit mir verwandt?“, schweifte sie dann gedankenverloren ab. „Mein Halbbruder? Schmarrn, er ist der Halbbruder meines Vaters. Ist er dann mein Halbonkel?“

Amalia kicherte hysterisch. Wenn die ganze Situation nicht so nervenaufreibend wäre, wäre sie eigentlich lustig, dachte sie. Irgendwann würden sie und Hannes darüber lachen und sie würde ihn scherzhaft „Onkel“ nennen, ohne dass es wehtat.

Der Pfarrer sah sie besorgt an, bemühte sich dann sichtlich um seinen beruhigenden Seelsorgertonfall. „Um den Hannes brauchst du dir keine Sorgen zu machen, Amalia. Du hast doch von dem Streit zwischen zwischen dem Stocka Sepp und deiner Großmutter im *Dorftreff* gehört?“

Amalia nickte und riss sich zusammen.

„Diese alten Vorwürfe vom Sepp haben die Zille immer schwer getroffen. Dieses letzte Mal war wohl der Tropfen, der das Fass zum Überlaufen gebracht hat. Sie hat danach zur Hilda gesagt: ‚Stell dir vor, der Stocka stirbt, und ich habe ihm nie die Wahrheit gesagt. Vielleicht sind wir jetzt in einem Alter, in dem wir unsere Angelegenheiten in Ordnung bringen sollten. Außerdem hat die Amalia niemanden mehr, wenn ich nicht mehr bin. Sie soll wissen, dass sie noch lebende Verwandtschaft hat.‘“

Amalia schluckte schwer und Tränen stiegen ihr in die Augen. All die Jahre hatte ihre Oma geschwiegen, sich nie gerechtfertigt, ungerechte Beschuldigungen auf sich genommen, aber jetzt, aus Sorge um sie, hätte sie ihre Geheimnisse ans Licht gebracht.

„Zwei Tage vor ihrem Tod habe ich sie das letzte Mal gesehen“, fuhr der Pfarrer fort. „Sie saß da, wo du jetzt sitzt und hat gesagt: ‚Mir sind nimmer die Jüngsten, Georg. Ich habe lang nachgedacht. Bevor ich vor meinen Herrgott trete, muss ich wenigstens der Amalia noch erzählen, dass der Ludwig ihr Opa ist. Sonst ist das arme Kind ganz allein auf der Welt, und dem Stocka sag ich, dass ich damals nicht die Informantin war. Damit die arme Seele endlich Ruhe hat.‘“

Der Pfarrer schüttelte resigniert den Kopf. „Ich habe nicht gewusst, ob ich Halleluja singen oder deine Oma schütteln soll. So viele Jahre habe ich auf das sture Weib eingeredet, sie soll dir und dem Ludwig die Wahrheit sagen, aber sie hat sich vehement geweigert, und jetzt sitzt sie plötzlich da und tut so, als wäre es das Selbstverständlichste von der Welt, das Geheimnis nach einem halben Jahrhundert zu lüften. Aber dazu ist es leider nicht mehr gekommen. Es wäre so viel besser gewesen, du hättest alles von ihr erfahren.“

Die Traurigkeit in der Stimme des alten Mannes war unüberhörbar.

„Was ich eigentlich sagen wollte …“, fuhr er schließlich fort, “… ist, dass Hilda deswegen dem Hannes alles erzählt hat. Sie wollte, dass er es von ihr hört, und laut ihr soll er es gut aufgenommen haben. Hilda ist ein riesiger Stein vom Herzen gefallen. Sie hatte solche Angst, dass ihr Sohn sie verachten könnte, aber er soll nur gesagt haben: ‚Du hast damals getan, was getan werden musste, *Mamme,* und damit war das

Thema für ihn erledigt. Ein feiner *Bui,* der Hannes", schloss der Pfarrer wohlwollend.

Langsam ließ die Anspannung in ihrem Inneren nach. Es gab ihr ein gutes Gefühl, dass ihre Oma sich zuletzt durchgerungen hatte, ihr alles zu erzählen. Schade, dass es dazu nicht mehr gekommen war. Was Hilda anging, hatte der alte Pfarrer recht. Sie hatte alles, was geschah, viel zu sehr auf sich bezogen. Es war nicht an ihr zu vergeben, Schuld zuzuweisen oder Rechenschaft einzufordern. Das sollten die Alten unter sich ausmachen, beschloss sie und auf einmal fühlte sie sich leichter und wie befreit.

„Danke." Sie drückte fest die faltige Hand von Pfarrer Auer. „Du hast mir viel zum Nachdenken gegeben, aber ich hab deine offenen Worte gebraucht."

„Du machst das schon, Amalia", sagte der Pfarrer zuversichtlich, „wenn du nur halb so einen Dickschädel hast wie deine Oma, muss ich mir um dich keine Sorgen machen."

Amalia wollte erst aufbrausen, musste dann aber lachen. Sie lächelte noch, als sie das Pfarrhaus verließ.

22.

Die Worte des alten Geistlichen hatten ihre Welt wieder gerade gerückt. Jedenfalls ziemlich. Aber irgendetwas, was der Pfarrer gesagt hatte, passte nicht. Irgendetwas hatte er gesagt, das sie beunruhigte. Aber sie kam nicht drauf. Es war wie das Gefühl, wenn einem ein Wort oder ein Name nicht einfiel. Der gesuchte Begriff war zum Greifen nah, lag einem auf der Zunge, aber man fand ihn trotzdem nicht.

Hannes! Das war es. Hannes hatte die ganze Zeit gewusst, dass sie Ludwigs Enkelin war, und nichts gesagt. Hatte er gehofft, dass nach Zilles Tod niemand von der Sache erfahren müsse? Wollte er seine Mutter vor Gerede schützen? Amalia wurde schlecht. Für sie war Hannes nie als Mörder infrage gekommen, da sie glaubte, er habe erst nach Zilles Tod von der Verwandtschaft erfahren und deswegen kein Motiv gehabt. Aber wenn er es davor schon gewusst hatte ... War es wirklich die ganze Zeit um Ludwigs Erbe gegangen?

So ein Quatsch, dachte Amalia resolut. Sie hatte sich schon dazu bringen lassen, Hilda zu Unrecht zu verdächtigen. Diesen Fehler würde sie bei ihrem ältesten Freund sicher nicht noch einmal machen. Erstens legte Hannes auf materielle Dinge keinen besonderen Wert und zum Zweiten war er kein gewiefter Schauspieler, in seinem offenen Gesicht konnte sie jede Gefühlsregung so leicht ablesen wie in einem Kinderbuch die Druckschrift. Außerdem hatte er Evi heimgefahren, während jemand versucht hatte, sie auf dem Heimweg von der Bar anzufahren. Hatte er doch ... oder? Sie holte ihr Handy aus der Tasche.

Kaum, dass Evi sich meldete, fragte sie: „Du, als wir alle zusammen in der Bar waren, hat dich doch der Hannes heimgefahren?"

Am anderen Ende der Leitung herrschte zunächst erstauntes Schweigen, dann folgte: „Warum?"

„Sag schon!" Amalia konnte ihre Ungeduld kaum zügeln.

„Ja, hat er. Sogar mit dem Porsche Cayenne von seinem *Tata*. Aber ich bin schon bei der Abzweigung zur *Eggerseite* ausgestiegen. Ich wollte noch ein Stück zu Fuß gehen, um ein bisschen auszunüchtern, weil mein Mann ..."

Aber Amalia hatte schon aufgelegt. Oh mein Gott! Er hatte ein Motiv und die Gelegenheit gehabt. Vielleicht lag sie völlig falsch, schon wieder, aber sie würde die Polizei anrufen. Ihr wurde das Ganze zu heiß. Vielleicht drehte sie völlig durch und verdächtigte einen nach dem anderen von ihren engsten Freunden und Bekannten, aber vielleicht hatte sie auch recht. Trotz des milden Abends schauderte sie.

Sie ging schneller und rannte fast, bis sie vom verlassenen Fußweg auf die Fahrstraße kam. Hier war sie wenigstens nicht völlig allein. Schwer atmend griff sie wieder nach ihrem Handy. Zum Glück hatte sie die Nummer von Commissario Frattini inzwischen eingespeichert. Es dauerte eine gefühlte Ewigkeit, bis sich Frattini endlich mit einem mürrischen „Pronto" meldete. Amalia sprach nun abgehackt, weil die Steigung der Straße vom *Brugger* bis zu Zilles Haus sie zum Schnaufen brachte. Aber sie war stolz auf sich, wie klar sie ihren Verdacht formulierte. Das musste diesen arroganten Italiener doch überzeugen, sie ernst zu nehmen.

„... und jetzt habe ich herausgefunden, dass Hannes die Evi nicht bis zu ihrem Hof weit oben auf der *Hintereggerseite* gebracht hat, was viel mehr Zeit in Anspruch genommen hätte, sondern, dass er sie bloß bis zur Abzweigung von der Hauptstraße gefahren hat, sodass …"

Abrupt brach Amalia ab. Dort am Gartenzaun vor Zilles Haus stand Hannes an seinen Jeep gelehnt und genoss die letzten Strahlen der Abendsonne. Ganz vorsichtig ließ sie ihr Handy in die Handtasche gleiten, ohne das Gespräch zu beenden. Sollte sie wegrennen? Oder so tun, als wäre alles wie immer? Außerdem war Nanne in der Nähe, da konnte er ihr kaum etwas antun.

Sie zwang sich auf ihn zuzugehen und verzog ihre Lippen zu einer Grimasse, die er hoffentlich für ein harmloses Lächeln hielt. Er erwiderte es und Amalia wurde ruhiger. Sie war sicher auf dem Holzweg. Sie kannte diesen Mann von Kindesbeinen an. Hannes würde ihr niemals etwas zuleide tun. Trotzdem suchten ihre Augen hektisch im Nachbarhaus nach Nannes Schatten. Aber nirgendwo hörte sie das Kehren eines Besens, kein Vorhang bewegte sich … Wo war die verflixte Frau, wenn man sie einmal brauchte? Oh nein! Nannes Wagen stand nicht vor dem Haus. Sie war überhaupt nicht daheim.

Amalia schluckte. Ganz ruhig bleiben, nur nichts anmerken lassen und nirgendwohin mitgehen, dann konnte eigentlich nichts passieren.

„Hallo Amalia, ich wollte dir Fotos von einem Dachausbau zeigen, den wir vor einigen Monaten gemacht haben. Vielleicht kannst du dir ein paar Ideen für den Umbau vom Haus holen, habe ich mir gedacht."

Er sah sie mit seinem freundlichen, ruhigen Blick an. Sein Gesicht mit der breiten Nase wirkte arglos und offen. Nichts an ihm schien bedrohlich.

„Jetzt ist grad schlecht, weil …“ Sie stockte. Ihr Gehirn schien nur noch auf Sparflamme zu funktionieren. Sie brauchte eine gute Ausrede. Sofort! „… weil ich unbedingt die Bilder für den Prospekt für den Acherer zusammenstellen muss. Er braucht sie heute noch.“

Hannes' Augen verengten sich, nur für einen kurzen Augenblick, dann lächelte er wieder. „Kein Problem, hat ja keine Eile.“

Amalia atmete auf. Das war ja noch einmal gut gegangen. Sie zwang sich zu einem Lächeln, winkte und wollte gerade das Gartentor öffnen, als Hannes rief:

„Ich geh schnell mit rein, dann kann ich die zwei großen Kerzenständer von uns mitnehmen, die meine Mutter für die Beerdigung aufgestellt hat.“

Anscheinend bemerkte er ihren verzweifelten Gesichtsausdruck, denn er fügte an: „Keine Sorge, bin in einer Minute wieder weg, und du kannst dann in Ruhe arbeiten.“

„Nein!“, entfuhr es Amalia.

Hannes' Miene verfinsterte sich.

„Ich meine, die bringe ich persönlich zu Hilda. Das hatte ich eh vor, bin nur noch nicht dazu gekommen. Ich wollte mich noch mal offiziell für ihre ganze Arbeit bei der Vorbereitung für die Beerdigung bedanken“, versuchte Amalia ihre schroffe Abfuhr abzumildern.

Hektisch sah sie sich um. Keine Menschenseele in Sicht. Sollte sie trotzdem um Hilfe schreien?

„Also, wir sehen uns morgen.“

Sie fühlte sich äußerst unwohl unter Hannes' prüfendem Blick. Schnell ins Haus und auf die Polizei warten, dachte sie und drehte sich eilig um. Doch im nächsten Moment packte Hannes sie und presste ihr etwas Spitzes gegen die Taille.

„Das ist ein *Hirschfänger*“, zischte er, „steig in mein Auto und mach ja keinen Mucks.“

„Aber, Hannes, ein Messer ...“, sie hatte die Stimme erhoben. War ihr Handy noch an? Konnte Frattini sie hören? Erkannte er, dass sie in höchster Gefahr war?

„Keinen Mucks!“

Sie spürte, wie der Druck der Klinge sich verstärkte und ihre Haut durch ihr T-Shirt hindurch eingedrückt wurde. Noch tat es nicht richtig weh, aber wenn er zustieß ... Sie mochte gar nicht daran denken.

„Setz dich in mein Auto.“

Mit steifen Bewegungen ging Amalia zu dem grünen Jeep und setzte sich auf den Beifahrersitz.

„Rutsch rüber“, befahl Hannes und deutete auf den Fahrersitz. Ungeschickt krabbelte sie über die Handbremse auf den zerschlissenen Fahrersitz.

„Fahr zur Halle!“, herrschte er sie an.

Mit zitternden Händen legte sie den ersten Gang ein, löste die Handbremse und fuhr los. Das Armaturenbrett war dick eingestaubt, und überall verstreute Verpackungen zeugten von Hannes Vorliebe für Schokoriegel. Es roch nach frischem Holz und nassem Hund. All das schien so vertraut. Hannes' Auto hatte schon so gerochen, als er sie und Evi vor vielen Jahren in die angesagtesten Discos des Pustertals chauffiert hatte.

Es kam ihnen ein blaues Auto entgegen. Jetzt oder nie! Amalia drückte durchgehend auf die Hupe. Das Messer bohrte sich in ihre Seite, und sie konnte spüren, dass es durch den Stoff ihres T-Shirts die Haut ritzte. Sie stieß einen spitzen Schrei aus und nahm die Hand von der Hupe. Der Fahrer des anderen Autos schaute überrascht zu ihnen herüber, als er jedoch sie und Hannes erkannte, winkte er fröhlich und war auch schon vorbei.

Verdammt! Sie fluchte in sich hinein.

Zwei Minuten später parkte sie vor der großen Halle, in der die Dachstühle abgebunden wurden. Hannes stieß sie unsanft vor sich her und schob dann geschickt mit einer Hand die große Schiebetür auf. Links davon war das Büro, das vom Rest der Halle mit Holzplatten abgetrennt war. Früher hatten Hannes, Evi und Felix oft und zum großen Zorn von Ludwig in der Halle Verstecken gespielt, nachdem die Arbeiter nach Hause gegangen waren.

Heute wirkte die große Leere unheimlich auf sie. Überall drohten Schatten und dunkle uneinsehbare Winkel. Vielleicht war noch irgendjemand da? Einen Versuch war es wert ...

Unvermittelt schrie Amalia aus Leibeskräften: „Hilfe! Hilfe! Ist hier jemand? Hilfe! Hi..."

Sie verspürte plötzlich einen harten Schlag auf ihren Hinterkopf. Sie sah einen grellen Blitz vor ihren Augen und all ihre Gedanken wurden von einer Wolke weißen, gleißenden Schmerzes ausgelöscht, bevor Schwärze sie umfing.

Als sie wieder zu sich kam, war sie in einem dunklen Raum, der trotz der sommerlichen Hitze draußen angenehm kühl war. Das Erste, was sie wahrnahm, war ein qualvolles Pochen in ihrem Kopf. Amalia zwinkerte verwirrt. Wo war sie? War sie gestürzt? Aus dem Wirrwarr in ihrem Kopf kristallisierte sich langsam ein Bild heraus. Hannes, der einen *Hirschfänger* gegen ihre Seite presste. Etwas Warmes lief ihren Hals hinunter. Blutete sie etwa? Sie wollte an die Stelle greifen, aber sie konnte ihre Hände nicht bewegen. Der Nebel in ihrem Kopf lichtete sich weiter. Ihre Hände waren hinter ihrem Rücken an etwas gefesselt. Sie zog daran und spürte, wie sich ein feines, aber unnachgiebiges Band in die Haut ihrer Handgelenke schnitt. Kabelbinder? In ihrem Mund war etwas Weiches, und er war mit Klebeband zugeklebt. Sie versuchte trotzdem zu schreien, aber sie brachte nur einen erstickten Laut in Zimmerlautstärke zustande.

Amalia blinzelte ein paarmal und das Bild vor ihren Augen wurde langsam klarer. Sie war in einem großen Raum, in den Tageslicht nur durch zwei kleine längliche Fenster knapp unter der Decke hereinfiel. Sie konnte schemenhafte Umrisse deckenhoher Regale erkennen, die mit vielen Schachteln und Werkzeugen ordentlich befüllt waren. Sie wusste, wo sie war: in dem verwinkelten Keller unter der Halle. Hier hatten Evi und sie einmal bange Stunden erlebt, weil eine der schweren Türen zugefallen war und es lange gedauert hatte, bis Hannes sie gefunden hatte. Seitdem hatte Amalia sich geweigert, den Keller jemals wieder zu betreten.

Sie saß auf dem kalten Betonboden und war an die Wand gegenüber den Fenstern gelehnt. Bei jeder kleinsten Bewegung spürte sie einen unerträglichen Schmerz in ihrem Hinterkopf, und ihr wurde übel. Amalia biss die Zähne zusammen und tastete die raue Wand hinter sich ab. Es gab mehrere Rohre, die auf Putz verlegt worden waren. An einem waren ihre Hände fixiert worden. Sie rüttelte noch einmal. Das Rohr gab keinen Millimeter nach, aber die Kabelbinder gruben sich schmerzhaft in ihr Fleisch. Amalia ignorierte die Schmerzen und zog wieder und wieder an ihren Fesseln, aber das blöde Rohr rührte sich überhaupt nicht.

Als sie Geräusche hörte, erstarrte sie und ihr Herz klopfte wild. Es näherten sich von außen Schritte, verstummten, ein Schlüssel wurde ins Schloss gesteckt und dann öffnete sich die schwere Brandschutztür. Mit dem gleichen leicht zögerlichen Schritt, mit dem er sonst die *Alpenbar* betrat, kam Hannes nun in ihren Kerker. Äußerlich wirkte er unverändert: Turnschuhe, Jeans und ein mit Holzstaub bedecktes, ziemlich enges T-Shirt, das seine breiten Schultern, die er immer ein wenig nach vorne zog, betonte. Nur der Blick, mit dem er sie nun betrachtete, war nicht mehr mit dem ihres vertrauten Jugendfreundes in Einklang zu bringen. Voller Zorn sah er sie aus grünen Augen an.

„Wie ich sehe, bist du aufgewacht."

Er zog den Klebestreifen ab und nahm ihr den Lappen aus dem Mund.

„Wenn du schreist, schlag ich dir den Schädel ein."

Mit einer Bewegung des Kopfes deutete er auf eine Eisenstange, die an der Wand lehnte.

Amalia zerrte verzweifelt an ihren Fesseln.

„Das bringt doch nichts, du tust dir nur weh", sagte er nicht unfreundlich.

Sein Mundwinkel zuckte und sie meinte, Mitleid in seinen Zügen lesen zu können.

„Aber so hat es einfach nicht weitergehen können. Du und die Zille könnt nicht einfach alles zerstören, was ich und meine Mutter uns hart und mit redlicher Arbeit aufgebaut haben", rechtfertigte er sich.

Amalias Kehle wurde eng, als sie erneut Wut in Hannes' Augen aufflackern sah.

„Ein Leben lang habe ich mit angeschaut, wie meine Mutter unter der Wortkargheit und Schroffheit meines Vaters gelitten hat. Nichts, was sie getan hat, war je gut genug, und jetzt weiß ich auch, warum: Weil der alte Bock all die Jahre heiß auf ihre Freundin war. Freundin!" Das Wort „Freundin" spuckte Hannes regelrecht aus. „Nicht genug, dass Zille all die Jahre die Gutmütigkeit und Freundschaft meiner Mutter ausgenutzt und es dabei genossen hat, dass Ludwig immer nur sie liebte. Jetzt wollte sie auch noch den Ruf von meiner Mutter zerstören. Jedem wollte sie erzählen, dass Hilda damals ihre Kameraden verraten hat. Alle hätten sich das Maul über sie zerrissen. Feine Freundin!"

Hannes redete sich immer weiter in Rage und die letzten Worte schrie er fast.

Amalia richtete sich auf, soweit es ihre Fesseln zuließen. Seine ungerechten Vorwürfe gegen Zille hatten ihre Angst verpuffen lassen und Platz für Zorn und Wut gemacht. Dieser Dreckskerl hatte ihre Oma auf dem Gewissen.

„Sie hat all die Jahre geschwiegen, um deine Mutter zu schützen", zischte sie.

Hannes' Augen wurden schmal.

„Und was nützt das, wenn sie jetzt alles kaputtgemacht hätte? Die Hexe hätte mit ihren Geschichten dafür gesorgt, dass mein Vater meine Mutter verlassen hätte. Nach all den Jahren, nach alldem, was sie für ihn getan hat, nach alldem, was sie erduldet hat."

Seine Empörung war deutlich zu hören.

„Aber wahrscheinlich ging es der Bildomocharin, der Scheinheiligen, gar nicht um die Wahrheit. Wahrscheinlich ging es ihr ums Geld. Sie wollte, dass du erbst. Dass du dich ins gemachte Nest setzt. Dass du dir unter den Nagel reißt, was mir allein zusteht. Ich buckle nicht im Betrieb und lass mich vom Vater schlechter behandeln als jeder Lehrling, damit ich später alles mit dir teile. Nicht mit mir! Ich werde mir nicht von einem erbärmlichen alten Weib, das sein Maul nicht halten kann, mein Leben versauen lassen."

„Wenn hier einer erbärmlich ist, dann bist es du!", spuckte Amalia aus. „Auf eine Frau über siebzig aus sicherer Entfernung zu schießen. Was für ein elender Feigling du doch bist, Hannes."

Sein Blick war plötzlich mit einer Härte auf Amalia gerichtet, die ihre Knie zittern ließ, aber sie hob trotzig ihr Kinn und erwiderte seinen Blick. Sie würde den Teufel tun, ihm ihre Angst zu zeigen.

„Dir werden deine großen Worte schon noch vergehen. Wir zwei werden heute einen Abendspaziergang machen, von dem unglücklicherweise nur einer zurückkehren wird. Tragisch, werden die Leut' sagen. Schon erstaunlich, wie viel Unfälle es bei den Engls zurzeit gibt. Aber wenn die Berlinerin ohne Trittsicherheit in den Bergen herumläuft, was will man erwarten ...", sagte er ruhig und mit einem Lächeln, das seine Augen nicht erreichte.

„Damit kommst du nicht durch! Die Polizei weiß, dass jemand die Bremskabel in meinem Auto angeschnitten hat. Wenn ich sterbe, wird niemand an einen Unfall glauben. Außerdem wissen sie, dass ich die Enkelin deines Vaters bin. Sie haben dich eh schon im Visier."

Hannes zuckte unbeeindruckt mit den Schultern.

„Macht nichts. Die können mir nichts nachweisen. Sie haben mich überprüft, weil ich ja im *Weitenberg* auf der Jagd gewesen bin, aber mein Gewehr war bei der ballistischen Untersuchung sauber. Also, was sollen sie schon machen?"

„Wie war das nur möglich?", entfuhr es Amalia.

„Ich bin ganz offiziell mit Gewehr und großem Rucksack auf die Jagd gegangen. Hab ja gewusst, dass die Zille mit meiner *Mamme* und der Nanne zum Kartenspielen in den *Weitenberg* gehen würde. Dann habe ich mir bei Tagesanbruch einen Platz gesucht, von dem ich den Weg gut überblicken konnte, und gewartet. Beim Hinweg war das alte Miststück mit den drei anderen Frauen unterwegs, da wäre es zu gefährlich gewesen, dass eine in die richtige Richtung schaut, aber auf dem Rückweg war sie dann allein. Ein guter Jäger kann warten. Von meinem Opa habe ich einen Wildererstutzen geerbt, den man in zwei Teile zerlegen kann. Den hatte ich in meinem Jagdrucksack."

Er deutete nach links, wo ein museumsreifes kurzes Jagdgewehr an einem Regal lehnte. „Ein Schuss, ein Treffer! Danach habe ich den Stutzen wieder in den Rucksack gesteckt, mein eigenes Jagdgewehr genommen und bin zu deiner Oma gelaufen, wo ich dann zusammen mit den anderen Jägern natürlich ganz bestürzt über diesen tragischen Jagdunfall war."

Hannes hatte dies so leichthin erzählt, als würde er im Gasthaus von einem erfolgreich erlegten Hirsch prahlen. Ohne jegliche Gemütsbewegung oder Unrechtsempfinden. Amalia schauderte angesichts dieser Gefühlskälte. Wie hatte sie sich so täuschen können? Hannes war doch immer eher zu sensibel gewesen? Woher kam diese Eiseskälte? Hatte die Angst, dass Hilda bloßgestellt und er einen Teil seines Erbes verlieren würde, eine Sicherung durchbrennen lassen? Sie hatte immer geglaubt, Geld und Luxus seien für Hannes unwichtig.

„Aber was wolltest du von mir?"

Sie musste versuchen, Zeit zu schinden in der Hoffnung, dass Frattini kapiert hatte, dass sie Hilfe brauchte. Zwar hatte sie ihre Handtasche mit dem Handy im Auto liegen lassen, aber vielleicht hatte er noch Teile des Gesprächs vor Zilles Haus mitbekommen.

„Wir sind doch Freunde“, stieß sie anklagend hervor.

„Ich weiß. Es tut mir ja auch leid, du kannst ja nichts für die Habgier und Hinterlist deiner Oma. Ich wollte nie, dass es so weit kommt, Amalia. Das musst du mir glauben.“

Plötzlich war wieder Wärme in seiner Stimme und Verlegenheit in seinem Blick. Er sah sie schuldbewusst an, als hätte er aus Versehen Saft über ihre Hausaufgaben geschüttet. Indes hatte er ihre Großmutter getötet, sie selbst mit vorgehaltenem Messer entführt und damit gedroht, sie in Kürze umzubringen. Das war doch Wahnsinn!

„Ich habe doch versucht, dich da rauszuhalten. Ich bin extra ins Atelier eingebrochen und habe alle Fotos aus der Schmugglerzeit mitgenommen, damit endlich Ruhe ist. Aber du hast einfach nicht aufgehört, in den alten Geschichten herumzustochern. Ich wollte nur, dass das aufhört. Ich wollte dir nie wehtun. Ich habe sogar probiert, dir Angst zu machen, damit du zurück nach Berlin fährst. Aber du hast einfach nicht locker gelassen. Wenn du bloß abgereist wärst, hätte es nie so weit kommen müssen“, sagte er vorwurfsvoll.

„Hannes, das hat doch alles keinen Sinn. Wenn ich tot bin, führt der erste Weg der Polizei zu dir. Wenn du mich gehen lässt, sage ich kein Wort, fahre zurück nach Berlin, und keiner braucht je von unserer Verwandtschaft zu erfahren.“

Hannes schüttelte traurig den Kopf.

„Du warst immer eine schlechte Lügnerin, Amalia. Nie würdest du es übers Herz bringen, dass ...“

Weiter kam Hannes nicht, denn oben war ein ratterndes Geräusch zu hören, das auch Amalia sofort erkannte.

Irgendjemand hatte die große Schiebetür, den einzigen Zugang zur Halle geöffnet.

„Sei still!“, warnte Hannes und hob drohend die Eisenstange.

Was sollte sie tun? An Entkommen war nicht zu denken, solange sie gefesselt war. Sie überlegte fieberhaft. Vielleicht ergab sich auf ihrer gemeinsamen „Wanderung“ eine Möglichkeit zur Flucht. Aber darauf wollte es Amalia nicht ankommen lassen. Wenn jetzt oben in der Halle jemand war, konnte das ihre letzte und einzige Hoffnung sein, sich bemerkbar zu machen.

Sie öffnete den Mund und schrie aus Leibeskräften um Hilfe.

Panik flackerte in Hannes’ Augen auf. Mit einem Satz war er bei ihr und schlug ihr mit der Faust ins Gesicht.

Der Schreck und der Schmerz machte sie für einen Moment sprachlos, dann schrie sie umso lauter. Noch nie in ihrem Leben war sie geschlagen worden. Warmes Blut lief aus ihrer Nase, und sie fühlte sich benommen. Hannes wollte ihr wieder den Lumpen in den Mund stopfen, sie spuckte und versuchte dann, die Zähne zusammenzubeißen. Er schlug noch einmal zu, und als sie vor Schmerz aufschrie, steckte er ihr schnell den Stoff in den Mund und klebte dann noch ein Stück Klebeband darüber.

Amalia bekam Todesangst. Durch den Mund konnte sie nicht mehr atmen und durch ihre Nase bekam sie wegen des Nasenblutens nur wenig Luft. Ich werde ersticken, ich werde ersticken ... war der einzige Gedanke, zu dem sie noch fähig war, während sie hektisch durch die Nase schnaufte. Viel zu wenig Luft! Oh Gott, sie begann zu hyperventilieren. Ruhig atmen, ruhig atmen, ein, aus, ein, aus, versuchte sie sich selber zu beruhigen. Sie zwang sich beim Ein- und Ausatmen zu zählen. Eins, zwei, drei – einatmen, eins, zwei, drei – ausatmen. Langsam bekam sie wieder mehr Luft und sah auf.

Hannes lehnte an einer Kiste und beobachtete sie mit einem resignierten Zug um die Mundwinkel. Er wirkte wie ein Vater, verdrossen mit seinem Kind, das trotz mehrfacher Ermahnungen zu schnell bergab gerannt war und sich nun das Knie aufgeschlagen hatte. „Mach es uns doch nicht so schwer, Amalia“, sagte er eindringlich. „Wieso kannst du nicht auf mich hören, du bist selber schuld, dass ich dir wehtun muss, weil du ...“

Sie konnte seinen Worten nicht länger folgen. Das Einzige, das zählte, war, dass sie genug Luft bekam. Eins, zwei, drei – einatmen, eins, zwei, drei – ausatmen. Ermattet schloss sie die Augen und zählte. Plötzlich hörte sie einen mächtigen Schlag gegen die schwere Eisentür und riss die Augen auf, auch Hannes wandte sich überrascht zur Tür.

„*Carabinieri!* Öffnen Sie die Tür! Dann passiert niemandem etwas!“, hörten sie jemanden sehr laut über den Krach hinweg rufen.

„Die haben einen Rammbock!“ Der Schreck ließ Hannes Stimme höher klingen.

Sie hätte ihn gern beruhigt, ihn ermuntert, sich friedlich zu ergeben, damit die Situation nicht noch weiter eskalierte, aber sie brachte wegen des Knebels nur ein ersticktes Gurgeln heraus.

„Ich geh nicht ins Gefängnis! Keinen Tag halt ich es in geschlossenen Räumen aus.“ Gehetzt irrte sein Blick durch den Raum. „Mich sperren die nicht ein wie den Vater!“, schrie er.

In diesem Moment barst die Tür mit einem ohrenbetäubenden Krach.

Hannes stellte sich den hereinstürmenden schwer bewaffneten Männern entgegen, den alten Wildererstutzen im Anschlag.

Namenlose Panik erfasste Amalia. Das konnte nur böse enden. Wie hatte es Hannes nur geschafft, so schnell das Gewehr zu greifen? Wieder wurde ihr die Luft zum Atmen knapp. Es ertönte ein lauter Knall, der in dem geschlossenen Raum so ohrenbetäubend widerhallte, dass Amalia meinte, ihr Trommelfell würde platzen. Mit Entsetzen sah Amalia, wie eine Kugel Hannes durchbohrte und sein Körper wild zuckte. Für einen furchtbaren Moment schien es, als würde er stehen bleiben, doch dann fiel er nach hinten. Es war ein scheußlicher knirschender Ton, als sein Kopf auf dem Betonboden aufschlug. Fassungslos beobachtete sie, wie der rote Fleck auf seinem dunkelgrünen T-Shirt größer und größer wurde.

Sie kauerte sich, soweit es ihre Fesseln zuließen, zusammen, schloss die Augen und konzentrierte sich wieder auf ihre Atmung. Eins, zwei, drei – einatmen, eins, zwei, drei – ausatmen, ermahnte sie sich immer wieder. Es dauerte eine gefühlte Ewigkeit, bis ein Polizist mit Schutzweste behutsam das Klebeband von ihrem Mund löste. Amalia sog ihre Lungen gierig mit köstlicher Luft voll. Was für eine Erleichterung, endlich wieder richtig atmen zu können.

Der Beamte schnitt nun auch die Kabelbinder durch und sagte beruhigend: „Bleiben Sie sitzen. Die *Rettung* ist unterwegs."

Amalia nickte nur und starrte weiter auf den Boden. Geflissentlich vermied sie jeden Blick auf Hannes' leblosen Körper.

23.

Eine Woche nach Hannes' Tod stand Amalia vor der Tür zur Gaststube des *Gasthof Brugger* und wagte nicht einzutreten.

Man hatte die Platzwunde an ihrem Hinterkopf genäht und sie zur Beobachtung über Nacht im Krankenhaus behalten und sie dann mit der Anordnung, sich die nächsten Tage zu schonen, nach Hause geschickt. Körperlich hatte sie sich schnell von den Ereignissen in der Halle der Zimmerei erholt und litt nicht einmal mehr unter Kopfschmerzen. Seelisch tat sie sich schwerer, die Ereignisse hinter sich zu lassen. Die Angst davor, ausgeliefert zu sein, zu wenig Luft zu bekommen und mit dem Tode zu rechnen, verfolgte sie bis in den Schlaf. Sie träumte immer wieder von dem Moment, als die Polizei den Keller gestürmt und Hannes erschossen hatte. Durch ihre eigenen Schreie wachte sie dann regelmäßig schweißgebadet auf. Die Verzweiflung in Hannes' Blick, als er sich der Polizei entgegenstellte, bekam sie einfach nicht mehr aus dem Kopf.

Frattini hatte ihr erzählt, dass der Stutzen nicht geladen gewesen war. Hannes hatte sterben wollen, anstatt sich seiner Tat zu stellen und ins Gefängnis zu gehen.

Commissario Frattini und Assistente Ponti waren gekommen, um sie zu den Ereignissen in dem Keller zu vernehmen, und besonders Frattini hatte sie überraschend sanft und einfühlsam befragt. Er hatte sie gelobt, dass sie die Geistesgegenwart besessen hatte, das Handy einzustecken, ohne das Gespräch zu beenden. So hatte er alles mithören können und die Vinteler *Carabinieri* gerade noch rechtzeitig zu ihrer Rettung in die Halle geschickt.

Seither hatte sie nichts mehr von der Polizei gehört.

Die letzten Tage hatte sie sich im Haus eingeigelt und sich von Evi und Felix mit Lebensmitteln versorgen lassen. Sie brachte es einfach nicht fertig, den Leuten vom Dorf unter die Augen zu treten. Sie wollte nicht darüber reden, was passiert war, und wie sie von Evi wusste, gab es momentan in Pfunders kein anderes Gesprächsthema als Hannes' Tod und dass sie die uneheliche Enkelin vom *Riegla Soggila* war.

Aber heute hatte sie sich selbst gezwungen, das Haus zu verlassen. Sie hatte ihr schwarzes Kostüm angezogen, bekümmert ihr blasses Gesicht im Spiegel betrachtet, die Haare streng nach hinten gebunden und sich selbst Mut zugesprochen. Heute war Hannes' Beerdigung. Sie hatte sich dem Trauerzug ganz am Ende angeschlossen und sich während der Beisetzung im Hintergrund gehalten. Jetzt waren die Verwandtschaft und Freunde zum *Malile* beim *Brugger* geladen. Normalerweise hätte kein Zweifel daran bestanden, dass ihr Platz dort drinnen war. Aber jetzt ... Wie sollte sie Hilda und Ludwig gegenübertreten? Was konnte sie sagen? Sollte sie aufrichtiges Beileid wünschen wie auf jeder beliebigen Beerdigung? Es hatte an jenem Abend Momente gegeben, in denen sie Hannes den Tod gewünscht hatte. Wo alles auf die Frage hinausgelaufen war: Er oder ich? Selbstverständlich wäre ihr lieber gewesen, die Polizei hätte ihn verhaftet und es wäre ohne Blutvergießen ausgegangen.

Aber die Tatsache, dass er sie umbringen wollte und ihre Oma erschossen hatte, blieb bestehen.

Sie konnte es nicht ... Sie konnte es einfach nicht. Sie drehte sich um in Richtung Haustür, durch die milchiges Licht hereinfiel. Dann machte sie wieder kehrt. Wenn sie jetzt nicht den Mut aufbrachte, den Menschen unter die Augen zu treten, würde sie ihn nie mehr haben. Sie drückte die Klinke hinunter und ging mit entschlossenem Schritt durch die Gaststube zu dem Saal. Am Klirren der Gläser und des Bestecks konnte sie hören, dass das *Malile* schon in vollem Gange war. Als sie den Saal betrat, wurde es plötzlich ruhig. Sie konnte alle Augen auf sich spüren.

„Hallo, Amalia! Setz dich zu uns", kam ihr Evi zu Hilfe.

Dankbar steuerte sie auf deren Tisch zu, wo Evi, Michael und Felix mit ein paar alten Schulkollegen saßen.

„Nein, Amalia, du gehörst an unseren Tisch", hörte sie die gewichtige, ein wenig raue Stimme des *Riegla Soggila,* wie sie ihn in Gedanken immer noch nannte.

Überrascht drehte sie sich um. Der alte Mann war aufgestanden. Auf seinem sonst so stolzen Gesicht lag Unsicherheit, und in seinen grünen Augen, die denen von Hannes so glichen, konnte sie tiefe Trauer lesen. Hilda saß neben ihm, die Augen vom vielen Weinen rot. Sie wirkte kleiner und älter als noch vor einer Woche. Sie trug das gleiche Kostüm wie zu Omas Beerdigung, aber sie schien in der Jacke zu versinken. Hilda versuchte sich an einem zittrigen Lächeln und nickte Amalia zu.

Der Weg an ihren Tisch kam Amalia endlos vor. Sie konnte die Blicke der anderen Gäste auf ihrem Rücken spüren. Auf einem Stuhl gegenüber Ludwig und Hilda setzte sie sich schließlich steif nieder. Es dauerte einige Momente, bis die Geräuschkulisse von gedämpfter Unterhaltung und Löffeln, die an Tellern schabten, anzeigte, dass die anderen Trauergäste sich wieder auf ihren eigenen Tisch konzentrierten.

Amalia wagte, den Blick zu heben. Das Unglück, das die beiden alten Leute vor ihr niederdrückte, ließ sie tiefes Mitleid empfinden, das ihr körperlich wehtat.

„Es tut mir leid“, sagte sie leise und spürte, dass sie es auch so meinte.

Anscheinend konnte ihr Hilda das ansehen, denn ihre Gesichtszüge entspannten sich ein wenig. Sie legte ihre Hand auf Amalias.

„Ach, *Gitsche*. Was haben deine Oma und ich mit unserem Schweigen bloß angerichtet. Nie hätte ich gedacht ...“

Hilda versagte die Stimme und es dauerte, bis sie mühsam weitersprach: „Mein *Bui* ein Mörder. Hätt ich bloß früher mit ihm geredet, ihm alles besser erklärt ...“

Sie verstummte wieder.

Amalia drückte ihre Hand.

„Er wollt dich beschützen, Hilda, weil du immer für ihn da warst. Weil du ihm immer eine gute Mutter warst“, versuchte Amalia Hilda zu trösten.

Dass es Hannes auch um sein Erbe gegangen war, brauchte sie ja nicht zu erfahren. Hilda antwortete nicht, zog aber ihre Hand nicht weg.

Ludwig räusperte sich. „Wir haben vieles falsch gemacht. Wir hätten offener reden müssen. Miteinander und mit dem Hannes. Ich habe ihn immer hart angefasst, weil ich wollte, dass er arbeiten lernt. Ich habe mir alles selber aufgebaut. Das hat mich stark gemacht und das wollte ich auch für meinen Sohn. Vielleicht hätte ich ...“

Er zuckte hilflos mit den Schultern. Es fiel dem alten Holzklotz augenscheinlich schwer, Gefühle in Worte zu fassen. Er räusperte sich wieder und setzte neu an.

„Du hast die letzte Woche damit verbracht, in der Vergangenheit deiner Oma zu forschen. Es ist dabei einiges ans Tageslicht gekommen, das wehgetan hat. Erinnerungen, die wir verdrängt haben, wurden schmerzlich wieder ausgegraben. Aber dadurch, dass du nicht aufgehört hast, Fragen zu stellen, ist auch etwas Gutes herausgekommen. Ich habe eine Enkelin, von der ich nichts geahnt habe. Ich weiß, dass Hilda dich immer als Familienmitglied betrachtet hat, wohingegen ich dich fast nicht kenne, weil ich immer versucht habe, möglichst großen Abstand zu Zille zu halten. Aber ich möchte dich jetzt kennenlernen, wenn du das auch möchtest ..."

Amalia errötete. Sie hätte nie gedacht, dass Ludwig so direkt auf ihre Verwandtschaft zu sprechen käme.

„Danke", sagte sie leise.

Hilda lächelte sie an. Es war ein wenig Farbe in ihre Wangen zurückgekehrt.

„Es war Zeit, dass in unserer Familie einige Dinge offen angesprochen worden sind." Sie sah dabei ihren Mann ernst an.

Etwas unbeholfen griff Ludwig nach der Hand seiner Frau. Eine Zärtlichkeit, die Amalia noch nie zuvor bei den beiden beobachtet hatte.

„Wir zwei müssen jetzt fest zusammenhalten. Wir haben alle Fehler gemacht. Hilda hat genug unter der Rolle gelitten, die sie bei unserer Verhaftung gespielt hat, und ich habe ihr viel zu selten deutlich gemacht, wie glücklich sie mich all die Jahre gemacht hat."

Hilda schluckte und bekam wieder feuchte Augen.

Wie schade, dass Hannes das nicht sehen kann, dachte Amalia traurig. Gerade die Wahrheit, die er um jeden Preis verstecken wollte, hatte seine Eltern näher zusammengebracht.

Bevor das Schweigen zu lange wurde, meldete sich Nanne zu Wort. Wie sie es wohl schaffte, bei jeder Beerdigung in Pfunders am Tisch der nächsten Verwandten zu sitzen?

„Mir sind ja alle so froh, dass dir nichts passiert ist, *Gitsche*. Eigentlich hätte ich ja so gut auf dich aufgepasst, aber als dann dieser gemeingefährliche Schwerverbrecher auf der Lauer lag, um dich zu holen, war ich kurz weg, um mit der *Moidl* im *Dorftreff* einen Kaffee zu trinken."

Dass diese Bemerkung vor Hannes' Eltern auf dessen Beerdigung komplett taktlos war, entging der Nanne natürlich völlig.

Als Hilda und Ludwig wenig später aufbrachen, schloss Amalia sich ihnen an.

Hilda umarmte sie und flüsterte: „Amalia, du bist immer bei uns willkommen. Das weißt du, *heu*?"

Amalia lächelte dankbar. Es schien, als wäre die Uhr zurückgedreht, und Hilda war wieder Hilda, die Vertraute ihrer Kindheit und Jugend. Die Worte des Pfarrers kamen ihr wieder in den Sinn: „Was hast du Hilda schon zu verzeihen, sie war immer gut zu dir."

Der *Riegla Soggila* gab ihr förmlich die Hand und sah sie durchdringend an. Seine grünen Augen schienen in dem braun gebrannten Gesicht mit Intensität zu leuchten.

„Deine Oma war eine großartige Frau und ich habe das Gefühl, dass du ihr sehr ähnlich bist. Vertrau auf dein Bauchgefühl. Nur du weißt, was richtig für dich ist."

Dann drehte er sich um und folgte seiner Frau.

Verblüfft schaute Amalia dem alten Mann nach. Große Gefühlsbezeugungen waren wohl nicht sein Ding, aber die aufrichtige Bewunderung für Zille und im weiteren Sinne für sie selbst, die sie aus seinen Worten herausgehört hatte, wärmte sie von innen.

Amalia wollte hinter den beiden die Gaststube verlassen, als Evis Stimme sie zurückhielt.

„Setz dich doch noch ein bisschen zu uns", rief sie und deutete auf ihren Tisch, wo sie noch mit ihrem Mann und Felix saß.

Amalia nickte und durchquerte den Saal.

Kaum hatte sie sich gesetzt, hörte sie ein befehlendes „Rutsch!".

Nanne, die ihr wie ein Schatten vom Verwandtschaftstisch gefolgt war, ließ sich nun gewichtig neben sie auf die Eckbank plumpsen.

Felix verdrehte die Augen. „*Mamme,* bist du a *schun* wieder da!", schimpfte er, was Nanne aber geflissentlich überhörte.

Sofort begann die Nachbarin mit ihrer durchdringenden Stimme die Ereignisse des Tages zu kommentieren: „Natürlich hat der *Soggila* seinen Porsche direkt vor dem Friedhofseingang geparkt. Typisch! Hätt nur no gefehlt, dass ein Wüstenscheich ausgestiegen ist. Wenigstens hat der *Soggila* heute bei der Beerdigung von seinem Sohn das Handy nicht am Ohr gehabt. Aber jetzt zu ganz was anderem. Was ist denn eigentlich zwischen dir und dem Felix?"

Sie schaute dabei zwischen Felix und Amalia hin und her, als würde sie ein Tennismatch verfolgen.

„Wir würden uns ja freuen, wenn du dableibst, *heu,* Felix?"

Ohne zu antworten, verließ ihr Sohn daraufhin fluchtartig den Tisch Richtung Bar.

Amalia sah ihm nach. Heute trug er dem Anlass entsprechend einen dunklen Anzug. Mit seinen verstrubbelten blonden Haaren und dem aus der Hose gerutschten Hemd erinnerte er sie an den Buben, der jahrelang den gleichen Schulweg gehabt hatte.

„Pfunders hat mir die letzten Jahre mehr gefehlt, als ich mir eingestanden habe. Bin noch am Überlegen, was ich mache", sagte sie versonnen an Nanne gewandt, ohne sich festzulegen.

Doch Nanne hörte schon gar nicht mehr zu. „Ihr entschuldigt mich kurz. Da drüben ist die Spechtenhauser Elsa, die muss ich unbedingt fragen, ob ihre Tochter wirklich vom Postboten von Weitental schwanger ist. Des hab ich gestern in der Bar gehört."

Nanne verließ eilig den Tisch und Evi und Amalia schnauften erleichtert durch.

Kurz darauf kam Felix mit einem Bier von der Theke zurück, setzte sich neben Amalia und legte wie selbstverständlich seine Hand auf ihr Knie.

Evi, der diese Zärtlichkeit nicht entging, zwinkerte Amalia verschwörerisch zu. Dann blickte sie auf ihre Uhr und stand auf. „Ich muss die Kinder von der Oma holen. Michl, wir müssen los. Sehen wir uns morgen noch, bevor du nach Berlin fährst?", fragte Evi arglos.

Unvermittelt zog Felix seine Hand zurück. Mist, dachte Amalia. Sie hatte Felix selber erzählen wollen, dass sie morgen bereits abreiste. Jetzt dachte er bestimmt, dass sie heimlich, still und leise abhauen wollte.

Nachdem Evi und Michl den Tisch verlassen hatten, schwieg Felix lange.

„Du fährst morgen schon?“, fragte er schließlich.

„Ja, ich muss noch ein paar Aufträge abwickeln und dadurch, dass ich so lange in Pfunders war, ist einiges liegen geblieben. Außerdem muss ich am Dienstag für zehn Tage nach Thailand. Das habe ich schon länger zugesagt“, sagte sie lahm.

„Wird es wieder wie beim letzten Mal? Du gehst in die weite Welt hinaus und lässt nichts mehr von dir hören?“

Amalia schluckte. Was sollte sie jetzt darauf sagen?

„Ich muss noch manches regeln, aber es gibt vieles, das mich nach Pfunders zurückzieht. Außerdem denke ich mir, die Zille hätte ihre Freude, wenn ich ihr Fotoatelier weiterführen würde“, sagte sie, selbst überrascht über ihre Worte.

Sie zögerte einen Moment und horchte in sich hinein. War das wirklich das, was sie wollte? Ja! Es fühlte sich richtig an.

Felix’ Augen leuchteten auf.

„Das würde der Bildomocharin gefallen!“

Ende

Danksagung

Unser Dank gilt besonders unseren Familien, die uns die Freiheit und die Zeit gelassen haben, unseren Traum zu verwirklichen.

Erwähnen möchten wir auch unsere lieben Testleser (ihr wisst, wer gemeint ist), die uns von Anfang an unterstützt haben und immer an uns geglaubt haben.

Ein großes Dankeschön auch an Elke Wasmund und Athesia, die das Risiko, zwei völlige Neulinge zu verlegen, eingegangen sind.

Eure Christiane und Kathrin

Glossar

Abbundmaschine	Anlage für Holzzuschnitt
Ablass	katholisches Gebet zur Vergebung der Sünden
Almrosen	rostblättrige Alpenrose
aper	schneefrei
aufgspuit	aufgespielt
bärig	super, klasse
Bichl	Hügel
bled	blöd
Breatl	runder, flacher Laib Roggenbrot
Bui/Buibm	Bub/Buben
Carabinieri	Polizei – untersteht Verteidigungsministerium
Carpf	Polizei (umgangssprachlich)
Da hab i a paar Leit wegschieben gimiaßt	Da musste ich einige Leute wegschieben
Dawischen	erwischen
Denkt hon	gedacht habe
Derschossen	erschossen
Dio cane	italienisches Fluchwort
Dolomiten-Zeitung	deutschsprachige Südtiroler Tageszeitung
et/ette	nicht
Familienbogen	amtliche Bescheinigung der familiären Verhältnisse einer Person
Finanzer	italienische Zollbeamte
Firschta	blaue Arbeitsschürze, hauptsächlich von Südtiroler Männern getragen
Gitsche	Mädchen
Goaß	Ziege
Griete	Miststück
Gugga	Fernglas
Glump	Gerümpel
Harmonika	Akkordeon
heu?	gell?
Hirschfänger	Jagdmesser
hoi!/hoila!	Hallo!
Hugo	Prosecco mit Holundersirup und Minzblatt
Hydrauliker	Installateur

Jaga	Jäger
Kaminwurzen	geräucherte Wurst
Kammer	Schlafzimmer
Katakombenschule	illegale Einrichtung während des Faschismus, um Südtiroler Kinder in Deutsch zu unterrichten
Kimm inna	Komm herein
Kirchbichl	Hügel, auf dem die Kirche steht
Madoia	Südtiroler Fluchwort
Malile	Leichenschmaus
Mamme	Mami
Mando	Plural von Mann (Männer)
Marende	Brotzeit/Jause
Marterl	Gedenktafel zur Erinnerung an Verunglückte
Maresciallo	Dienstgrad bei den Carabinieri
Messnerhaus	Haus, in dem der Messner (Küster) wohnt
Mistsuppe spritzen	Odel/Jauche auf Felder ausbringen
Moidl	Maria
Murmentele	Murmeltier
neu a wian	noch ein wenig
Pfiat enk	Auf Wiedersehen
Pirschstock	Holzstab
Polizia di Stato	Polizei, untersteht dem Innenministerium
Pressknödel	Knödel, die in der Pfanne in Butterschmalz angebraten werden
Rettung	Krankenwagen
schun	schon
Schupfe	Stadel, Schuppen
Soggila	Säger
Speibe	Erbrochenes
Spinsche?	Spinnst du?
Stube	Wohnzimmer
Tata	Papa
Sunntagiwond	Sonntagsgewand
Trauerbruch	niedergelegte Zweige, um Trauer auszudrücken (Jagdbrauch)
Viererwatten	Kartenspiel zu viert
Vormass	Frühstück

wallisch	Italienisch (abwertend)
Wampe	dicker Bauch
Watten/watten	Kartenspiel / Watten spielen
Weißer	Weißwein
Widen	Pfarrhaus
Zachrin	Sacharin

Orte

Dun	Weiler hinter Pfunders am Talschluss des Pfunderer Tales
Eggerseite	Hang über Pfunders (Sonnseite)
Kaltern	Weinort in Südtirol
Kammerschin	Berghöfe vor Pfunders
Lärchstraße	Straße durch Pfunders
Riegl	Riegel, Hang über Pfunders (Sonnseite)
Rieglerstraße	Straße in Pfunders (Sonnseite)
Weitenberg / Weitenberger Tal	Tal hinter Pfunders, durch das der Weitenberger Bach fließt

Flurnamen

Plotta Fodn
Roana Bach
Schattseite
Stoanla Berg
Schaldern
Schmonzn

Personen, Organisationen und Eigennamen

Alpenbar	Bar am Ortsanfang
Befreiungsausschuss Südtirol (BAS)	separatistische Organisation, deren Ziel das Selbstbestimmungsrecht für die Südtiroler Bevölkerung war
Defregger, Franz	Historienmaler (1835–1921)
DiCaprio, Leonardo	US-amerikanischer Schauspieler
Dorftreff	Café im Zentrum von Pfunders

Ganghofer, Ludwig	Schriftsteller von Heimatromanen (1855–1920)
Gasthof Brugger	Gasthaus an der Lärchstraße
Gruber-De-Gasperi-Abkommen	Vertrag zwischen Österreich und Italien, der den Schutz der kulturellen Eigenart der deutschsprachigen Bevölkerung in der Region Trentino-Südtirol garantiert
Elton, John	britischer Sänger
Falqui, Raimondo	Beamter der Finanzpolizei (1934–1954)
Felder	Haus im Zentrum
Letterhäusl/Lettahof/Letterhof	Bauernhof in Pfunders
Magnago, Silvius	langjähriger Landeshauptmann von Südtirol (1914–2010)
Mussolini, Benito	italienischer Politiker (1883–1945)
Obergasserhof	Bauernhof in Pfunders
Pfundrer Buibm	einige junge Männer, die 1957 ungerechtfertigt zu langen Haftstrafen verurteilt wurden
Toni, Luca	italienischer Fußballer
Weitenbergalm	bewirtschaftete Alm im Weitenberger Tal
Winslet, Kate	britische Schauspielerin
Vinzentinum	humanistisches Gymnasium in Brixen

Bergnamen

Fassnacht
Grabspitze
Gruibe
Seefeldscharte
Stern
Tschorn
Weißzint

Frei erfundene Orte und Betriebe

Eine große Höhle (hierbei handelt es sich nicht um die sogenannten „Knappenlöcher“ im Weitenberger Tal)

Sporthotel Acherer inklusive Gamsbar

Moritz Weidacher und sein Unterwirt